Esomenia

- Wiedergeburt -

Dystopischer Thriller

Oliver Pätzold

165 Jahre geschlafen. Erwacht in einer fremden Zukunft. Gejagt von einer unsichtbaren Macht.

Als Nina aus dem Kryonikschlaf gerissen wird, ist nichts mehr, wie sie es kannte. Die Welt hat sich nach extremen Katastrophen radikal verändert. Neue Technologien, Städte, alles wirkt fremd und bedrohlich.

Kaum hat sie die ersten Informationen über das neue Zeitalter erhalten, wird sie gewarnt: Sie ist in großer Gefahr. Zusammen mit Aaron, einem weiteren Erwachten, flieht sie in die hochglänzende Metropole Alessia – eine Stadt voller Wunder und dunkler Geheimnisse.

Jemand verfolgt sie. Jemand braucht sie. Und jemand anderes will sie tot sehen.

Inmitten von Neonlicht, fremden Menschen und künstlicher Intelligenz muss Nina entscheiden: Wem kann sie vertrauen? Und wer spielt ein doppeltes Spiel?

„Esomenia - Wiedergeburt“ ist der 1. Teil einer Dilogie.

Impressum © 2025 Oliver Pätzold
Andreas Otter c/o Fakriro GmbH, Bodenfeldstr. 9
91438 Bad Windsheim
andreas.otter.writer@gmail.com
Instagram: otter.andreas.autor

Korrektorat: Ilka Bredemeier
Covergestaltung: Nancy Salchow © Grafiken: ©k_yu, ©W.O.W., ©Fotograf – alle Adobe Stock. Alle (auch KI-)Grafiken unter Standart-Lizenz erworben bei Adobe Stock.

Verlag: BoD · Books on Demand GmbH,
Überseering 33, 22297 Hamburg, bod@bod.de
Druck: Libri Plureos GmbH, Friedensallee 273,
22763 Hamburg
ISBN: 978-3-8192-6741-3

Von Oliver Pätzold erschienen bisher folgende Dystopien:

Die Letzten - Zerfall
Die Letzten - Verlust
Mathilda
30 Tage
Die letzten Tage Sodoms
Die Helios-Apokalypse
Die Erben Jerichos

Inhaltsverzeichnis

Das Erwachen

Zuerst war nur Schmerz. Es war das einzige, das vorherrschende Gefühl, wie Feuer, das sich rasend schnell ausbreitete und alles verschlang. Nichts anderes war vorhanden. Es zuckte, brannte, pochte, dann verlor es sich in völliger Dunkelheit.

Wieder schmerzte alles. Es war, als schmorte der Körper, als strömten Angst und Hitze durch Arme, Beine, besonders aber durch den Oberkörper. Dann ertönte ein Schrei, beinahe erstickt, das Resultat unsäglicher Torturen. Wem gehörte diese Stimme? War es ihre eigene? Kurz darauf zuckten die Arme wie unter Strom, die Beine zitterten, wieder war es, als würde der gesamte Körper brennen. Schließlich drang Licht herein, das ebenfalls Schmerzen auslöste. Schemenhaft lösten sich Schatten von grellem Licht, erzeugten Tränen, die alles verschleierten, schließlich war wieder der Schrei zu hören. Es war der einer Frau, und zum abermals entstand der Verdacht, es könnte der eigene gewesen sein.

Was war passiert? Wo lag dieser Körper? Und vor allem: Wem gehörte er?

Schließlich verlor sich wieder alles im Nichts, in völliger Dunkelheit, fern jeglicher Schmerzen.

Als es wieder hell wurde, waren die Schmerzen noch zu spüren, aber erträglich. Jemand stand in der Nähe, bewegte sich, doch es gelang nicht, schärfer zu sehen.

Wieder war eine Stimme zu hören, die stöhnte, die einige Worte zu sagen versuchte. Es war tatsächlich ihre eigene Stimme. Dabei hämmerte das Herz vor Aufregung.

»Ruhig!«, war jemand zu hören, vermutlich eine Frau. Und diesmal stammte die Stimme nicht aus ihrem eigenen Körper. »Du musst keine Angst haben. Die Schmerzen werden bald nicht mehr zu spüren sein. Herzlich willkommen, Nina.«

Nina? Wer ist Nina? Es war nicht möglich, zu antworten. Weder reagierte der Mund noch gelang es, mit der Hand irgendetwas zu ertasten. Neben der völligen Ahnungslosigkeit, wer oder was Nina war, zerstörte ein unerträglich schlechtes Gefühl jede Überlegung. Alles in diesem Körper wollte schreien, wollte in die Dunkelheit zurück.

»Am besten, du schläfst wieder«, war abermals die Frau zu hören. Sie stand schemenhaft innerhalb hellen Lichts und schien irgendetwas zu bedienen. Alles in diesem Körper, der so fremd war wie das Erwachen selbst, schrie, wehrte sich gegen das Bewusstsein, war hilflos und dem ausgeliefert, das gerade geschah. Es kam jedoch nur ein Gurgeln aus diesem Mund, der sich genauso fremd anfühlte wie alles andere auch. Wieder versuchten die Finger etwas zu ertasten, und diesmal gelang es. Sie spürten etwas Weiches, womöglich die Decke, die über diesem Körper lag. Dann tasteten sie sich zu etwas vor, das der Bauch sein konnte, schließlich weiter nach oben. Währenddessen verstärkte sich dieses zerstörend fremde Gefühl. Es war wie ein Sog, der alles in die Tiefe zog, der Weinkrämpfe verursachte, die Sehnsucht, sterben zu wollen. Alles verkrampfte sich, so als würde sich jeder Winkel dieses fremden Körpers gegen all das wehren, was gerade geschah. Nach einigen Augenblicken wurde es dunkler, wärmer, ein durchaus angenehmer Abschied entstand, bis sich all diese Grausamkeiten verloren.

Als es wieder hell wurde und dieses zerstörende Gefühl das Nichts ablöste, strich etwas über ihre linke Hand.

»Jetzt müsste es etwas besser gehen. Guten Morgen, Nina.«

Augenblicklich zuckte die Hand zurück.

»Gut, deine Reaktionen sind im Normbereich. Wenn es dir möglich ist, kannst du etwas sagen.«

Nina? War sie damit gemeint?

Langsam öffnete sich der Mund.

»Es tut weh!«

Hatte eben sie gesprochen? Es klang so verstörend fremd.

»Noch immer?«, antwortete die Frau. »Ich kann nicht so viel Schmerzmittel geben, die Nerven müssen sich schnell regenerieren und aktivieren.«

Unvermittelt waren Farben, Zahlen, Symbole und sich verändernde Balken zu sehen, die in der Luft zu schweben schienen. Bestimmt war es nur ein Traum, nicht wirklich, so wie alles, was gerade vor sich ging. Vielleicht war die Frau auch nicht echt.

»Alle biochemischen und enzymatischen Prozesse laufen hervorragend. Und es sind keine Kristallrückstände zu entdecken. Dir wird es bald besser gehen, du wirst sehen. Ich weiß, wie du dich jetzt fühlst, es muss sich wie eine Geburt anfühlen. Dein Gehirn muss sich an all das noch gewöhnen.« Die Frau hantierte wieder mit den schwebenden, leuchtenden Zahlen, Ziffern und Linien, die wie durch Geisterhand in der Luft schwebten.

»Wo bin ich?«

Die Frau mit den schwarzen Haaren beendete ihre Tätigkeit und wandte sich wieder Nina zu. »All das wirst du in den kommenden Tagen erfahren. Es dauert sicherlich noch einige Tage, bis deine Gehirnstruktur die alte

Leistungsfähigkeit erreicht. Wir dürfen nichts überstürzen, wir haben Zeit. Momentan ist nur wichtig, dass du keine Angst zu haben brauchst. Du heißt Nina und bist vierundzwanzig Jahre alt. Hier bist du sicher, es kann dir nichts passieren.«

Also doch Nina? Vierundzwanzig? Weil Nina neben einem permanenten Zucken ihrer Gliedmaßen momentan keine Schmerzen spürte, versuchte sie, sich an irgendetwas zu erinnern, doch da war nichts.

Absolut nichts.

Wieder spürte sie dieses verstörende Gefühl, als würde sie in ein Loch gezogen, als löste sich alles in ihr auf. Erneut begann sie zu weinen, versuchte all die auf sie einbrechenden Gefühle von sich zu schieben, aber sie waren zu stark.

Vorsichtig wischte die Frau mit einem Tuch ihre Wangen trocken.

»Ich weiß«, flüsterte sie, »du erlebst nichts, was dich beunruhigen müsste. Wir können alles steuern, aber nicht das, was die Seele genannt wird. Es wird besser werden, das verspreche ich.«

Noch immer weinend, tastete Nina nach ihrem Arm und spürte schließlich ein Band, das ihren Oberarm umschloss. Es fühlte sich kalt an, tat ihr aber nicht weh. Sie berührte ihre Lippen, ihre Wangen, die nass von Tränen waren, ihre Augen und dann ihre Stirn. Dort war wieder etwas Kühles zu spüren, eine Art Platte, die bis zu ihren Ohren reichte. Darüber bekam sie aber kein Haar zu fassen, sondern nackte Haut. Über die schien eine Art metallenes Netz gespannt zu sein, es fühlte sich angenehm kühl an. Was sollte das? Befand sie sich in einem Krankenhaus? Hatte sie einen Unfall gehabt und konnte sich an nichts erinnern? Wer war sie wirklich? Sie konnte sich weder an den Namen ›Nina‹ erinnern noch daran, dass sie eine Frau war.

Sie kannte sich selbst nicht.

Mit der Zeit wurde Ninas Blick schärfer. Konturen verschwammen weniger, sie erkannte Farben und Formen, Linien, Zahlen und Diagramme, die in der Luft neben ihrem Bett schwebten, exakter. Es war keine Einbildung gewesen, tatsächlich schwirrten Zahlenkombinationen, verschiedenfarbige Punkte, Linien und eine Menge ihr nicht bekannter Zeichen innerhalb eines kleinen Bereichs durch den Raum. Ab und zu griff die Frau nach einem Wert, zog ihn an eine andere Stelle, drückte hier, drehte dort, schrieb in der Luft. Entsetzt erkannte Nina, dass sie so etwas noch niemals gesehen hatte, es musste also ein Traum sein, in dem sie gefangen war. Falls sie einen Unfall erlitten hatte, fehlte auch die Apparatur neben ihr, ein anderes Bett, ein Mitpatient, irgendein Bild an der Wand, eine Tür. Hier war alles weiß, nur eine große Glasscheibe war in eine der Wände eingelassen, ihr unbekannte Symbole an den Wänden, die aber nicht größer waren als ihre Hand. Und die schwebenden digitalen Werte, Zeichen, Formen und Balken konnte sie keinem Ursprung zuordnen, sie waren einfach da, wie Staubteilchen.

Da ihr gesamter Körper immer wieder zuckte, schob sie die Decke zurück und musterte ihn. Jede Faser bewegte sich ruckartig, ohne dass sie deswegen Schmerzen verspürte. Es war aber unangenehm und sie konnte dieses Zucken nur für einige Augenblicke stoppen, indem sie den Muskelbereich des jeweiligen Bereichs bewusst anspannte.

Die Frau schien Ninas Verwirrtheit zu spüren, denn sie unterbrach die Arbeit mit den schwebenden Prozessen. »Du bist an ein Muskel- und Nervenreizsystem angeschlossen. Die Verbindungen zwischen Gehirn und den Reizleitungen müssen aktiviert werden. Du konntest nur deswegen deinen Arm bewegen, geschweige denn die Decke herunterziehen, weil du schon seit zwei Tagen daran angeschlossen bist. Es dauert nicht mehr lange, vermutlich wirst du heute Nacht alles selbst unter Kontrolle haben.«

Nina verstand kein Wort. Dieses Dingens, das ihre Nerven und Muskeln angeblich reizte, war nirgends zu sehen. Da war nichts.

»Enzymierungsprozess abgeschlossen!«

Nina erschrak. Dies hatte nicht die Frau gesagt, es war eine künstliche Stimme gewesen, wie aus einem Traum. Wo kam sie her?

»Ah, gut«, murmelte die Frau, die Nina als Ärztin ansah, und verschob wieder einige schwebenden Zahlenwerte direkt vor ihr. Sie öffnete ein virtuelles Fach, zog Zahlen dort hinein, öffnete ein anderes und sortierte wieder Symbole.

»Was ist das?« fragte Nina schließlich.

»Was? Die Stimme?«

»Auch. Ich meinte das, was Sie tun.«

»Die Stimme war Cox, das Programm, das hier alles überwacht. Und ich kontrolliere deine Werte. Die Technik ist dir allerdings unbekannt. Mit jedem Prozess, der abgeschlossen wird, hast du all das schneller hinter dir.«

Da Nina wieder von diesem unerträglich schlechten Gefühl heimgesucht wurde, schwieg sie. Vielleicht wachte sie endlich auf und konnte diesem Albtraum entfliehen. Dafür müsste sie aber einschlafen, was ihr aufgrund ihrer Müdigkeit nicht schwerfiel.

Als Nina erwachte, fühlte sie sich wesentlich klarer. Binnen Augenblicken begriff sie, wo sie sich befand, und spürte ihr Herz in ihrer Brust hämmern. Die Ärztin war gerade nicht anwesend, und als sie nach einer Türe oder Ähnlichem Ausschau hielt, fand sie nichts, das die Abwesenheit der Frau erklären konnte. Doch die Werte, Zahlen und Symbole waren noch immer da, schwebten neben ihr, verhielten sich aber ruhig. Schließlich zog sie wieder die Decke weg und musterte ihren Körper. Theoretisch war ihr bewusst, dass sie eine Frau war, sie hatte

Brüste, zudem schlanke Beine und grazile Finger. Doch noch immer konnte sie sich an nichts aus einem früheren Leben erinnern. Zu dieser Erkenntnis spürte sie wieder dieses zehrende Gefühl in sich, wie eine Depression, wie ein schwarzes Loch, das sie völlig einnahm. Es schien alles zu verschlucken, was auch nur ansatzweise Hoffnung gab, zerstörte jegliche Freude in ihr, noch zu leben. Doch konnte sie sich überhaupt freuen? Auf was? Sie wusste nicht einmal, warum sie hier war. Nur, dass sie Nina hieß. Es war nur ein Name, wie eine Nummer, der nicht einmal stimmen musste.

Sie wusste nichts.

Plötzlich öffnete sich ein Teil der Wand. Es geschah absolut lautlos, nur die Schritte der Frau waren zu hören, die nun den hell erleuchteten Raum betrat. Augenblicklich drückte sie auf eines der schwebenden Symbole.

»Endomysiumregeneration abgeschlossen. Perimysiumregeneration abgeschlossen«, ertönte eine markante Männerstimme.

»Danke, Cox.« Dann wendete sich die Frau Nina zu.

»Hallo Nina. Der Schlaf muss dir gutgetan haben, die Werte sind viel besser als vor elf Stunden. Deine Nervenstruktur ist voll einsatzfähig, sämtliche Synapsen funktionieren. Wir unterziehen sie später einer Belastungsprobe.«

Nina erschrak. Neben der Erkenntnis, länger geschlafen zu haben als angenommen, fragte sie sich, woher die Stimme dieses Cox gekommen war. Und was die Ärztin mit ihr vorhatte. Weil nichts mehr an und in ihr pochte und zuckte, setzte sie sich auf, was ihr erstaunlich gut gelang. Plötzlich zogen Bilder in ihrem Gedächtnis vorbei, die sie zuvor nicht gesehen hatte. Ein Mann strich über ihr Haar und lächelte sie an. War es ihr Vater? Sie stand vor einem Fernseher, eine Frau rief sie, während sie den Tisch deckte. Dann saß sie in einem Auto und sah auf blühende Felder. Dabei rannen ihr Tränen aus den Augen.

»Dein ›Ich‹ muss sich erst an die neue Situation gewöhnen«, sagte die Frau mit leiser Stimme. »Du musst dich nicht schämen, weine einfach, wenn es dir danach ist.«

Nina fühlte nur absolute Leere in sich. Und Durst. »Kann ich etwas Wasser haben?«

Die Frau ging zu einem Teil der Wand, drückte auf einige Punkte, woraufhin sich eine Klappe öffnete und ein Beutel erschien. Diesen reichte die Frau Nina.

»Trink nicht zu schnell, dein Magen hat bisher nur kleine Mengen erhalten.«

Nina wollte nicht fragen, wie sie überhaupt etwas erhalten hatte. Gierig trank sie einige Schlucke, wunderte sich aber über die Konsistenz des Beutels und den eigenartigen Geschmack des Wassers. Dann sah sie die Frau zum ersten Mal näher an. Ihr schwarzes Haar war kurz geschnitten, reichte etwa bis zu ihren Ohren, sie war ungeschminkt und trug einen gräulich-blauen Anzug. Sie war der einzige Mensch, den sie kannte, sie kannte nicht einmal sich selbst. Dabei wunderte sie sich, zu wissen, dass Frauen sich schminkten, dass sie Wasser aus einem Beutel trinken konnte, aber rein gar nichts über sich wusste. Und dass ihr hier alles seltsam und ungewohnt vorkam. »Habe ich eine Amnesie?«

Behutsam strich die Frau über Ninas Wangen. »Kannst du dich denn an nichts erinnern?«

»Doch, einige Bilder kommen zurück. Sie sind zwar wie Blitzlichter, aber es ist schön. Sie haben gesagt, dass ich Nina heiße.«

»Ja. Ich bin Melanie Reed, sag Melanie zu mir. Keine Förmlichkeiten.« Melanie tastete einige Zeichen und Symbole ab und wendete sich wieder Nina zu. »Die Daten bestätigen, dass sämtliche Funktionen deines Gedächtnisses voll regeneriert sind. Wenn du tatsächlich unter einer Teilamnesie leidest, ist das nicht ungewöhnlich. Ich bin überzeugt, dass du dich in einigen Tagen an dein früheres Leben erinnern wirst.«

»Was ist das hier? Ein Hightechkrankenhaus?« Dabei stand sie auf, hielt sich zuerst schwankend am Rahmen des Bettes fest und ging schließlich einige Schritte. Zu ihrer Überraschung fühlte sie sich weder schwach noch ungelenk.

»Wie stellst du dir denn ein Krankenhaus vor?«

»Na mit Betten und diesen metallenen Kommoden, mit Schwestern und einer Kanüle im Arm.«

»Na wunderbar, dann hast du ja eine Erinnerung. Wie solltest du sonst wissen, wie ein Krankenhaus aussehen könnte? Oder Kanülen?«

Augenblicklich starrte Nina vor sich. Melanie hatte recht, es mussten ebenfalls Brücken aus ihrer Vergangenheit sein. Sie ging noch einige Schritte und setzte sich schließlich wieder auf die Bettkante.

»Was ist ein Prelarium?«, fragte Melanie.

»Keine Ahnung.«

»Und was ist ein Auto?«

»Ein Kraftfahrzeug.«

»Siehst du: wieder eine Erinnerung.«

Die Tatsache, Dinge aus einer Welt zu kennen, half ihr nicht, dieses erschreckend nagende Gefühl in sich zu verlieren. Seltsamerweise war sie kein bisschen müde, dafür hatte sie aber jede Menge Fragen.

»Wo bin ich hier? Was ist mit mir passiert? Hatte ich einen Unfall?«

»Nein, du hattest keinen Unfall. Aber du warst schwer erkrankt.«

»Also ist das doch ein Krankenhaus und ich bin wieder genesen?«

Melanie antwortete nicht, sondern sah Nina lächelnd an. Es war ein seltsames Lächeln, bei dem Nina spürte, dass die Ärztin Scheu hatte, ihre Fragen zu beantworten. War sie überhaupt eine Ärztin?

»An was war ich erkrankt?«

»Du hattest ein unheilbares Lungenleiden.«

»Okay. Aber unheilbar war es anscheinend dann doch nicht? Ich sitze ja hier.«

»Damals schon.«

»Damals?«

Nun griff Melanie nach Ninas Händen. Sofort spürte Nina einen Schauer über ihren Rücken wandern. Es tat gut, diese Hände zu spüren, es war willkommene Nähe inmitten eines riesigen Lochs, in das sie immer tiefer hineingezogen wurde.

»Du hast dich damals einem Programm unterzogen, das Menschen die Möglichkeit bietet, sich einfrieren zu lassen. Du warst in einem Kryonikschlaf.«

Nina dachte, nicht richtig zu hören. »Ich war eingefroren?«

»Ja. Dein Vater war ein wohlhabender Unternehmer, der dich letztendlich in ›Slive‹ untergebracht hat. Slive war der größte Kryonikanbieter, und auch der einzige, der schon damals Erfolge vorweisen konnte. Kurz nach deinem Tod hatte man deinen Körper tiefgefroren.«

Völlig schockiert starrte Nina zu Boden. Ihr Herz hämmerte und sie fühlte eisige Kälte. Das konnte doch nicht wahr sein. Sie war eingefroren gewesen? Und man hatte sie tatsächlich wieder aufgetaut? Auch wenn sie ahnte, sich an ihren Vater erinnern zu können, wirkte es wie die Geschichte eines fremden Menschen, wie ein Märchen, das man nur schwer glauben konnte.

»Also ist das hier kein Krankenhaus?«

»Nein, es ist ein Hochsicherheitslabor. Zwar hast du nur mich bisher gesehen, aber es gibt weitaus mehr Wissenschaftler und Ärzte. Sie beobachten uns durch Kameras und durch die Glasscheibe. Nur kannst du nicht auf die andere Seite sehen.«

Ungläubig hielt Nina nach Kameras Ausschau, konnte aber nichts ausmachen. Vermutlich waren sie ebenso unsichtbar wie der Apparat, der dieses gesamte ominöse Programm mit all den Symbolen in die Luft projizierte.

»Du befindest dich in einem der Labore von Slive, tief unter der Erde«, erklärte Melanie.

»Slive? Ich kann mich nicht daran erinnern.«

»Es wird schon wieder. Ich sagte ja: Eine Amnesie nach dem Auftauen ist nicht selten.«

Nina hatte nur noch Angst. Ihre Brust drückte sich zusammen, sie bekam schwer Luft. Es war ein Albtraum, alles schien einzustürzen, wieder wurde sie von dem Gefühl, in ein tiefes, schwarzes Loch gezogen zu werden, ergriffen. Zu der Gewissheit, nichts über sich selbst zu wissen, kam nun die Erkenntnis, auch über das Jetzt im Dunkeln zu tappen.

Wo genau war sie?

Und vor allem: wann?

Völlig verstört hielt sich Nina die Hände vors Gesicht. Sie mochte nicht wieder etwas erfahren, das sie nicht verstand, doch sie konnte sich der Frage, in welchem Jahr sie nun lebte, nicht entziehen. Allerdings wusste sie auch nicht, in welchem Jahr sie ursprünglich gelebt hatte. Kurzzeitig fragte sie sich, ob es momentan besser war, gar nicht zu wissen, wann sie wo mit wem je gelebt hatte.

»Woher weißt du das alles? Also das mit meinem Vater?«, fragte sie schließlich.

»Aus den Unterlagen. Mit dir ist nicht nur deine Person eingefroren worden, sondern auch die wichtigsten Daten deines Lebens, die Umstände deines Kryonikschlafs. Ich kann dir den Namen deines Vaters nennen, wann du gelebt hast, wie alt du bist, an was du gestorben bist. Viel mehr aber nicht. Für alles andere bist du leider auf dein Erinnerungsvermögen angewiesen.«

»Du sagtest, eine Amnesie kommt häufig vor. Heißt das, es gibt auch andere, die ihr aufgetaut habt?«

»Ja, du bist nicht die Einzige.«

»Sind die auch hier?«

»Nur einer. Die anderen sind bereits nach wenigen Wochen nach Alessia übergesiedelt.«

»Was ist Alessia?«

»Nina, ich möchte dich nicht überfordern. Du bist erst gestern aufgewacht, und es gibt so viel, was du noch nicht weißt.«

»Aber ich bin nicht müde.«

»Das ist das Programm. Deine Zellen haben die maximale Regeneration erhalten, fast wie nach einer Verjüngungskur.«

»Wie ist es nur möglich, Menschen aus einem Eisschlaf zu holen? Ich meine, ich war doch tot.«

»Möchtest du tatsächlich die biochemische Erklärung dafür haben?«

»Nein. Lieber nicht. Es ist alles so ...« Nina schloss die Augen. Voller Inbrunst hoffte sie, endlich aufzuwachen und in dem Leben zu stecken, dass sie gewohnt war, auch wenn sie sich nicht daran erinnern konnte. Doch Melanies Hand auf ihrer war durchaus realistisch.

Mit einem Mal stieg Hitze in ihr auf. »Welches Jahr haben wir?«

»Wir haben den 21. April 2197.«

»Und wann habe ich mich einfrieren lassen?«

»Am neunten November 2032.«

Die Antwort war wie ein heftiger Schlag. Ungläubig starrte Nina Melanie an, bevor sie ihren Blink senkte. Das konnte doch unmöglich wahr sein. »Ich war 165 Jahre lang eingefroren?«

»Dein mathematisches Gedächtnis funktioniert erstaunlich gut.«

»So lange? Oh mein Gott!« Es musste ein Traum sein, anders war es nicht zu erklären. Es konnte nicht sein, durfte nicht sein. Es hieße, die Welt, in der sie gelebt hatte, existierte mit allergrößter Wahrscheinlichkeit nicht mehr. Und somit auch niemand, den sie gekannt hatte, wer immer das auch gewesen war. Nina konnte die Flut an auf sie einstürzender Gedanken kaum steuern. Wie sah die Welt von heute aus? In welchem Land lebte sie? Plötzlich musste sie an die anderen denken, die ebenfalls aufgetaut worden waren. Vielleicht war ja jemand aus ihrer Zeit dabei? Wie erging es ihnen? Und wie lange dauerte es, bis sie sich endlich an mehr als nur zusammenhanglose Bildfetzen erinnern konnte?

Mit trockenem Mund trank sie ein weiteres Mal, sah dann zu dem Programm, das mitten in den Raum projiziert wurde und schließlich zu Melanie. »Und das ist die gegenwärtige Technik?«

»Ja, wobei nicht einmal die neueste. Nina, es wird keineswegs leicht werden, in dieser Welt Fuß zu fassen. Es hat sich sehr viel verändert. Zu viel, um es in einigen Tagen begreifen zu können.«

»Aus welchem Land stamme ich?«

»Du stammst aus dem damaligen Deutschland. Aus Hamburg.«

Überraschenderweise kam es Nina bekannt vor. »Da wir also in Deutsch sprechen, sind wir in auch Deutschland? Warum übrigens damalig«

»Wir sind weder in Deutschland noch sprechen wir Deutsch. Es ist eine Art Englisch, nur in abgewandelter Form.«

Ninas Mund stand offen, während sie Melanie entsetzt ansah.

»Wir haben alles Nötige in deinem Sprachzentrum frisch angelegt. Du denkst und redest in dieser dir neuen Sprache, und wie ich höre, ist die morphosyntaktische Verarbeitung zufriedenstellend.«

»Was? Aber wie geht das?«

»Das zu erklären, sprengt aktuell den Rahmen.«

Nina konnte es nicht glauben. Sie sprach eine ihr völlig fremde Sprache. Es klang so verrückt, als würde sie erfahren, in einer Art Raumschiff aufgewacht zu sein. »Und wir sind nicht in Deutschland?«

»Nein. Diese Staatsformen gibt es nicht mehr in der Art, wie du sie kennst. Wir befinden uns auf einem Gelände an der Ostküste im ehemaligen Großbritannien.«

»Wie, sie gibt es nicht mehr?«

»Nina, auch das gehört zu dem, was wir dir schonend und ohne Hektik erklären wollen. Ich schlage vor, wir gehen es chronologisch an und nicht alles heute. Es würde dich überfordern, und ich mag das Risiko nicht eingehen, dass du dich übernimmst. Deine Werte zeigen, dass du Schlaf gebrauchen könntest. Mehr wird dir dann Aaron erzählen.«

»Wer ist das? Auch ein Arzt?«

»Nein. Einer, der ebenfalls aufgetaut wurde.«

Nina wusste nicht, ob sie sich darüber freuen sollte, jemanden aus ihrer Zeit kennenzulernen. Melanies Worte hallten wie Donnerschläge in ihr nach und verwirrten sie immer mehr. Sie hatte eine Sprache eingepflanzt bekommen? Staatsformen existierten nicht mehr?

»Es wird ein besonderer Schlaf«, riss Melanie sie aus chaotischen Gedanken. »Ich sagte ja, wir belasten jetzt deine synaptischen Reaktionen.«

»Im Schlaf?«

»Ja. Keine Angst, es ist alles nur ein Traum. Oder eine Einbildung, wie du es auch nennen magst.« Dann schob Melanie einige Zahlen virtuell herum und sah zu Nina. »Keine Angst. Ich bin die ganze Zeit bei dir.«

»Aber, was passiert jetzt?« Mit dem letzten Wort spürte Nina alles umfassende Müdigkeit. Sie wollte nicht schlafen, versuchte mit Gewalt, ihre Augen offen zu halten, doch augenblicklich wurde alles leicht und sorglos.

Plötzlich befand sie sich auf einer Wiese. Es roch nach frisch gemähtem Gras, Blumen blühten, Grillen zirpten, Halme strichen über ihre Füße. Wo zum Teufel war sie? Wenn dies ein Traum war, warum wusste sie dann, dass sie gerade noch versucht hatte, nicht einzuschlafen? War dies der Traum, den Melanie angekündigt hatte? Nein, das war nicht möglich, hier war alles echt. Der Geruch, die Schmetterlinge, die Blumen. Es konnte nicht möglich sein, derartige Einbildungen in ihr Gehirn zu pflanzen.

Plötzlich knurrte etwas. Gerade als sie sich umdrehte, rannte ein Rudel Hunde auf sie zu. Augenblicklich wurde ihr heiß und kalt, ihr Herz schlug wie wild und sie hoffte, es wäre doch ein Traum. Voller Panik lief sie los. So schnell sie konnte, rannte sie über die Wiese, sah immer wieder hinter sich, doch die Hunde kamen näher. Da tauchte ein Baum auf, dessen Äste ideal schienen, an ihnen hinaufzuklettern. Die Hunde bellten und knurrten ohne Unterlass, während sie näher kamen. Nina hatte nur noch Angst, sie war sich sicher, dass alles real war, und rannte um ihr Leben. Am Baum sprang sie in die Höhe und kletterte behände einige Meter hinauf. Gerade als sie innehielt, stoppten die Hunde vor dem Stamm und bellten wie irrgeworden.

»Programm 143 A Stopp«, ertönte plötzlich eine Stimme und die Hunde verschwanden. Sie hatten sich einfach in Luft aufgelöst. Ungläubig starrte Nina in die Tiefe, doch da war nichts außer Gras und Blumen.

Plötzlich stand ein Mann unter ihr. Er hatte kurzes graues Haar und trug einen weißen Arztkittel.

»Komm runter, Nina, sie sind weg. Entschuldige, wenn ich dich erschreckt habe.«

»Wer sind Sie?«

»Ich bin Cox. Du hast meine Stimme bereits gehört.«

»Aber … du bist ein Programm?«

»Ja, und du bist ebenfalls in einem. Komm, ich erkläre es dir.«

Nina konnte kaum atmen vor Aufregung. Bis vor Kurzem hatte sie befürchtet, von Hunden zerfetzt zu werden, jetzt sollte alles nur Lug und Trug gewesen sein? Da fielen ihr Melanies Worte ein.

»Bin ich in diesem Traum?«

»Es ist kein Traum, wie du ihn dir vorstellst. Du durchläufst ein Lernprogramm.«

Es hatte keinen Sinn, länger auf dem Baum zu sitzen, also stieg Nina hinab und musterte Cox' Gesicht. Dies sollte ein Programm sein? Er wirkte eher wie ein Mensch aus Fleisch und Blut.

»Hallo Nina. Es ist nicht mein richtiger Körper, ich habe ja keinen. Aber ich dachte, es würde dir helfen, wenn ich wie ein Arzt aussehe. Menschen vertrauen Ärzten am ehesten, das war schon vor Jahrhunderten so.«

»Kann ich Sie anfassen?«

»Natürlich!«

Neugierig streckte Nina die Hand aus und bekam zuerst den Kittel zu spüren, dann Cox' weiche Haut. Sogar die Härchen auf seinem Unterarm fühlte sie. Verwirrt zog sie die Hand zurück. »Das ist beängstigend.«

»Nur, weil du es nicht kennst.«

»Und was tun wir jetzt hier?«

»Wir testen die Leistung deiner Neurotransmitter sowie deiner Synapsen. Deine Flucht war schon mal sehr überzeugend.«

»Ich hatte Todesangst. Sie hätten mir das vorher sagen sollen.«

»Auch Angst gehört zu den elementaren Reizen eines Menschen.«

In all ihrer Verwirrung wuchs eine Frage in Nina, schließlich hatte Melanie sie auch einschlafen lassen. »Aber wie steuert ihr mich? Ich bin doch an keine Kabel oder an sonst etwas gebunden.«

»Doch. Du hast einen Cerebralrezeptor.«

»Das Netz auf meinem Kopf?«

»Ja. Es ist ein hc, ein headcap.«

Nina verzichtete darauf, sich erklären zu lassen, wie dieses Ding funktionierte. Es war unheimlich genug, sich mit einem Menschen zu unterhalten, der gar keiner war und nur einer Art Software entsprang. Und dies auch noch in einer Sprache, die sie vor Kurzem in ihr Gehirn eingesetzt bekommen hatte.

»Programm 38!«, sagte plötzlich Cox, und als sich Nina umdrehte, sah sie anstatt dem Baum einen Parcours vor sich. An einem Balken hingen Seile, ein schmaler Holzsteg führte über Wasser, eine Kletterwand streckte sich in die Höhe.

»Soll ich da durch?«, fragte Nina.

»Natürlich.«

»Aber was bringt das? Ich träume doch das alles nur.«

»Nina, dein gesamter Körper ist in diesem Programm eingespeist. Jede einzelne Muskelfaser, jeder Nervenstrang wird genauso aktiviert und belastet, als würdest du den Parcours wirklich meistern. Deine Sinne müssen aktiviert werden. Vertraue dir selbst und beginne.«

Verwirrt schüttelte Nina den Kopf. Noch vorgestern war sie in einer Art Tiefschlaf gewesen, nun sollte sie ein Trainingsgelände absolvieren, das unbezwingbar wirkte. Dennoch ging sie darauf zu, balancierte über den Steg, der immer enger wurde, zog sich an einem der Seile empor und setzte sich in etwa zehn Metern Höhe erstaunt auf einen Holzbalken. Es musste mit dem Programm zusammenhängen, denn sie hätte unter realistischen Umständen niemals dieses lange Seil hochklettern können. Dann balancierte sie weiter, rutschte aber aus und hielt sich gerade noch an der Kante des Balkens fest. Dabei schlug sie sich ein Bein an, das nun schmerzte.

»Ich kann Schmerzen spüren!«, rief sie Cox entgegen.

»Natürlich. Die Umstände sollen doch so realistisch wie möglich sein, oder?«

Mühsam zog Nina sich in die Höhe und sprang gegen die Kletterwand, an der etwa handtellergroße Griffe angebracht waren. An diesen stieg sie hinauf, bis sie auf einer Plattform ankam. Von dort sah sie aus etwa fünfundzwanzig Metern Höhe in die Tiefe. Die Wiese, die ihr zuvor unendlich groß vorgekommen war, ging an den Rändern in Wälder über, dahinter lag ein See. Und das sollte alles Teil des Programms sein?

»Was jetzt?«, schrie sie hinab.

»Du musst nicht schreien«, antwortete Cox in angenehmer Lautstärke. »Entfernungen jeglicher Art sind nur virtuell. Du kannst runterkommen.«

»Klettern?«

»Nun ja, springen wäre schmerzhaft.«

»Könnte ich dabei sterben?«

»Nein.«

Trotzdem entschied sich Nina, den langen Weg mühsam hinabzuklettern. Als sie schließlich vor Cox stand, sah er sie durchdringend an.

»Wir haben modifiziert. Alles, was du jetzt geleistet hast, könntest du auch wirklich.«

»Ihr habt mich stärker gemacht?«

»Eher leistungsfähiger.«

Nina wusste nicht, inwiefern ihr dies entgegenkommen sollte. In Wirklichkeit lag sie noch immer in dem Bett inmitten dieses sterilen Raums. Wenn sie die Wahl hätte, würde sie lieber auf der Wiese bleiben, aber sie war nicht die Realität. Nur kurz kam ihr in den Sinn, dass sie womöglich doch träumte und gar nichts von all dem Wirklichkeit war. »Was habe ich jetzt durch diesen Parcours bewiesen?«

»Es diente zum Datenabgleich. Alles ist so, wie es sein sollte, jede kleinste biochemische Reaktion in deinem Körper befindet in der Norm. Die letzte Stufe des Regenerationsvorgangs ist beendet.«

»Beendet? Aber es waren doch nur zwei Tage.«

»Nein, die meisten Prozesse liefen ab, während du auftautest.«

Nina war nicht überrascht. Während sie in ihrem Sprachzentrum herumgepfuscht hatten, waren offenbar noch ganz andere Dinge abgelaufen. Wie lange sie wohl ohne Bewusstsein diesen hochmodernen medizinischen Abläufen ausgesetzt gewesen war?

»Eins fehlt mir aber noch: Ich möchte mich an mein früheres Leben erinnern.«

»Warum?«

»Warum? Weil es mich ausmacht.« Nina fragte sich, ob ein Programm wie Cox Gefühle verstehen konnte. Und ob es verstand, dass sie darunter litt, sich wie herausgerissen und irgendwo hineingeworfen zu fühlen. Wenn er es nicht tat, würde es Melanie verstehen, sie war ein Mensch.

Oder?

Plötzlich hatte sie Angst, dass es noch viel mehr gab, was sie verstören konnte. Es gab nichts, was ihr Sicherheit bot. Allerdings erinnerte sie sich an Melanies Worte nach ihrem Erwachen.

»Mein Vater war offenbar Geschäftsmann. Haben er oder meine Mutter selbst sich auch einfrieren lassen? Sie müssten denselben Nachnamen wie ich haben.«

»Nein, das hätten wir dir bereits gesagt, Nina. Keiner von beiden war im Slive-Programm.«

»Aber … warum? Am Geld kann es doch nicht gelegen haben.«

»Aber an den Umständen ihres Todes. Nach einem Autounfall beispielsweise können die Körper kaum dafür benutzt werden. Bei anderen Anbietern gab es die Möglichkeit, dass nur der Kopf eingefroren wurde, was einige Kunden auch nutzten. Slive hat das aber nie angeboten.«

Ninas Hoffnung war ohnehin nur sehr gering gewesen, doch jetzt, als sie wusste, dass sie tatsächlich die einzige Überlebende ihrer Familie war, spürte sie wieder dieses zerfressende Gefühl, in ein Loch gezogen zu werden. Sie war eine Fremde, daran änderte sich nichts.

Plötzlich kam es ihr albern vor, sich mit einem Programm zu unterhalten.

»Ist Melanie auch ein Programm?«, fragte sie schließlich?

»Nein. Nur ich und all das, was du momentan siehst.«

Es beruhigte sie nur etwas, vielmehr spürte sie, wieder von diesem zerfressenden Gefühl heimgesucht zu werden. Das Schicksal hatte sie in eine fremde Welt gespuckt und darüber hinaus ihre Erinnerungen an ihr früheres Leben gestohlen.

»Gibt es kein Programm, das meine Erinnerungen zurückbringen kann?«, wollte sie wissen.

»Nein. Die müssen ganz von selbst kommen. Du möchtest doch nicht, dass sie mit Bildern und Emotionen versetzt werden, die nie real waren?«

Jedes weitere Wort machte Nina Angst. Zu was waren die Menschen, oder das Programm, nur in der Lage? All das hier sah aus wie echt, roch herrlich, hörte sich realistisch an. Und sie konnte sich wirklich wehtun, ihr Bein schmerzte nämlich noch immer.

»Gehen wir zurück«, sagte Cox und riss sie aus verwirrenden Gedanken. »Es genügt. Deine Muskelkontraktion lag bei 87 Prozent, deine Axonaktivität sogar bei 96 Prozent. Du solltest dich ausruhen, du bist müde.«

»Sagt dir das dein Programm?«

»Ich bin das Programm.«

Bevor Nina etwas erwidern konnte, verschwamm alles um sie herum. Der Geruch der Wiese wurde fahl, Cox verblich wie sich plötzlich auflösender Nebel, sie hörte auch nichts mehr, bis sich Wärme und Dunkelheit ausbreiteten.

Als Nina erwachte, wusste sie zuerst nicht, wo sie war. Offenbar lag sie in einem anderen Raum, denn ein grauer Tisch stand neben ihr, an einer Wand hing ein Bild, auf dem sich Wellen bewegten und die Brandung zu hören war, kein Programm projizierte irgendwelche Symbole in den Raum.

Sie hatte von ihrem Vater geträumt, von ihrer Mutter, die ihr Lieder vorgesungen und ihr beim Bilderausmalen geholfen hatte. Ihr Hund Benny war hereingekommen, hatte sie schwanzwedelnd begrüßt und sie in den Garten gezogen. Sie hatte auch von ihrer besten Freundin geträumt, von deren Gesicht, von vielen Gesprächen, die sie berührten. Seltsamerweise hatte sie aber keine weiteren Gesichter gesehen. Dennoch wusste sie, dass es ihre Eltern gewesen waren. Warum? Reichten Gefühle aus, um zu wissen, um welche Menschen es sich handelte?

Irgendetwas war noch anders. Verwirrt tastete sie an ihren Kopf, ohne aber das elektronische Netz zu spüren. Auch die Metallplatte war verschwunden, und als sie an ihren Oberarm sah, fehlte der Reif. Offenbar musste nichts mehr an ihr beobachtet werden. Also hatte auch Cox keinen Zugriff mehr auf sie, und diese Tatsache beruhigte sie immens.

Mit trockenem Mund trank sie aus dem Becher auf dem Tisch und sah auf das Bild. Sogar Möwen waren zu hören, einige von ihnen flogen um Palmen herum oder kreisten über dem Wasser. Die Erkenntnis, nicht in ihrer alten Welt zu sein, zerdrückte schier ihren Magen. Die Träume waren so schön gewesen, so warm, hatten ihr Sicherheit gegeben. Hätte Vater ihr damals doch nur dieses Programm ausgeredet. Sie waren alle tot, alle Erinnerungen an sie führten nur zu noch mehr Trauer. Und sie war in einer Welt gefangen, die sie ängstigte.

Als sie den Raum weiter musterte, sah sie ein in die Wand eingelassenes Regal, in dem einige Kleidungsstücke lagen. Direkt an ihrem Bett fiel ihr ein kleiner Kasten auf. Aus diesem wurde ein Spiegel direkt an die Wand hinter ihr projiziert. Augenblicklich wurden ihre Hände schweißnass. Sie hatte keine Ahnung, wie sie aussah, ob sie ihr Gesicht kannte, und traute sich daher einige Momente nicht, in den Spiegel zu blicken.

Schließlich wagte sie es. Das Gesicht, das ihr entgegensah, sagte ihr rein gar nichts. Schwer atmend drehte sie ihren Kopf, erkannte einen kahl rasierten Schädel, darunter ragten braune Augen aus dunklen Augenhöhlen. Sie hatte volle Lippen und eine kleine Narbe an der Wange, deren Ursache sie aber nicht kannte. In rasender Bestürzung begriff sie, dass sie dieses Gesicht nicht kannte, auch nicht, wenn sie sich irgendeine Frisur dazu vorstellte. Wer zum Teufel war sie?

Weil sie Schritte hörte, drehte sie sich hastig um. Es war Melanie, die den Raum betreten hatte und langsam auf sie zukam. Sie freute sich sehr darüber. Melanie war der einzige Mensch, den sie in dieser Welt kannte, und so fühlte sie sich wie ein Küken, das auf diese Frau geprägt war.

Als sie an die Prägung der Küken dachte, erkannte sie, dass sie wieder eine Erinnerung hatte.

»Ich dachte, du würdest dich selbst sehen wollen«, begrüßte Melanie sie freundlich. »Du hast auch ohne Haar ein wunderschönes Gesicht, Nina.«

»Wie lange habe ich geschlafen?«, fragte sie, um sich selbst abzulenken. Sie wollte Melanie nicht offenbaren, dass ihr Magen aufgrund all der Neuerungen rebellierte.

»Neun Stunden und 47 Minuten. Wir konnten alles abnehmen, es ist nicht mehr nötig, deine Werte aufzuzeichnen«, erklärte Melanie.

»Und ich bin verlegt worden.«

»Ja, du kannst dich jetzt frei bewegen, zumindest in dem Trakt des Labors. Heute wird dich Aaron besuchen. Er ist seit drei Wochen wach und hat mich darum gebeten, dir all das näherzubringen, was du noch nicht weißt. Ist das für dich in Ordnung?«

»Stammt er aus meiner Zeit?«

»Zweiundsechzig Jahre später. Er hat also bereits Dinge erlebt, die in deiner Zukunft lagen.«

Während Nina überlegte, wie dieser Aaron wohl sein mochte, verspürte sie ein untrüglich menschliches Gefühl. »Gibt es hier eine Toilette?«

»Natürlich. Komm, es ist alles hier. Du musst... na, du wirst schon sehen. Es ist übrigens der einzige Raum, der nicht überwacht wird. Du hast also wenigstens dort deine Ruhe.«

Aufgeregt folgte Nina Melanie zu einem Symbol in der Wand in der Nähe der Zimmertür. Als Melanie es drückte, öffnete sich eine weitere Tür, die Nina zuvor nicht gesehen hatte. In einem kleinen Raum war eine Art Toilette angebracht, nur kreisrund, ohne Deckel und ebenfalls ohne Spülung, aber mit einem rechteckigen Loch in der Wand direkt daneben. Daneben war eine Kabine, die in der oberen Wand Löcher hatte. Mit viel Fantasie konnte Nina eine Dusche erkennen.

»Du benötigst nichts anderes«, erklärte Melanie. »Ich warte hier draußen. Bitte strecke unbedingt deine Hände in die beiden Öffnungen an der Türe, wenn du fertig bist.«

Nachdem sich die Türe geschlossen hatte, sah Nina in das Loch inmitten des metallenen Rings. Es roch angenehm süßlich, die Oberfläche im Loch wurde von einer gallertartigen Flüssigkeit überzogen. Weil sie aber dringend musste, setzte sie sich darauf und ließ Wasser. Dann hielt sie die Hand vor den Kasten und zog sie erschrocken zurück. Ein Tuch kam zum Vorschein, mit dem sie sich abputzte und es in das Loch warf. Sofort wurde es von der seltsamen Masse absorbiert. Dann ging sie zu den beiden Öffnungen neben der Türe und streckte ihre Hände hinein. Ein Summton ertönte, grünes Licht fuhr über ihre Hände, die sie abzuscannen schienen, dann erlosch es nach wenigen Momenten.

»Ist das eine Art Handwaschsystem ohne Wasser?«, wollte sie von Melanie wissen, als sie wieder ihr Zimmer betrat.

»Ja. Es wäscht und desinfiziert gleichzeitig. Wir sind ziemlich anfällig auf Keime, du wirst es bald verstehen.«

»Und die Kabine ist eine Dusche?«

»Ja, das Wasser ist mit Desinfektionsmittel angereichert. Wenn ich gehe, bitte ich dich, dich zu duschen. Handtücher kommen aus dem Kasten neben der Dusche.«

Nina nickte nur, ging dann aber an Melanie vorbei durch die Zimmertüre, weil sie offen stand. In einem langen Flur zogen sich weiße Wände mit Drucksymbolen Dutzende Meter in zwei Richtungen, weit hinter sich sah sie einen Mann von einem Raum in einen anderen huschen. »Sind dort auch solche Räume wie der, in dem ich aufgewacht bin?«

»Ja, aber nicht viele. Wir tauen nicht mehr zwei oder mehr Personen gleichzeitig auf, denn der Vorgang ist nach wie vor kompliziert.«

»Und was gibt es sonst noch in diesem Labor?«

»Alles, was zur modernsten Forschung am menschlichen Körpers dazugehört. Slive ist mit der modernsten Technologie ausgestattet, die Laborgänge gehen bis zur zweiunddreißigsten Etage unter die Erde. Es ist beinahe eine eigene Welt.«

»Die ich aber nicht sehen darf?«

»Nina, du bist seit zwei Tagen wach. Und du fühlst dich nach wie vor schlecht, was völlig verständlich ist. Was hältst du davon, etwas zu essen?«

Zu ihrer Überraschung musste Nina zugeben, tatsächlich etwas Hunger zu haben. Das schmerzhafte Ziehen in ihrer Brust und in ihrem Bauch war hingegen ihrem seelischem Zustand geschuldet. Also folgte sie Melanie zurück in den Raum mit dem sich bewegenden Bild und setzte sich auf einen der Stühle, die an dem kleinen Tisch standen.

Plötzlich fiel ihr etwas ein. »Ich glaube, ich war Vegetarierin.«

»Kein Problem, unsere gesamte Nahrung ist vegetarisch.«

Dann verließ Melanie den Raum und ließ Nina allein.

Augenblicklich fühlte sich Nina noch einsamer. Irgendwo piepte etwas auf dem Flur, dann aber waren nur das Meeresrauschen und das leise Kreischen der Möwen auf dem Bild zu hören. Binnen weniger Augenblicke spürte sie, wie das Loch in ihr größer wurde, wie es ihren Magen umschloss, wie unerträglich schlecht sie sich fühlte. War es eine Nachwirkung des Kryonikschlafs oder tatsächlich die Erkenntnis, in einer fremden Welt aufgewacht zu sein? Wurde sie auch hier überwacht?

»Cox«, flüsterte sie schließlich, »bist du hier?«

Doch niemand antwortete. Vielleicht war das Programm ja an diesen Cerebralrezeptor gebunden, den sie nicht mehr trug.

Da Melanie sie darum gebeten hatte, ging sie in die Dusche. Es war ein seltsames Gefühl, zu wissen, dass sich Desinfektionsmittel im Wasser befand, gleichzeitig genoss sie aber, warmes Wasser auf ihrer Haut zu spüren. Sie musterte ihren Körper und fand, dass er durchaus schön wirkte, konnte sich aber an gar nichts erinnern. Nichts an ihr kam ihr bekannt vor, auch nicht die Tatsache, dass der große Zeh etwas kleiner war als der direkt daneben.

Tatsächlich öffnete sich nach dem Duschen der Kasten und offenbarte ein großes Handtuch.

Als sie danach das Bad verließ, ging sie zu dem Bild an der Wand. Zuerst musterte sie nur die sich bewegenden Dinge, berührte das Bild mit einem Finger. Seltsamerweise spürte sie nichts, es war wie ein Hologramm, dessen Ursprung sie aber nicht finden konnte. Und auch keinen Lautsprecher, aus dem die Geräusche stammten.

»Trinäres elektromagnetisches Kraftfeld.«

Erschrocken drehte sich Nina um. Ein junger Mann stand im Eingang ihres Raumes und hielt ein Tablett in der Hand.

»Oder so ähnlich«, fuhr er fort. »Ich habe es bis heute noch nicht richtig verstanden. Entschuldige, dass ich dich erschreckt habe. Melanie hat mir etwas zu essen für dich mitgegeben.«

Nina wusste nicht, was sie antworten sollte. Er war der erste Mensch seit Melanie, doch die Begegnung mit Cox hatte alle Dinge, die sie für selbstverständlich hielt, auf den Kopf gestellt.

»Bist du ... echt?«

Mit einem Mal lächelte der Mann und kam näher.

»Natürlich. Ich bin Aaron, und ich bin genauso echt wie du.«

Wortlos sah Nina zu, wie Aaron zu ihr kam und das Tablett auf den Tisch stellte. Darauf standen zwei Becher sowie ein blauer Beutel.

»Darf ich mich zu dir setzen?«, fragte Aaron. »Ich bin selbst ganz aufgeregt. Du bist der erste Mensch, den ich sehe, der auch aus dem Kryonikprogramm kommt.«

»Okay.« Während sich Nina setzte, musterte sie Aaron. Er trug ein braunes Tuch auf seinem Kopf, mit dem er vermutlich seine Glatze bedecken wollte, seine blauen Augen schufen ungeahntes Vertrauen, dem sie sich aber nicht gänzlich hingeben wollte. Er war nur ein Mann, der etwas behauptete, das sie nicht überprüfen konnte.

»Es sieht nicht allzu einladend aus«, sagte Aaron mit Blick auf den Beutel. »Es ist aber überraschend gut.«

»Was ist denn da drin?«

»Eine synthetische Masse, die uns vorgaukelt, wir würden Gemüse, Mehlprodukte und Gewürze essen.«

»Synthetisch?«

»Offenbar ja. Ist aber echt lecker.«

Einige Augenblicke starrte sie auf den Beutel, dann nahm sie ihn, öffnete den Verschluss an der oberen Spitze und drückte etwas Masse in den Mund. Tatsächlich schmeckte es wesentlich besser als es aussah, sie konnte sogar einige Gemüsesorten erkennen.

»Und du bist vorgestern früh aufgewacht?«

»Ja. Und du?«

»Vor neunzehn Tagen. Wenn du auch neunzehn Tage hier bist, wirst du verstehen, welchen Vorsprung ich jetzt dir gegenüber habe. Ich mag dir helfen, all das zu begreifen, Nina.«

Zwar nickte Nina, wusste aber nicht, ob sie ihm vertrauen wollte. Doch was blieb ihr schon übrig? Sie war auf jeden Einzelnen angewiesen, vor allem, wenn er keinem verwirrenden Programm entsprang. »Was gibt es denn noch zu begreifen? Ich weiß bereits, dass ich über 160 Jahre lang in einem Tiefschlaf war.«

»Ja, und in dieser Zeit ist sehr viel passiert. Mehr als du vielleicht denkst.«

Für einen Moment war sich Nina nicht sicher, ob sie genau das wissen wollte. Es betraf einen Zeitraum, der hinter ihr lag, und sie hatte noch nicht einmal ansatzweise begriffen, in welcher Welt sie heute lebte. Voller Gedanken drückte sie weiterhin die Masse in ihren Mund und verlor eher als erwartet jegliches Hungergefühl.

Aaron schien ihre Gedanken zu ahnen. »Es füllt den Magen mehr, als du erwartest. Es sind viele Kohlehydrate drin, die uns extrem sättigen. Wir essen somit weniger.«

»Warum sollen wir weniger essen?«

»Weil die Nahrungsmittelbestandteile andere ist, als du sie kennst. Und sie sind frei von jeglichen Giftstoffen, vor allem aber von tierischen Produkten.«

»Also freuen sich die Veganer?«

»Es gibt nur Veganer. Lustig, es ist ein Begriff, der schon lange nicht mehr verwendet wird.«

»Aber du kennst ihn noch.«

»Ich wurde im Jahr 2094 eingefroren. Da gehörte aber die tierische Lebensmittelproduktion schon der Vergangenheit an.«

»Schon damals?« Nina ahnte, dass Aaron sie nun über den Zeitraum aufklären wollte, den sie in einem Kessel voller flüssigem Stickstoff zugebracht hatte. Und als sie diese 165 Jahre von ihrer damaligen Lebenszeit abzog, kam sie auf das Jahr 1867. Wie würde sich ein Mensch fühlen, der vom Jahr 1867 in das Jahr 2032 katapultiert wurde? Wenigstens hatte sie den elektrotechnischen Quantensprung bereits erlebt.

Doch ihr gegenüber saß ein Mann, dem es ähnlich ergehen musste. »Du bist jetzt seit neunzehn Tagen hier. Warst du nie draußen? Also außerhalb des Gebäudes?«

»Nein, nie, aber es wird bald passieren. Ich glaube, sie wollten mich noch wegen dir dabehalten.«

»Wegen mir?«

»Ja. Bei Frauen ist die Quote derjenigen, die nicht mehr erwachen, eklatant höher als bei den Männern. Und da du es geschafft hast, ist es mir eine Ehre, dir helfen zu können.«

Augenblicklich erschrak Nina. »Aber warum ist das so bei Frauen?«

»Keine Ahnung, ich bin kein Arzt. Das können dir Melanie oder ihre Kollegen erklären. Oder Cox.«

»Nein, danke. Ich verstehe ja nicht einmal die Funktion der Toilette.« Es tat ihr gut, Aaron lachen zu sehen, und zum ersten Mal musste sie grinsen. Sie hoffte so sehr, dass es ihm gelang, sie aus diesem alles zerfressendem Loch zu holen. Vielleicht würde all das auch mit jedem Tag besser zu ertragen sein. Aaron schien jedenfalls nicht so verängstigt zu sein wie sie selbst, er wirkte wesentlich befreiter.

»Wie war die Welt, als du lebtest?«, wollte sie schließlich wissen. Sie war neugierig geworden und es faszinierte sie, die wichtigsten Ereignisse wie aus einem Geschichtsbuch erfahren zu können. Gleichzeitig ängstigte sie es aber auch, schließlich musste es ja einen

Grund geben, dass es keine Staatengemeinschaft mehr gab, zumindest so, wie sie es kannte.

»Weißt du denn noch, wie die deine war?«, fragte Aaron. »Melanie sagte, du würdest unter einer teilweisen Amnesie leiden.«

»Es wird besser. Ich habe von meiner Familie geträumt, von Dingen, die mir sehr vertraut erscheinen. Ich bin Auto gefahren oder saß in einem Maisfeld.«

»Gut. Es ist wichtig, dass du deine Wurzeln spürst. Es wird dir helfen, dich im Jetzt besser anzupassen.«

Wieder spürte Nina dieses nagende Gefühl, nackt und schutzlos sowie ohne Wurzeln zu sein. »Ich hoffe es.«

»Du wirst sehen. Es ist nur eine Sache von einigen Tagen.« Dann sah er ihr zu, wie sie Wasser trank und den Beutel auf das Tablett zurücklegte. Es befand sich noch etwas Masse darin, weshalb Nina ahnte, dass es tatsächlich sehr sättigend wirken musste.

Schließlich lächelte Aaron Nina an. »Ich fange am besten früher an. Wir sind schneller in den siebziger Jahren des einundzwanzigsten Jahrhunderts, als du vielleicht denkst.« Er schien Worte zu suchen und zog einen kleinen Kasten aus seiner Tasche, der wie ein Smartphone aussah.

»Was ist das?«

»Ein ›DP‹, ein Datenprozessor. Man kann alles eingeben, was man will, und das in einer gigantischen Menge. Stelle dir alle Datenträger der Welt vor, mit allen Informationen. Und das steckt hier drin.«

»In diesem kleinen Kasten?«

»Ja. Er hat zehn hoch achtundvierzig Byte Speicherkapazität. Und er kann Folgendes.« Plötzlich kam ein Lichtstrahl aus dem Gerät und projizierte eine Landkarte in den Raum. Sie schwebte direkt von Nina.

»Das war die Welt, während du gelebt hast.«

Tatsächlich konnte sich Nina gut an das Bild der europäischen Landkarte erinnern. Als sie Italien sah, fiel ihr ein, dass sie dort ihren ersten Urlaub verbracht hatte.

»Und das ist die Welt während meiner ersten Lebenszeit.« Die Karte veränderte sich nun. All das Grün in Südamerika, Zentralafrika sowie Asien war verschwunden und wurde von einer braunen Fläche bedeckt. Flüsse und Seen waren wie ausradiert, große Teile Nordeuropas im Meeresspiegel verschwunden.

»Bis 2065 hatten wir einen so gewaltigen Anstieg des Meeresspiegels, dass es innerhalb Europas zu großen Bevölkerungsverschiebungen kam. Dazu erreichte die Zunahme von Flüchtlingen nach Europa den Höhepunkt, weil auf der südlichen Hemisphäre die Nahrungsproduktion zusammenbrach.«

»Sie brach zusammen? Aber warum?«

»Zumindest für die ›einfache‹ Bevölkerung. Die Reichen und Mächtigen hatten sich längst in eigene Stadtviertel zurückgezogen. Grund war, dass innerhalb kürzester Zeit aufgrund eines Klimaumschwungs die Fläche der Anbaugebiete um etwa fünfundsiebzig Prozent zurückging. Mit ihr auch die Fläche für Zuchtvieh.«

»Das heißt, nur noch die Bevölkerung in den Industrienationen wurde versorgt?«, riet Nina.

»Exakt. Und dort auch nur diejenigen, die es sich leisten konnten. Es gab verheerende Aufstände, Massen an fliehenden Menschen drängten nach Europa. Hunderte Millionen. Dann machte Europa dicht. Sie verminten das Mittelmeer, verstärkten die Zäune, die schon vierzig Jahre zuvor errichtet worden waren, und sie bombardierten die gewaltigen Camps im Norden Afrikas.«

Kopfschüttelnd sah nun Nina zu den sich bewegenden Bildern, die wie aus einer Nachrichtensendung wirkten, und spürte, wie sie sich in ihr festsetzten. Bilder von verhungerten Kindern, von flächendeckender Gewalt innerhalb Europas, von wachsenden Sicherheitsvierteln in europäischen Großstädten, deren Bewohner sich verschanzten und sich von privatem Sicherheitspersonal beschützen ließen. Aufstände innerhalb des eigenen Landes wurden blutig niedergeschlagen, erste Megaschiffe entstanden, die Tausende reicher und regierungswichtiger Menschen beherbergten und deren neues sowie sicheres Domizil waren.

»2061 kam das große Massensterben«, fuhr Aaron fort. »AS 231, ein hochaggressiver viraler Erreger, raffte binnen weniger Monate über achtundneunzig Prozent des verbleibenden Viehbestandes weltweit dahin. Es war das Ende der Fleischkultur, zumal der Erreger auch auf den Menschen überging. Die Tierzucht wurde verboten, alle überlebenden Rinder, Hühner, Schweine, Ziegen und Schafe getötet. Da es bereits zuvor erste Firmen gegeben hatte, die Lebensmittel auf synthetische Weise herstellten, dauerte es nur wenige Jahre, die Menschheit flächendeckend mit einer neuen Art von Nahrung zu versorgen: der künstlichen. In Laboren hergestellte Proteine, Kohlehydrate und Vitamine in sämtlichen Geschmacksrichtungen verdrängten das herkömmliche Angebot an Gemüse und Teigwaren. Gleichzeitig wurden die Anbauflächen immer weniger, deren Erträge ohnehin nur noch die obere Gesellschaftsschicht hatten versorgen können. Und da der Megakonzern ›Allfood‹ als weltweit mächtigstes Unternehmen Anfang des dritten Jahrtausends das Monopol für alle Arten von synthetischen Lebensmitteln besaß, gab es ab diesem Zeitpunkt nur noch diesen Anbieter.«

Nina schüttelte den Kopf. »Alle Menschen weltweit konnten ausschließlich das Zeug von nur einem Unternehmen essen?«

»Genau. Allfood produzierte auf jedem Kontinent, bereits nach wenigen Jahren konnte der Konzern die gesamte Weltbevölkerung ernähren. Rein vegan und rein synthetisch. Da sie aber nicht nur Getreide- und Gemüseanbau verbieten ließen, sondern für ihre Produkte auch noch die Preise hoch hielten, verhungerten Millionen Menschen vor allem in Südamerika, Afrika und dem südlichen Asien. Ich denke, es war eine nicht humane Maßnahme gegen die Bevölkerungsexplosion, die aber durch den Erreger bereits ohnehin gestoppt worden war.«

Bis zu diesem Punkt war die Entwicklung der Welt für Nina grausam, unmenschlich und schockierend. Doch warum gab es heute keine politisch autonomen Staaten mehr, auch keine der ehemaligen Industrieländer? »Was passierte mit Deutschland und den anderen Nationen?«

»Sie lösten sich auf. Regierungen verschwanden und wurden durch Vertreter der jeweils größten Konzerne ersetzt, die öffentliche Ordnung löste sich allmählich auf. Nicht jedoch in den durch Allfood regierten Megastädten. Sie wuchsen, während die Landbevölkerung in die Städte zog oder ausstarb. Die Diskrepanz zwischen den sozialen Schichten wurde größer, irgendwann begannen die Regimes, Straftäter aus den Städten zu verbannen. Und bald darauf auch diejenigen, die sich das immer teurer werdende Leben dort nicht mehr leisten konnten.«

Nina wunderte sich über diese Entwicklung. »Aber das ist doch keine Strafe. Viel lieber lebe ich auf dem Land, als mir in der Stadt alles vorschreiben zu lassen.«

»Du vergisst: Allfood versorgte nur noch die Megacitys, jede herkömmliche Art, Nahrung anzubauen, war verboten. Außerhalb gab es keine Lebensmittelangebote mehr.«

»Wie groß waren denn diese Megacitys?«

»Sie wurden immer größer. London, Paris oder Berlin beherbergten am Anfang bis zu vierzig Millionen Menschen, die Städte in den USA und Kanada mehr.«

»Am Anfang?«

»Ja. Die Bevölkerungszahl schrumpfte in den darauffolgenden Jahrzehnten, weil immer mehr Menschen, die sich dieses Leben nicht leisten konnten, auf der Strecke blieben.«

»Man hat sie einfach sterben lassen?«

»Es gab Tausende, die außerhalb der Megacitys verbotenerweise Getreide anbauten. Ab dem Jahr 2107 wurde es aber fast unmöglich.«

Voller verwirrender Eindrücke kratzte sich Nina die Glatze und rieb sich die Augen.

»Wollen wir eine Pause machen?«, fragte Aaron.

»Ich weiß nicht. Das Ganze ist so übel.« Ninas Magen zog sich zusammen. Je mehr sie über den Zustand der heutigen Welt erfuhr, desto fremder kam ihr alles um sie herum vor. Sie war ein Mensch mit fremdem Gesicht und nur wenigen Erinnerungen, der in einem anderen Land zu einer anderen Zeit und mit einer Sprache lebte, die ihr über ein headcap ins Gehirn gespeichert worden war. Es klang derart verrückt, dass sie kurzzeitig befürchtete, den Verstand verloren zu haben und sich all das in einer Wahnvorstellung nur einzubilden.

»Ich glaube, ich lasse dich jetzt allein«, riss Aaron sie aus ihren verstörenden Gedanken.

»Nein, bitte nicht. Ich mag nicht allein sein.« Aaron war der Einzige, der sie womöglich ansatzweise verstehen konnte, der einzige Mensch, der wie sie in einer fernen Zeit wiedererwacht war.

»Ich weiß, wie du dich fühlst. Ich habe ebenfalls Tage gebraucht, um all das zu realisieren.«

Nina schüttelte den Kopf. »Ich kann mir nicht vorstellen, dass es in einigen Tagen besser wird. Ich bin ein scheiß Versuchskaninchen, das zur Forschung modernster Entwicklungen dient. Die haben das doch wohl nicht meinetwegen getan.«

»Nun ja, unsere Familien haben damals sehr viel Geld bezahlt.«

»Klar. Slive hält sich an einen Vertrag, der vor über 160 Jahren geschlossen wurde. Wie rührend.« Am liebsten hätte Nina angefangen, hysterisch zu lachen.

»Vielleicht lassen sie uns ja beide bald nach Alessia«, sagte Aaron mit offensichtlich beruhigender Stimme. »Ich bin mir sicher, dass es dir dann besser geht. Ich bekomme auch schon einen Lagerkoller. Du darfst aber nicht vergessen, dass es erst dein dritter Tag ist, den du bei Bewusstsein verbringst. Soll ich gehen?«

Nina wollte nicht allein zurückgelassen werden. Es tat ihr gut, sich zu unterhalten, einfach nur zuzuhören, jemanden zu haben, der nicht nur einige Symbole bediente und wieder verschwand. Und Aaron hatte etwas, um das sie ihn beneidete: ein Kopftuch. Melanie musste ihr unbedingt eines besorgen, sie mochte nicht kahl rasiert herumlaufen und somit sämtliche Blicke auf sich ziehen.

»Was ist Alessia? Melanie hat es auch schon erwähnt.«

»Das ist eine riesige Megacity nicht weit von hier.«

»Aber du kennst sie auch nicht?«

»Nein. Ich bin aber wirklich total neugierig. Wir können sie uns später auf dem DP ansehen.«

»Okay. Erzähle bitte weiter, was nach 2107 passiert ist. Du sagtest, Getreideanbau wurde unmöglich?«

»Sicher?«

»Ja, sprich weiter.«

»Wie du magst. Im Jahr 2107 zerstörten verheerende Sonneneruptionen unser Klima. Die tropischen Zonen wurden zu Wüsten, in den gemäßigten Zonen löschten durchgehende Temperaturen von über fünfzig Grad Celsius die meisten Baumarten aus, die Erde vertrocknete. Schon wenige Jahre später konnte kein Getreide mehr angebaut werden, diejenigen, die nicht in den Städten wohnten, starben.«

Nina hatte gehofft, es würde besser werden, aber Aarons Bericht war durch und durch schockierend. Nicht einmal einhundert Jahre nach ihrem Dasein hatte sich alles grundlegend verändert. »Und die Menschen in den Megacitys? Sie waren doch auch der Hitze und den Klimaverhältnissen ausgesetzt.«

»Schon, aber sie wurden versorgt und befanden sich in teils hochmodernen Gebäuden, die klimatisiert sind. Schon zu Beginn der Hitzeperiode begann man, immer mehr Straßenzüge zu überdachen, später dann ganze Viertel. London und Shanghai waren schließlich die ersten Megacitys, deren riesige Innenstädte durch Glaskuppeln komplett von der Außenwelt abgeschottet wurden.«

»Was? Eine ganze Innenstadt unter Glas?«

»So ähnlich. Nicht das Glas, das du kennst, eher eins, das kaum zerstört werden kann. Somit lässt sich das gesamte Areal klimatisch kontrollieren. Die Menschen können einkaufen gehen, ohne sich der Hitze auszusetzen, aber haben trotzdem Sonnenlicht. Und es herrschen angenehme Temperaturen.«

Aaron drückte auf den DP, woraufhin ein Film von einer Stadt in den Raum projiziert wurde. Riesige durchsichtige Platten innerhalb eines Stahlgeflechts spannten sich in enormer Höhe über ein Areal, das etwa so groß wie eine Stadt aus Ninas Erinnerungen war. Und dieses Gelände war nur der Innenbereich dieser Megacity. Außerhalb der Kuppel standen unzählige Häuser, deren ausladende Dächer beinahe die Straßenflächen überspannten. Ungläubig ließ Nina ihren Blick wieder auf die gigantische Glaskonstruktion zurückschweifen und konnte kaum glauben, dass so etwas gebaut werden konnte. »Und das gibt es nur in London und Shanghai?«

»Nein, mittlerweile ist es standardisiert. Peking hat sogar die ganze City überdacht.«

Für Nina war es grauenhaft, die heutige Welt so sehen zu müssen. Sie konnte ihren Blick nicht von den Bildern auf dem DP abwenden, dachte gleichzeitig aber an die Menschen auf dem Land, die Temperaturen wie in der Wüste ertragen mussten. »Leben wirklich alle Menschen in diesen Megacitys?«

»Fast alle. Einige hausen noch in den unterirdischen Wohnanlagen vor sich hin und haben wohl Möglichkeiten gefunden, zu überleben. Aber es sind nicht sehr viele.«

»Unterirdisch?«

»Die verheerende Hitzewelle hat die Menschen unter die Erde getrieben. Ganze Dörfer wurden in Tiefen von bis zu einhundert Metern errichtet, um überleben zu können. Doch die meisten von ihnen wurden in den darauffolgenden Jahren verlassen, weil es immer schwieriger wurde, sich zu versorgen.«

»Ist die Hitzewelle immer noch aktiv?«

»Ja, aber abgeschwächt. Wir haben noch immer um die vierzig Grad, nur im Winter ist es mild, allerdings toben dann die Orkane.«

Erst jetzt wendete Nina ihren Blick von dem projizierten Film ab. Mit trockenem Mund und einem bohrenden Gefühl in ihrem Magen sah sie zu Boden und versuchte, einen klaren Gedanken zu fassen. Was war mit Hamburg, was mit anderen ehemals deutschen Städten? Gab es da noch Leben? Was erwartete sie jetzt hier? Sicherlich würde sie nach Alessia gehen. Doch konnte sie sich ein Leben dort leisten? Und dann fragte sie sich wiederrum, warum sie von Slive wiedererweckt worden war. Was hatten die davon? War es die reine Befriedigung der Forschung, Leben und Tod kontrollieren zu können?

»Wie geht es dir?«, fragte Aaron sanft.

»Ich weiß nicht. Danke, dass du es mir gesagt hast. Wer hat es eigentlich dir erzählt?«

»Das meiste hat mir Cox gezeigt. Es war wesentlich eindrücklicher, weil er es mir innerhalb eines Programms aufzeigte. Aber ganz ehrlich: Ich hätte auch lieber jemanden um mich herum gehabt, der es mir einfach erzählt. Ich glaube, sie wollten dich schonen.«

Mit zitternden Händen sah Nina auf ihre Finger. Es war beklemmend, zu wissen, dass man offenbar nur noch in den schützenden Städten überleben konnte.

»Soll ich dich allein lassen?«, fragte Aaron.

»Ja, ich glaube, ich brauche etwas Zeit für mich. Nur für einige Momente. Entschuldige.«

»Du musst dich nicht entschuldigen. Ruf mich bitte, wenn du reden magst. Es hilft auch mir, das wollte ich dir nur sagen. Und ich lasse dir deinen DP da.«

»Meinen?«

»Ja, ich habe einen eigenen. Du musst nur auf den roten Punkt drücken, alles andere wird dir schnell klar. Du kannst eingeben, was du möchtest. Mein Raum ist übrigens am Ende des Ganges links.« Dann stand er auf, lächelte sie an und verließ den Raum.

Nachdem Aaron verschwunden war, fiel Nina in ein Loch aus Einsamkeit und Verstörung. Beinahe krampfhaft schloss sie die Augen und versuchte, sich an irgendetwas zu erinnern, das mit ihrem früheren Leben zu tun hatte. Etwas, das ihr ähnlich schöne Gefühle gab wie der Traum der vergangenen Nacht, um wenigstens für einige Momente diesem Gefühl entfliehen zu können, sich unendlich fremd zu fühlen. Schließlich aktivierte sie den Spiegel und sah auf ihr Gesicht. Mit stark klopfendem Herzen hob sie die Hand, berührte mit den Fingern ihr Gesicht, ihre Nase, ihre Augen und strich über ihre Wangen. »Wer bin ich?«, flüsterte sie dabei kaum hörbar. »Wer bin ich?«

Schließlich fiel ihr Blick durch den Spiegel auf den DP. Vielleicht könnte sie ja ihre Erinnerungen durch dieses Gerät hervorrufen, und womöglich war das auch Aarons

Intention gewesen. Vorsichtig nahm sie es, drehte und musterte es, stellte es wieder hin und drückte auf den runden Knopf. Sofort wurde ein Bild projiziert, auf dem eine Übersichtsliste sowie eine Suchleiste zu sehen waren. Verwundert stellte sie fest, dass es sehr einfach zu bedienen schien. Als sie auf das Suchfeld drückte, erschien eine Art Tastatur. Also gab sie ›2029‹ und ›Hamburg‹ ein. Nur Bruchteile von Sekunden später liefen Bilder vor ihr ab. Zu sehen waren der Hafen, die Elbphilharmonie, die Speicherstadt, die Reeperbahn, riesige Containerschiffe. Als sie mit ihren Finger den Durchlauf der Bilder verlangsamte, liefen Tränen über ihre Wangen. Ja, sie konnte sich an all das erinnern, dachte, den leicht salzigen, fischigen Geruch des Hafens in der Nase zu haben.

Dann veränderte sie das Datum, sie schrieb ›2050‹ in die Leiste und erschrak. Die Straßen waren voller Müll, Straßenzüge des Hafens standen unter Wasser ganze Stadtviertel waren unbewohnt. Voller Schrecken dachte sie an Aarons Bericht zurück, der den Anstieg des Meeresspiegels zu dieser Zeit erwähnt hatte. Nein, das wollte sie nicht sehen, nicht in ›ihrer‹ Stadt. Also gab sie wieder 2019 ein und versuchte, die warmen, farbenfrohen Bilder in sich zu verschließen. Und mit ihnen die Erinnerungen an ihre Mutter, die sang, sowie an ihren Vater, dessen Stimme sie erbeben ließ.

Erschrocken stieß Nina in die Höhe. Offenbar war sie eingeschlafen und der DP projizierte noch immer laufende Bilder, deren Geräusche sofort wehmütige Erinnerungen in ihr auslösten. Zu ihrer Überraschung stand Melanie in ihrer Nähe und sah sich das vergangene Hamburg an.

»Ich kenne es nur aus Filmen, du hast in dieser Zeit aber gelebt«, sagte die Ärztin mit leiser Stimme. »Es muss schön gewesen sein. Fern von derart globalen Katastrophen.«

»Wie lange bist du schon da?«

»Ich bin eben erst gekommen.«

Weil sie sich lieber unterhalten als Bilder anschauen wollte, schaltete Nina den DP aus und ging auf Melanie zu. »Ich glaube schon, dass es schön war. Ich kann mich daran erinnern, als Kind im Hafen geschwommen zu sein. Meine Eltern haben sehr geschimpft, als sie es erfahren haben.«

Melanie lächelte, während sie nickte. »Wie hast du Aarons Berichte aufgenommen?«

»Ehrlich? Ich hätte lieber etwas anderes gehört. Aber ich werde Alessia hoffentlich bald selbst erleben.«

»Ja, schon bald. Du musst nicht so lange warten wie er. Ich bin mir sicher, du wirst deine Meinung ändern, wenn du die Vorzüge von Alessia kennengelernt hast.«

»Aber wie soll ich dort wohnen oder überleben? Aaron hat gesagt, das Leben dort ist teuer. Ich habe keine Wohnung, keine Arbeit.«

»Dafür sorgen wir schon. Meinst du, wir holen dich 165 Jahre später ins Leben zurück und werfen dich ins Armenviertel?«

»Ihr habt Armenviertel?«

»Eher illegale Siedlungen am Rande der Stadt. Gebaut von jenen, denen es nicht gelingt, dort Fuß zu fassen.«

»Diese Viertel müssen aber dann sehr groß sein.«

»Das sind sie in der Tat.«

Plötzlich stand Melanie auf. Für Nina geschah es so abrupt, als würde die Ärztin das Thema wechseln wollen.

»Wenn du mit den anderen essen möchtest, kannst du das auch im Aufenthaltsraum dieser Etage.«

»Du meinst, mit den anderen Ärzten und Wissenschaftlern?«

»Ja. Viele von ihnen freuen sich, dich kennenzulernen.«

»Vielleicht. Danke.«

Gerade als Melanie gehen wollte, hielt Nina sie auf. »Ich habe noch eine Bitte.« Sie sah auf neugierig emporgezogene Augenbrauen. »Aaron hat so ein schönes Tuch. Ich mag nicht mit Glatze herumlaufen und mich erst recht nicht so vor anderen Menschen zeigen. Vor allem in Alessia wäre es mir unangenehm.«

Mit einem Mal lächelte Melanie. Es war so warm, so herzlich, dass Nina ebenfalls lächeln musste. Dabei spürte sie ihr Herz pochen.

»Natürlich. Ich bringe dir eine Auswahl an Kopfbedeckungen.«

Kurze Zeit später stand Nina vor dem Spiegel. Sie hatte sich für ein blaues Tuch entschieden, das sie nun um ihren Kopf band und herauszufinden versuchte, wie es am besten hielt. Das Blau erinnerte sie an den Abendhimmel ihrer früheren Welt, und so fragte sie sich, wie der Himmel wohl hier aussehen würde. Allein, ihr kahles Haupt bedeckt zu haben, verringerte Ninas Empfinden, sich völlig nackt zu fühlen. Zudem trennte es sie um wenigstens eine Stofflage von einem womöglich vorhandenen Elektronennetz und Cox‘ beunruhigenden Programm.

Schließlich betrat sie wieder den Gang und ging dort an weiteren Türen vorbei. Zu ihrer Enttäuschung waren sie aber geschlossen und behielten ihr Geheimnis zumindest vorübergehend für sich. Nach zwei größeren Türen traf sie auf eine Glasscheibe, hinter der reges Leben herrschte. Zwei Männer mit grauweißen Kitteln bedienten ihr völlig fremde Apparaturen, eine Frau saß an einem Tisch und sah auf ein in die Luft projiziertes Bild, auf dem sich etwas bewegte, das Nina als stark vergrößerte Zelle einstufte. War es ein modernes Mikroskop? Für einige Momente stand sie da und beobachtete die mutmaßlichen Wissenschaftler, ging dann aber weiter, weil sie sich seltsam vorkam. Wussten alle darüber Bescheid, dass sie hier herumlaufen durfte?

Schließlich stand sie vor der Tür, hinter der sie Aaron vermutete, und drückte auf das Symbol, das den Zugang öffnen sollte. Fast lautlos zog sich ein kleiner Teil der Wand in die Höhe und offenbarte Aaron, der gerade am Tisch saß.

»Entschuldige, störe ich?«, fragte Nina erschrocken.

»Nein, komm rein. Ich freue mich. Wenn ich ungestört sein möchte, schließe ich ab.«

Etwas unsicher kam Nina näher und fragte sich, warum sie Aaron überhaupt aufsuchte. Sicherlich wollte sie sich keinen weiteren Bericht über eine größtenteils zerstörte Welt geben lassen.

Aaron lächelte sie an und wies kurz auf ihren Kopf. »Sieht gut aus, wirklich.«

»Danke. Ich fühle mich wohler damit.« Dann sah sie sich um. Aarons Zimmer war ähnlich karg ausgestattet wie ihres, auch er hatte ein Bild, das Geräusche gab und sich bewegte, nur war es bei ihm der Ausschnitt eines Waldes. Neben dem Tisch mit Stuhl stand sein Bett, eine Tasche lag in einem Regal, das in die Wand eingelassen war. Da sein DP noch immer aktiv war, fiel ihr Blick auf etwas, das wie eine Häuserzeile aussah, nur ungewohnt futuristisch.

»Ich schaue mir gerade Alessia an«, erklärte Aaron und schaltete das Gerät ab. »Ich bin echt gespannt.«

»Ich nicht.«

»Aber du kennst doch nur dieses Labor. Wir leben tief unter der Erde, ohne Sonne und frischer Luft. Hast du keine Sehnsucht nach Leben, nach Sonnenstrahlen?«

»Ich weiß nicht.«

»Hat Steward Masterson schon mit dir gesprochen?«

»Wer?«

»Das ist unser Guide, oder wie immer du ihn nennen magst. Er wird uns Alessia zeigen und dafür sorgen, dass wir dort Fuß fassen. Du wirst ihn noch kennenlernen.«

»Ist das ein Programm wie Cox?«

»Nein, ein Mensch.« Dabei lächelte Aaron, was Nina nicht entging. Konnte ja sein, dass Aaron sie für eine Pessimistin hielt, aber seit sie in Cox' Programm gewesen war, wusste sie, über welche unfassbaren Möglichkeiten die Wissenschaft verfügte. Es war alles so realistisch und greifbar gewesen.

»Warum lassen die uns so frei herumlaufen?«, fragte sie. »Ich bin gerade an einem Labor vorbeigekommen.«

»Lass dir mal von Cox den gesamten Komplex als Plan zeigen, Nina. Wir sind ganz, in der ersten Kategorie. Das, was du gesehen hast, waren herkömmliche Tests, die keiner Geheimstufe unterstellt sind. Alles, was mit wirklicher Forschung zu tun hat, auch die Aufwachkammern, ist unter uns. Slive hat acht Kategorien, jede einzelne so groß wie ein riesiges Einkaufscenter. Und alle acht liegen übereinander.«

»Was wohl in Kategorie acht geschieht?«

»Wir dürfen nicht mal Kategorie drei betreten, zumindest nicht bei Bewusstsein.«

»Muss ich auch nicht. Mir reicht, was Cox mir gezeigt hat.«

Aaron lächelte wieder und wies auf die Tasche im beinahe unsichtbaren Regal in der schneeweißen Wand. »Ist schon gepackt.«

»Bei mir noch nicht. Keine Ahnung, wie lange ich noch hier bin.«

»Nicht mehr lange.«

»Was machst du eigentlich den ganzen Tag?«

»Trainieren, meistens aber Spiele spielen.«

»Spielen?«

»Ja, auf dem DP. Wahnsinn, was technisch alles weiterentwickelt wurde, das sind Quantensprünge. Du denkst, du bist in einer ...«

»Also Spiele, die du in einem Programm erlebst«, vervollständigte Nina.

»Ja. Es ist echt unglaublich. Solltest du mal ausprobieren.«

»Nein, danke. Ich bin lieber in der wirklichen Welt, auch wenn sie mir nicht gefällt.« Dann sah sie Aaron genauer an. Seine Augen schufen nach wie vor Vertrauen in ihr, und die Tatsache, dass er hier war, erleichterte ihr Dasein ungemein. Sie empfand ihn attraktiv und mochte sein Gesicht sehr gern.

»Warum tust du so, als würde dich das alles nicht berühren?«, wollte sie schließlich wissen. »Du zockst an einem Projektor in irgendwelchen Programmen herum, tust so, als würdest du dich in einem Hotel befinden. Du hast mir die Welt von heute vorgestellt. Hast du keine Angst? Vor irgendetwas? Verdammt, man kann nur noch in Megacitys überleben!«

Mit einem Mal veränderte sich seine Miene, und zum ersten Mal erschien sie Nina ernst.

»Doch. Das hatte ich während der ersten Tage, genauso wie du. Aber ich sehe es als Chance. Ich war tot, hätte all das nicht mehr erleben dürfen, wenn ich damals nicht diesen Vertrag mit Slive eingegangen wäre. Das Leben in meiner Zeit war schon nicht mehr so, wie du es erlebt hast, das darfst du nicht vergessen. Es gibt für mich keinerlei Grund, Alessia nicht willkommen zu heißen. In den letzten zwanzig Tagen habe ich gelernt, dafür dankbar zu sein, noch zu leben. Oder besser gesagt: wieder zu leben.«

Voller widersprüchlicher Gefühle sah sich Nina um. Das Weiß der Wände und der Decke empfand sie steril, sie vermisste den Duft von frischer Luft und sie dachte schon jetzt daran, was in dem Beutel sein würde, dessen Inhalt sie am heutigen Abend essen sollte. Ja, sie lebte, aber wie?

»Ich habe in den ersten Tagen nicht gewusst, was ich denken oder fühlen soll«, riss Aaron sie aus ihren Gedanken. »Es war gewiss nicht leicht, in diesem Labor wie ein Maulwurf unter der Erde zu wohnen. Aber wir werden bald Menschen treffen, die wie früher zur Arbeit gehen, Ausflüge machen, kochen, sich unterhalten, Kinder großziehen. Es hat sich nicht so viel geändert, es haben sich nur die Rahmenbedingungen geändert.«

»Ich glaube, ich muss hier raus!«

»Und das schon nach drei Tagen? Ich hoffe wirklich, dass es bald losgeht. Allein dir zuliebe.«

»Ja, ich auch. Aber gleichzeitig habe ich auch Angst davor.«

»Verstehe ich. Ich bin mir sicher, es wird alles gutgehen.«

Mit trockenem Mund nickte Nina und musterte Aaron abermals. In der grauen Laborhose und dem schmucklosen Oberteil glich er beinahe einem der Wissenschaftler oder Ärzte. Ob es heutzutage auch so etwas wie Mode gab? Wie waren die Menschen in Alessia gekleidet? Wie sahen die Wohnungen aus? Sie konnte sich nicht vorstellen, inwiefern sich 165 Jahre technischer Vorsprung im Alltag niedergeschlagen hatten.

Plötzlich ertönte eine Stimme. »Nina, darf ich dich in dein Zimmer bitten?«

Es war Melanie, doch Nina fand nirgends eine Art Lautsprecher.

»Sie gönnen uns nicht allzu viel Zeit hier«, sagte Aaron lächelnd, »ein weiterer Grund, endlich aus diesem Kasten rauszukommen.«

Noch immer erschrocken stand Nina auf, verabschiedete sich und ging zu ihrem Zimmer zurück.

Dort stand Melanie mit einem headcap und sah sie mit emporgezogenen Augenbrauen an. »Entschuldige, ich wollte eure Zweisamkeit nicht stören, aber es ist noch ein Test vorgesehen.«

»Noch einer? Wieder mit einem von Cox' Programmen?«

»Ja, es ist aber der Abschlusstest.«

Am liebsten hätte Nina abgelehnt, aber sie wusste nicht, inwiefern ihre Gesundheit davon abhing. Also setzte sie sich wortlos auf ihr Bett und sah zu, wie Melanie das Tuch abwickelte und das Netz über ihre Kopfhaut legte.

»Leg dich jetzt bitte hin.«

Als Nina lag, sah sie nur noch, wie Melanie auf den DP drückte, dann wurde es kurz schwarz um sie. Nur Bruchteile von Augenblicken später entstand heller Nebel, der sich aber langsam auflöste und einige Bäume freigab. Farben wurden intensiver, sie hörte die Stimmen einiger Menschen, ein seltsames Piepsen, schließlich wehte ihr frische Luft um die Nase. Sie befand sich in einer Art Park, denn hinter einigen Bäumen, die auf einer Wiesefläche standen, wuchsen futuristische Häuser in die Höhe. Hoch über ihnen war ein dunkles Netz zu erkennen, das sich erst nach längerem Hinsehen als Kuppel entpuppte. Es konnte sich um einen Teil der riesigen Glasanlage Alessias handeln.

Seltsamerweise war aber weder Cox noch Melanie anwesend. Also rief sie nach Melanie, einige vorübergehende Menschen sahen sie argwöhnisch an. War sie überhaupt noch in diesem Programm? Es war alles so echt, es konnte doch keine Einbildung sein.

Die Menschen trugen auffallend bunte Kleidung, seltsam geschnitten, ein Kind warf eine Scheibe in die Luft, die sich drehte und zielsicher wieder auf der Hand des Mädchens landete. Das Piepsen kam von einer hoch in der Luft hängenden Schiene, verstummte aber in diesen Augenblicken. Dann rauschte etwas leise und einige Kabinen schossen an der Schiene hängend über ihr vorbei. Es war ein Transportmittel, wie eine Art Hängebahn, nur schneller und kaum hörbar.

Wo war sie?

Schließlich ging sie einige Schritte. Auf der Wiese kniete sie sich zu Boden, strich über kurz gemähtes Gras, betastete die Rinde der Bäume, roch das Laub und hörte das Lachen des Mädchens, das sich noch immer in ihrer Nähe befand. Als sie weiterging, kam sie zu einem metallenen Gebilde, eine Art Kunstwerk, dessen Sinn sich ihr aber nicht erschloss. Dahinter waren einige Bänke, auf denen Menschen saßen und sich unterhielten, ein Mann bediente gerade ein Bild mittels eines DPs.

»Melanie?«, rief sie wieder? Sie erhielt jedoch keine Antwort und sah auch niemanden, den sie für einen versteckten Wissenschaftler halten würde. Was sollte sie hier? Also ging sie um das silbergraue Kunstwerk herum, blickte in eine Straße, die zwei eng aneinanderliegende Häuserzeilen trennte, sah dort Menschen, aber auch unzählige leuchtende Schilder, Zeichen, Schriften, die in die Luft projiziert wurden. Allerdings gab es keine Fortbewegungsmittel. Wo waren die Autos? Da sie Scheu hatte, in eine der Straßen zu gehen, ging sie zurück in den Park. Plötzlich bekam sie Panik. Sie wollte zurück, nicht hier allein in einer Stadt stehen, die wie aus einem Science-Fiction-Film zu sein schien, ohne dass sie jemanden kannte und ohne zu wissen, was sie hier sollte.

Da ein Platz auf einer Bank frei wurde, setzte sie sich. Die Frau, die neben ihr saß, nickte ihr zu, sodass sich Nina kurzzeitig fragte, ob es sich um einen echten Menschen handelte oder um ein Programm. Natürlich war es ein Programm, und dazu ein beängstigend echtes. War es vorgesehen, dass sie angelächelt wurde?

»Wie heißen Sie?«, fragte sie schließlich.

»Smith. Warum? Haben wir uns schon einmal gesehen?«

»Nein, entschuldigen Sie.«

Die Frau lächelte, stand auf und verließ sie. Dafür fielen Nina aber nun andere Menschen auf, die sie zu beobachten schienen. Konnte es sein, dass Melanie irgendeine Reaktion ihrerseits erwartete? Und wenn ja, welche? Also nickte sie allen zu, die sie ansahen, fragte sich aber, ob diese Art der Kontaktaufnahme geplant oder nur eine von vielen Varianten des Programms war. Je länger sie saß, umso weniger Leute blickten zu ihr, bis sie schließlich das Gefühl hatte, von niemandem mehr wahrgenommen zu werden. Wieder wehte kühle Luft an ihre Haut, wobei sie sich fragte, woher sie stammte, und sie spürte das durch die Kuppel einfallende Sonnenlicht warm auf sich. Also schloss sie die Augen und versuchte, sich die Wiese mit all den Bäumen darauf im Kontext ihres früheren Lebens vorzustellen. Es gelang ihr allerdings nicht. Und als sie die Augen wieder öffnete, war wieder Nebel zu sehen, bis sich Melanies Körper aus dem Nichts herausschälte.

Sie war wieder in ihrem Zimmer des riesigen Labors.

»War das Alessia?«, wollte Nina wissen.

Zu ihrer Überraschung benötigte Melanie einige Augenblicke, um zu antworten. Während dieser Ruhepause schienen die Augen der Ärztin sie zu fixieren.

»Ja, aber nur ein verschwindend geringer Teil davon. Ich dachte mir schon, dass du lieber im Park bleibst, als in eine der Straßen zu gehen.«

»Es wird wohl nicht allzu viel Grün geben in den Megacitys?«

»Doch, mehr als du denkst. Unter den Kuppeln sind die Pflanzen nicht den widrigen Bedingungen der Außenwelt ausgesetzt.«

»Und was sollte das jetzt? Wo lag da der Sinn?«

»Deine Reaktionen zu testen. Deine Sinne, deine Ängste, deine Emotionen. Es ist alles so, wie es sein sollte.«

»Und es war der letzte Test?«

»Ja, versprochen.« Vorsichtig nahm Melanie ihr das headcap ab, reichte ihr das Tuch und lächelte sie an. »Morgen könnt ihr nach Alessia. Du hast den Übertritt ins Leben faszinierend schnell und komplikationslos gemeistert.«

»Schon morgen?«

»Willst du nicht?«

»Doch, aber ...« Nina schluckte. Es war ja nicht so, dass die Räume in dem sterilen Labor den Inbegriff des Lebens darstellten, aber sie hatte Angst. Nun ging ihr doch alles zu schnell. Aber würde es etwas ändern, wie Aaron drei Wochen lang hier unten herumzusitzen?

Melanie ging aus für Nina unersichtlichem Grund kurz in das Bad und schließlich zur Zimmertür. Bevor sie sie aktivierte, rief Nina noch einmal nach ihr.

»Werdet ihr weitere Menschen auftauen, die mir nachfolgen?«

»Ja. Aber nicht jeder hat so viel Glück wie du, Nina.«

»Was erwartet mich morgen?«

»Steward wird es dir erklären. Er bleibt einige Tage bei euch, um es euch leichter zu machen, sich dem Leben dort anzupassen. Du wirst sehen, wie sehr dich Alessia begeistern wird.«

Nina wunderte sich, dass Melanie die Worte so gesprochen hatte, als wäre sie die Moderatorin eines schlechten Werbeprogramms.

»Bevor du das Tuch umlegst, solltest du dir die Kopfhaut waschen. Das headcap kann manchmal Juckreiz hervorrufen.«

Dabei entdeckte Nina einen Ausdruck in Melanies Augen, den sie absolut nicht einschätzen konnte. Und warum hatte sie ihr das nicht schon früher gesagt? Doch ihre Gedanken schweiften wieder auf den bevorstehenden Auszug.

»Wann lernen wir diesen Steward kennen?«

»Bald. Ich muss jetzt ins Labor. Grüße Aaron von mir!«

Als die Ärztin den Raum verließ, verspürte Nina ein seltsames Gefühl. War Melanie nur gestresst oder gab es einen Grund, warum sie sie so intensiv angesehen hatte? Gedankenverloren ging sie in ins Bad, um sich wie angeraten die Kopfhaut zu waschen. Dort fiel ihr Blick auf die Ablage, und sie blieb verblüfft stehen. Vor dem futuristischen Spiegel lag ein etwa fingerlanges Kästchen. Es sah aus wie ein DP, war aber etwas kleiner. Wer hatte es dort hingelegt? Oder war es vergessen worden? Aber in ihrem Bad? Auf dem Kästchen war ein Display zu sehen, darunter einige Tasten. Was sollte das? Bevor sie jedoch auf ›on‹ drückte, sah sie um sich. Melanies Blick, den sie nicht einordnen hatte können, schlich sich in ihre Gedanken und plötzlich dachte sie auch an deren Aufforderung, sich die Kopfhaut zu waschen. Hatte Melanie es dort platziert? Es war doch sonst niemand in ihren Räumen gewesen. Schließlich wagte sie es und drückte auf den Einschaltknopf. Augenblicklich erleuchtete das Display, ein Text erschien, der in Zeilen nachfolgend ablief.

Ihr seid in großer Gefahr! Trefft Steward um 0 Uhr 30 vor Labor V2/16. Es ist eure einzige Chance, Slive zu verlassen. Traut niemandem!

Mit hämmerndem Herzen starrte Nina auf die Zeilen, die immer und immer wieder auf dem Display abliefen. Unzählige Gedanken, die sie lähmten, schossen durch ihren Kopf. Was sollte das? Warum warnte Melanie sie? Und warum mussten sie hier raus? Plötzlich fielen ihr Melanies Worte ein, die sie kürzlich beiläufig gesagt hatte, als sie selbst zum ersten Mal auf die Toilette musste: *„Dieser Raum ist der einzige, der nicht überwacht wird."* Deshalb hatte sie sie also ins Bad gelockt, um ihr diese Nachricht zukommen zu lassen. Noch immer starrte sie bewegungslos auf das Display, doch plötzlich verschwand der Schriftzug. Hatte sich die Nachricht gelöscht? Aufgeregt schaltetet Nina das Gerät aus und wieder ein, es erschien aber nichts mehr. Nur grelles, künstliches Licht.

Schwer atmend steckte sie den Apparat in ihre Tasche, starrte auf ihr Gesicht im Spiegel und versuchte, einen klaren Gedanken zu fassen. Allerdings gelang ihr das nicht. Dennoch ließ sie das Wasser laufen, um nicht aufzufallen, um durch das Geräusch des plätschernden Wassers zu verhindern, dass ihre quälenden Gedanken entdeckt wurden. Minuten kamen ihr vor wie Stunden. Für kurze Zeit befürchtete sie, ein Killerkommando könnte in den Raum platzen und sie erschießen.

Ihr seid in großer Gefahr! Es ist eure letzte Chance!

Immer und immer wieder liefen diese Sätze in ihr ab, sie konnte sich allerdings nicht im Ansatz erklären, warum sie in Gefahr sein sollte. *Ihr!* Melanie konnte nur Aaron meinen, denn außer der Ärztin kannte sie nur ihn. Zitternd und voller Angst überlegte sie, was sie tun sollte, doch es war ihr kaum möglich, einen klaren Gedanken zu fassen. Sie wusste nur eines: Sie durfte sich nicht verraten. Da sie kein headcap trug, konnte man nichts in ihr aufzeichnen, sehr wohl aber konnten ihre Gestik und Körpersprache auffallen. Mit noch immer hämmerndem Herzen wusch sie schließlich ihr Gesicht und sah in den Spiegel. Sie war blass, die Glatze wirkte zudem wie ein Fremdkörper an ihr, an den sie sich noch lange nicht gewöhnt hatte.

Sie musste zu Aaron.

Die Flucht

Hastig band Nina das Tuch um ihren Kopf, atmete einige Male tief durch, stoppte das Wasser und verließ schließlich den Raum. Auf dem Gang war niemand, und als sie an Aarons Unterkunft klopfte, war sie froh, dass er sie einließ.

Das Bad ist der einzige Raum, der nicht überwacht wird.

»Na, hast du die frohe Kunde auch erhalten?«, begrüßte Aaron sie lächelnd. »Morgen geht's los. Endlich!«

»Ja!«, versuchte Nina so euphorisch wie möglich zu klingen. Dabei kam sie sich vor wie in einem verdammten Albtraum. »Ich bin überrascht, wie schnell das jetzt geht.«

Aaron hatte seine Ersatzwäsche bereits auf den Tisch gestellt, so als würde er es gar nicht erwarten können. Wenn sie Pech hatten, würden sie aber dieses Labor niemals verlassen.

»Du, könntest du dir etwas ansehen?«, fragte sie ihn.

»Was denn?«

»Ich habe einen Ausschlag am Kopf. Vielleicht kommt er vom headcap, ich weiß es nicht.«

»Äh, dafür wäre Melanie aber die bessere Adresse.«

»Sie hat keine Zeit. Nur kurz, ich will wissen, was das ist. Es macht mich wahnsinnig.«

Ohne auf Antwort zu warten, ging sie in sein Bad, und als er ihr gefolgt war, schloss sie die Türe. Voller Übelkeit schloss sie die Augen und versuchte, nicht augenblicklich zu schreien. Mit zitternden Fingern holte sie den Apparat aus der Tasche, schaltete ihn an und erzählte flüsternd, was noch kurze Zeit zuvor auf dem Display zu lesen gewesen war.

Aaron sagte gar nichts. Nichts. Wie vom Donner gerührt starrte er das Gerät an, dann Nina, schließlich wieder das flimmernde Display.

»Aber, das ist doch verrückt!«, stotterte er nach schier endloser Zeit. »Was soll das?«

»Ich weiß es nicht. Aber Melanie hat mir versteckte Andeutungen gegeben, die mich zu dem Apparat führten. Scheiße, Aaron. Was läuft hier?«

Aaron schüttelte den Kopf und sah auf die Tür. Nina erschien es, als sei er um Jahre gealtert.

»Wollen die uns verarschen?«

Nina befürchtete, Aaron würde ihr nicht glauben oder zumindest annehmen, sie erlaubten sich alle einen Scherz mit ihnen, doch er setzte sich auf die Kante des WCs und schüttelte den Kopf.

»Verdammter Mist, sie hatten nie vor, uns nach Alessia zu bringen.« Er sagte es so leise, dass sie es gerade noch verstehen konnte.

»Was? Aber warum?«

»Keine Ahnung. Vielleicht hattest du recht und wir waren wirklich nur Versuchskaninchen. Zuchtmaterial, zur Erprobung ihres Forschungsstandes. Mann, ich habe keine Ahnung.«

»Was sollen wir tun?«

»Ich weiß nicht, warum Melanie und Steward uns helfen wollen, aber es ist offenbar unsere einzige Chance. Wenn sie es ernst meint, haben wir keine Alternative.«

»Wir sollen aus diesem Labor ausbrechen? Wir kennen uns doch überhaupt nicht aus.«

»Wir nicht, aber Steward. Nina, was sollen wir denn sonst tun? Was meint Melanie sonst mit ›ihr müsst hier raus!‹ Das ist doch Irrsinn!«

Nina war nicht imstande, zu antworten.

»Zuerst müssen wir erst mal wieder aus dem Bad, bevor es auffällt. Und das am besten so unauffällig wie möglich. Versuche, bei dir zu schlafen oder sonst irgendwas. Cox beobachtet uns Tag und Nacht.«

Ohne dass Nina etwas erwidern konnte, öffnete Aaron die Türe und setzte sich an den Tisch. Dort schaltete er den DP an und begann mit auffallend zitternden Händen zu spielen.

»Du solltest wegen des Ausschlags wirklich zu Melanie gehen«, sagte er in alter Lautstärke, »ich bin schließlich kein Arzt.«

Schwer atmend folgte Nina ihm. Was sollte sie nur tun? Zu ihrer Angst musste sie sich auch noch so unauffällig wie möglich verhalten und dabei so gut wie keine Angst zeigen. Wie zum Teufel sollte sie das anstellen? Mit einem Mal kamen ihr jeder Raum, das ganze Labor und jede einzelne Tür wie ein Gefängnis vor, schlimmer noch, wie ein Höllenloch, aus dem es kein Entrinnen gab. Inständig hoffte sie, Melanies Warnung wäre ein weiterer Versuch des Programms, ihre Reaktionsfähigkeit oder irgendeinen anderen Mist in ihr zu testen.

Momentan konnte sie sich nicht vorstellen, allein in ihr Zimmer zu gehen. Zwar ahnte sie, dass auch Aaron in keiner Sekunde an das Spiel dachte, das direkt vor ihm in den Raum projiziert wurde, aber es war eine gute Idee, Cox nicht stutzig werden zu lassen, schließlich tat Aaron ohnehin den ganzen Tag nichts anderes.

Mit einem bleiernen Gefühl in ihrem Magen setzte sie sich auf einen Stuhl neben ihm, hatte aber das Gefühl, platzen zu müssen. Schließlich verabschiedete sie sich und ging in ihr Zimmer zurück. Dort legte sie sich auf ihr Bett, drehte den Kopf zur Wand und hoffte, dass es der hochmodernen Technologie des Programms nicht möglich war, ihre Aufregung und ihr hämmerndes Herz zu erkennen.

In den kommenden Stunden versuchte sie, ihre Augen geschlossen zu halten, was ihr kaum gelang, also starrte sie an die kahle Wand, die neben dieser schwer zu ertragenden Sterilität nun auch Angst verursachte. Es war ihr unmöglich, die Flut an beängstigenden Gedanken auch nur ansatzweise zu ordnen, und je mehr Zeit verrann, desto sicherer wurde sie sich, dass all das kein weiterer Versuch Melanies war, irgendetwas an ihr zu testen. Nun, im Angesicht der Ereignisse, begriff sie, dass sie einem Wunschtraum nachgejagt war. Warum zum Teufel sollten sie Menschen aus einem Kryonikschlaf erwecken und sich dann auch noch um deren Eingliederung in den Megacitys kümmern? Und all das auch noch bezahlen? Aaron musste recht haben: Sie waren Versuchskaninchen eines skrupellosen Konzerns, dessen Hauptaugenmerk in der Weiterentwicklung seiner technischen und medizinischen Möglichkeiten lag. In all diesen Gedanken stieß sie aber immer wieder auf dieselbe Frage: Warum wollte Melanie ihnen helfen?

Um zwölf Uhr nachts hielt sie es schließlich nicht mehr aus und ging zu Aaron. Natürlich war er wach, und es benötigte nur wenige Augenblicke, in denen er die Türe öffnen ließ. Neben all ihrer Angst war es mindestens ebenso unerträglich, nicht sofort mit ihm so sprechen zu können, wie sie es gewollt hätte.

»Kannst du nicht schlafen? Ich bin auch aufgeregt!«, sagte Aaron betont ruhig. »Kaum zu glauben, dass es morgen schon losgeht. Ich glaube, ich habe mich etwas zu sehr ans Labor gewöhnt.«

Aaron hatte zu spielen aufgehört, denn der DP lag ausgeschaltet auf dem Tisch.

Nina fragte sich, ob er es ungünstig fand, dass sie ihn nun besuchte. »Offenbar habe ich zu viel geschlafen in letzter Zeit. Hier unten sieht man ja nur an der Uhr, ob es Tag oder Nacht ist. «

Sie sprachen noch etwas miteinander, eher Belangloses, doch mit jeder verstreichenden Minute wurde Nina aufgeregter. Um fünf vor halb eins gähnte sie schließlich.

»Ich gehe zurück. Diese Gänge machen mir mittlerweile Angst.«

»Ich begleite dich.«

Als die beiden den Gang betraten, dachte Nina, ihr würde das Herz aus der Brust schlagen. Die anderen Türen waren geschlossen, vielleicht waren die Labore nur notbesetzt. Oder aber Cox kontrollierte in den Nächten die gesamte Anlage. Die im künstlichen Licht schimmernden Nummern der Räume wirkten bedrohlich, trotzdem versuchte sie sich nicht anmerken zu lassen, dass sie eine bestimmte Nummer suchte. Ihr Weg führte sie an ihrem Zimmer vorbei. Sie durfte nicht auffallen, es musste alles so unauffällig und schnell wie möglich stattfinden.

Nach V2/14 kam die 15, an der nächsten Türe blieben sie stehen. Nina wunderte sich, dass sie niemandem begegneten oder dass Cox nicht über einen versteckten Lautsprecher zu ihnen sprach. Hatte er überhaupt Zugriff außerhalb der Laborräume? Es rang ihr alles ab, sich nicht ständig umzudrehen, und auch Aaron wirkte äußerst angespannt. Plötzlich knackte die Tür, hob sich lautlos und offenbarte einen dunklen Raum. Sofort betraten Nina und Aaron ihn, auch wenn Nina vor Aufregung die Luft anhielt. Wenn sie Pech hatten, würde irgendein Alarm ausgelöst oder Sicherheitspersonal stieß sie zu Boden. Nichts jedoch geschah. Es blieb dunkel, bis die Tür wieder den Boden berührte.

Dann wurde es hell.

Zutiefst erschrocken sah Nina einem Mann mittleren Alters ins Gesicht. War das Steward Masterson? Er sagte nichts, vermittelte ihnen allerdings mit einem Kopfnicken, dass sie ihm folgen sollten, und ging lautlos durch den Raum. Nina fiel auf, dass es kein Labor, sondern ein Lagerraum war, in dem eine weitere Tür zu sehen war. Der Mann hielt darauf zu, öffnete sie, und erst als sie auf der anderen Seite waren, blieb er stehen. Er wartete, bis die Tür geschlossen war, und sah die beiden durchdringend an.

»Ich bin Steward, wir haben nicht viel Zeit. Geht mir einfach immer hinterher.«

»Wohin bringen Sie uns?« flüsterte Nina, doch er antwortete nicht. Voller Angst sah sie Aaron an.

»Ich fühle mich auch nicht wohl«, antwortete Aaron schließlich, »aber wir haben keine andere Wahl als ihm zu vertrauen.«

Vertrauen! Nina war dieses Gefühl ebenso fremd wie Geborgenheit oder Sicherheit. Momentan befürchtete sie, in einem Schlachthaus zu sein, dem ausgeliefert, was sie weder sehen noch verstehen konnte.

Masterson führte die beiden eine Treppe hinauf, die kaum zu enden schien. Danach öffnete er mittels eines Augenscanners eine Türe, schob die beiden zwischen zwei Rollwagen und wartete.

Nina hielt wieder die Luft an. *Auf was zum Teufel wartet er?*

Schließlich kamen zwei Männer auf sie zu. Voller Angst drückte sich Nina noch enger an Aaron, sodass einer der Wagen sie komplett vom Sichtfeld der beiden Fremden schützte.

»Guten Tag, Mr. Masterson«, grüßten die beiden, blieben stehen und schienen über etwas zu berichten. Schließlich gingen sie weiter. Erst als die beiden verschwunden waren, zog Masterson sie und Aaron hinter dem Wagen hervor und schob sie durch eine weitere Tür.

»Wenn ihr durch den nächsten Durchgang geht, seid ihr im großen Lagerraum von Ebene 1. Ihr müsst zum Ausgang A 4. Für das Tor braucht ihr nur eine Chipkarte.

Hier!« Rasch überreichte er ihnen eine kleine Karte, die Aaron an sich nahm.

»Kommen Sie nicht mit?«, fragte Nina.

»Nein, ab jetzt seid ihr auf euch allein gestellt. Offiziell habe ich euch gesucht, aber nicht hier. So, jetzt hört zu! Wenn ihr bei den Fahrzeugen seid, steigt ihr in den Wagen HX 87. Versteckt euch auf dem Rücksitz unter den Planen. Es ist ein Kurierfahrzeug, das um ein Uhr dreißig Uhr das Gelände verlässt. Der Fahrer bringt euch dann weg.«

Nina konnte nicht mehr klar denken. »Warum tun Sie das? Was wäre mit uns geschehen?«

»Das erklärt euch alles der Fahrer. Los jetzt, zieht das an!«

Verdutzt sah Nina auf zwei gräuliche Kleidungsstücke, die ihnen Masterson entgegenhielt, zog sie aber zusammen mit Aaron wortlos an.

Dann gingen sie los. Nach der zweiten Türe betraten sie tatsächlich einen Lagerraum, der wesentlich größer war als die Räume, die Nina in Ebene 3 kennengelernt hatte. Hier wirkte es auch nicht mehr so steril und abgeriegelt, vor allem aber konnte sie keine Kameras ausmachen. Regale türmten sich bis in mehrere Meter Höhe, einige Gänge durchzogen den riesigen Raum. Niemand schien hier zu sein, also gingen sie schleunigst an den Wänden entlang, bis sie auf Tor A 4 trafen. Dort hob Aaron die Chipkarte an einen Scanner, das Tor öffnete sich und offenbarte eine Halle, in der nur Fahrzeuge standen. Einige Lichter an der Decke halfen bei der Orientierung, es war jedoch zu dunkel, um von Weitem irgendwelche Nummern zu erkennen. Nach langer Suche fanden sie schließlich ein fast kreisrundes Fahrzeug, an dessen Türe groß HX 87 stand. Es hatte weder Schlösser noch war für Nina zu erkennen, wie man hineingelangen konnte. Zwar verfügte es über zwei Türen und stand auf vier Rädern, etwas zum Öffnen war aber nicht zu erkennen.

»Mist, wie geht das auf?«, flüsterte nun auch Aaron und drückte, zog und schob an den Türen herum. Bei einer weiteren Bewegung schnappte schließlich ein Teil des Kotflügels auf.

»Los, rein!«, flüsterte Aaron, schob erst Nina hinein und folgte ihr dann. Zu Ninas Erleichterung schloss sich die Tür von allein, und als sie auf die hintere Sitze krochen, lagen dort einige Kunststoffplanen herum. Gerade als sie sich näher umsahen, ging das Licht in der Halle aus.

Es war stockdunkel.

»Warte noch mit den Planen«, sagte Aaron leise, »wir haben erst ein Uhr. Wir ersticken ja in der halben Stunde. Sobald das Licht angeht, decken wir uns zu.«

Zum ersten Mal seit Nina Aarons Zimmer verlassen hatte, spürte sie bewusst ihr Herz rasen. Sie hatte so viele Fragen, aber noch mehr Angst, schließlich waren sie in einem Fahrzeug gefangen und ihre Flucht konnte jederzeit entdeckt werden.

»Ich möchte wissen, was das alles soll!«, zischte Aaron.

Nina konnte nicht einmal seine Silhouette erkennen, und so orientierte sie sich an seiner Stimme und an seinem Körper, der direkt neben ihrem war.

Die Zeit schien nicht zu vergehen. Neben den bohrenden Fragen, was hier vor sich ging, spürte sie die lähmende Angst, noch entdeckt zu werden. Und dann? Würde man sie wieder in Ebene 3 bringen?

Mit der Zeit wurde ihr Atem ruhiger und sie versuchte, zu klaren Gedanken zu kommen. Am liebsten hätte sie Aaron mit Fragen bombardiert, auch wenn er sicherlich keine davon beantworten konnte, doch sie schwieg, um keinen einzigen Laut von sich zu geben.

Schließlich ging das Licht an. Augenblicklich hämmerte Ninas Herz, sie spürte, wie Aaron die Plane über sie und ihn legte, und hielt verhielt sich so still wie nur möglich. Ein Geräusch war zu hören, es wackelte etwas, dann startete ein Motor, der aber so leise war, dass Nina kaum glauben konnte, dass es von diesem großen Fahrzeug ausging. In jeder Kurve wurde sie entweder an Aaron oder an die Wand gedrückt. Nach kurzer Zeit hielten sie, wenige Augenblicke später fuhr der Fahrer weiter. Ob sie sich zeigen durften? Masterson hatte gesagt, der Fahrer würde ihnen alles Weitere erklären, doch war es auch der angekündigte Helfer?

Um besser Luft zu bekommen, hob sie die Plane etwas in die Höhe.

»Seid ihr da?«, rief plötzlich eine Männerstimme.

Atemlos starrte Nina zu Aaron, doch er nickte ihr aufmunternd zu.

»Ja!«, antwortete er schließlich.

»Gut. Bleibt da unten, ich sag euch dann Bescheid.«

Nina war zumindest vorübergehend beruhigt. Bis hierher schien Mastersons oder auch Melanies Plan aufgegangen zu sein, was immer er auch beinhaltete.

Das elektronisch anmutende Brummen des Fahrzeugs war auch bei mutmaßlich schnellerer Fahrt nicht laut, offenbar war es kein Auto wie Nina es kannte. Nun aber, da der Fahrer wusste, dass sie sich im hinteren Teil des Fahrzeugs befanden, hob sie die Plane noch höher an und atmete tief durch. Draußen war es stockdunkel, vermutlich waren sie bereits außerhalb des Laborgeländes. Doch wohin fuhren sie?

Nach ihr nicht greifbarer Zeit fuhr der Wagen langsamer. Voller Angst griff Nina nach Aarons Hand und drückte sie, nahm dabei aber verwundert zur Kenntnis, dass er es geschehen ließ.

»Verdammt!«, flüsterte sie. »Was, wenn es eine Falle ist?«

»Ich weiß es nicht, ich weiß gar nichts!«

Instinktiv hoffte Nina, Aaron hätte die Möglichkeit, den Typen notfalls ausschalten zu können, gleichzeitig wusste sie aber, dass es ein Wunschtraum war.

»Ihr könnt die Plane wegräumen und euch hinsetzen«, sagte der Fahrer unvermittelt, »wir sind draußen. Und es ist noch Nacht, niemand sieht uns.«

Vorsichtig befreite sich Nina, setzte sich mit Aaron auf die Sitze und sah nach vorn. Einige Lichter blinkten und leuchteten am Armaturenbrett, das ein Hologramm war, vom Fahrer hingegen konnte sie nur die Silhouette erkennen.

»Habt ihr Durst?«, fragte der Mann.

Erst jetzt fiel Nina ihr trockener Mund auf. »Ja.«

Der Mann reichte ihnen zwei Packungen nach hinten, ohne die Geschwindigkeit zu verringern. Nina fragte sich, ob er überhaupt selbst fuhr, denn er saß mit dem Gesicht zur Seite und sah sie ernst an.

»Wir müssen weiterfahren, sonst fällt es auf. Hier drin sind wir sicher, aber dort draußen wird alles überwacht.«

Nina hatte unendlich viele Fragen, dennoch trank sie zuerst den gesamten Beutel leer. Mittlerweile wusste sie schon gar nicht mehr, wo sie zu fragen anfangen wollte. Der verdammte Albtraum, aus dem sie vor einigen Tagen erwacht war, entpuppte sich als noch übler als bisher angenommen.

»Wohin bringen Sie uns?«, wollte Aaron wissen.

»In ein verlassenes Dorf außerhalb von Alessia. Dort werdet ihr morgen abgeholt.«

»Aber warum? Und vom wem?« Aarons Stimme klang ebenso angsterfüllt wie sich Nina fühlte.

Zu ihrer Verwunderung schwieg der Mann, drückte auf ein paar Knöpfe an der virtuellen Bedienungsfläche des Wagens und trank selbst etwas.

»Können Sie wenigstens das Licht im Auto anmachen?«, wollte sie wissen.

»Nein, dann sehen sie uns. Auf Wärmebild gehen die hier draußen nicht.«

»Wer?«

»Immer langsam. Masterson hat gesagt, ihr beide wisst gar nichts, also fange ich am besten von vorn an. Ich bringe euch erst mal von hier weg. Wenn wir weit genug entfernt sind, sucht niemand mehr nach irgendwem.«

»Was meinen Sie mit ›weit genug‹?«, fragte Aaron nach.

»Weit entfernt von Slive-Gelände und auch außerhalb der Stadt. Es ist ja alles verlassen, und die wenigen, die hier leben, interessieren niemanden. Masterson und Reed haben euch da rausholen lassen, weil sich jemand für euch interessiert. Eine Person, die sehr viel Geld geboten hat. So viel, dass die beiden offenbar Kopf und Kragen riskieren. Und ich ebenfalls, denn ich werde beteiligt.«

»Jemand interessiert sich für uns?« Nina konnte es nicht glauben. »Aber uns kennt doch niemand.«

»Richtig, aber ihr kommt aus dem Kryonikprogramm. Ihr hättet Alessia nie zu Gesicht bekommen. Diejenigen, die sie aus der Vergangenheit holen, überleben keinen Monat im Labor. Warum sollten sie euch nach Alessia bringen? Die Plätze sind begrenzt.«

»Also doch?« Aaron schwenkte hektisch seinen Blick vom Fahrer zu Nina und wieder zurück. »Was heißt ›sie überleben keinen Monat‹?«

»Na ja, dass es kostengünstiger ist, die Leute verschwinden zu lassen, als ihnen eine teure Unterkunft in Alessia zu bezahlen.«

Entsetzt ließ Nina ihren Blick sinken. Aaron hatte mit seiner Vermutung also recht gehabt. Sie töteten die Menschen, sie benutzten sie nur als Versuchsobjekte. Es war kein neuer Gedanke, aber aus ihrer Befürchtung war eine bittere Erkenntnis geworden.

Als sie aus dem Fenster in die Dunkelheit sah, spürte sie, wie die Beklemmung wie eine Kralle ihren Bauch im Griff hielt.

»Haben Sie eigentlich eine offizielle Fahrt?«, hörte sie nach lähmender Zeit Aaron.

»Klar, ich bin einer der Kuriere. Ich liefere immer etwas nach Alessia. Wir werden nicht komplett beobachtet, nur streckenweise. Und keiner fragt, warum ich einen Umweg fahre. Ich kann euch nur nicht in die Nähe Alessias bringen. Wenigstens drei Satelliten überwachen die gesamte Landschaft, zusätzlich setzen sie Drohnen ein. Es dient offiziell der Sicherheit aller. Aber es ist pure Überwachung.«

»Wer möchte uns jetzt sehen? Und warum?« Nina spürte, dass sie am liebsten aus dem Fahrzeug gesprungen wäre, vermutlich gelänge es ihr aber nicht einmal, die Türe zu öffnen.

»Das weiß ich nicht. Ihr werdet aber dort abgeholt.«

Im hellen Scheinwerferlicht sah Nina ein nicht mehr zu erkennendes Verkehrsschild vorbeirauschen. Dem folgte ein zweites, dessen Farben ebenfalls verblichen waren. Schließlich erkannte sie ein halb eingefallenes Haus, dahinter noch eines, bis sie offenbar durch ein verlassenes Dorf fuhren. Hier bremste der Fahrer ab, rollte langsam in eine Seitenstraße und blieb schließlich stehen.

»Willkommen in Mayfield.«

Nina konnte ihren Blick nicht von den durch das Scheinwerferlicht angestrahlten Häuserwänden lösen. Alles war zerfallen, völlig zerlöcherte und ausgewaschene Wagen standen herum. »Was ist Mayfield?«

»Wir sind ›draußen‹. Es existieren nur noch verlassene ehemalige Siedlungen außerhalb der City. Bis vor einigen Jahrzehnten hielten sich noch die letzten Bewohner dort auf, doch man hat kaum Chancen, auch nur einige Tage ohne Lebensmittel und Wasser zu überleben. Einige wenige tun es trotzdem, aber fragt mich nicht, wie. Es geht nur mit Schmuggel und versteckten Ressourcen.«

»Und hier sollen wir warten?«, fragte Aaron.

»Ja. Morgen Vormittag werdet ihr geholt.«

»Wird das hier auch überwacht?«

»Sehr selten. Selbst wenn hier Leute herumlaufen würden, interessiert sich Alessia nicht für sie. Nicht mehr. Außer, es wären mehrere Hundert und sie wären bewaffnet. Ihr bleibt am besten in dem Haus mit den größtenteils zugemauerten Fenstern dort vorn.« Dabei wies er mit der Hand auf die nächstliegende Ruine vor ihnen.

Ängstlich sah Nina zu Aaron, der aber nur mit dem Kopf schüttelte. »Was, wenn keiner kommt? Wohin sollen wir?«

»Es kommt jemand. Aber ihr solltet auf keinen Fall tagsüber das Dorf verlassen, es ist viel zu heiß. Eurer Wasservorrat hält nicht ewig. Wir haben hier nie Überlebende gesehen, es ist ein Geisterdorf.«

»Welcher Vorrat?«

Ohne zu antworten, stieg der Fahrer aus und öffnete beide hinteren Türen. Sofort schlug Nina heiße Luft entgegen. Nun spürte sie zum ersten Mal die Nachwirkungen des aufgrund der Sonneruptionen veränderten Klimas, obwohl es Nacht war.

Im fahlen Licht der Fahrzeugbeleuchtung sah sie, wie der Fahrer nach einer Tasche griff und sie ihnen reichte. »Dort drin sind Wasser für zwei Tage sowie etwas Proviant. Dazu je eine Taschenlampe. Sorgt dafür, dass ihr nicht durch eine morsche Bodendecke kracht. Raubtiere gibt es keine, also keine Angst. Ich wünsche euch viel Glück.« Dann stieg er wieder ein und fuhr davon.

Augenblicklich schalteten die beiden die Taschenlampen ein. »Verdammt, ich wollte noch so vieles fragen!«, fluchte Aaron. »Warum haut der Typ so schnell ab?«

»Offenbar weiß er selbst nicht mehr.« Mit hämmerndem Herzen sah Nina sich um. Die Taschenlampen waren extrem hell und warfen das Licht einige Hundert Meter weit, somit konnte sie sehr gut erkennen, wie das Haus vor ihnen aussah. Und als sie den Vorgarten betraten, fiel Nina auf, dass dort, wo früher Erde und Pflanzen gewesen sein mussten, gräulicher Sand lag. War das die verbrannte und nun völlig ausgetrocknete natürliche Erdoberfläche?

Vorsichtig folgte sie Aaron ins Haus. Der Boden war übersät mit Glasscherben, Steinen, Wandputz und kleinen Stückchen ausgetrocknetem Holz. Innerhalb des Gemäuers staute sich die Hitze umso mehr, und augenblicklich liefen ihr Schweißperlen über die Stirn.

»Wir sollten an einer Fensteröffnung warten, wir brauchen Frischluft«, sagte Aaron leise, so als ob er verhindern wollte, dass man sie hört.

Inständig hoffte Nina, der Fahrer hatte recht und all das war absolut verlassen. Ohne zu antworten, sah sie, wie Aaron eine steinerne Treppe emporstieg, und folgte ihm. Oben waren vier Räume, in denen nur noch Überreste herumlagen. Ein metallenes Rohr, ein kaputter Schrank, wieder Glasscherben, ein völlig zerlöcherter Stuhl, in einem anderen Raum lagen vergilbte Konservenbüchsen herum. Nina fragte sich, wie lange dieses Zeug schon hier lag und aus welcher Zeit dieses Haus stammte.

In einem Raum, in dem ein Fenster nicht zugemauert war, krempelte Nina ihre Hosenbeine in die Höhe und zog ihr Oberteil aus. Zum Glück trug sie noch das Shirt aus dem Labor, das sie keinesfalls vor Aaron ausziehen wollte. Weil an dieser Stelle ein Luftzug zu spüren war, hatte sie nicht das Verlangen, irgendwo anders hinzugehen. Die Trostlosigkeit der völlig verwahrlosten Räume griff auf sie über.

Auch Aaron hatte sein Oberteil ausgezogen und sah aus dem Fenster in die Dunkelheit. »Es ist so still. Man hört absolut nichts.«

»Vielleicht gibt es auch keine Tiere mehr.«

»Glaube ich nicht. Bei vierzig Grad muss es eine Vielfalt geben, so wie früher. Die Sahelzone ist jetzt hier, mit all ihren Bedingungen.«

»Wie früher. Ich würde gern wissen wollen, wann diese Menschen hier endgültig geflüchtet sind. Vor zwanzig Jahren? Vor fünfzig? Offenbar hat es noch jemanden gegeben, der hier aus Konserven aß.«

»Und ich möchte gern wissen, warum sich jemand für uns interessiert. Es muss ja mit dem Kryonikprogramm zu tun haben. Vielleicht, weil wir noch Erinnerungen an die alte Welt haben?«

»Oder es ist wieder ein Falle.«

»Nein, was sollte der ganze sinnlose Aufwand? Dann hätten sie uns gleich umgebracht.«

Es war nur ein kleiner Trost für Nina. Trotz der Hitze zitterte sie. Die Flucht, die Fahrt, nun dieses verlassene Dorf in einem Teil Englands, der eher den Eindruck erweckte, als seien sie in Afrika, zerrte an ihrem Verstand. Einerseits war sie völlig ermüdet, andererseits hatte sie zu große Angst davor, die Augen zu schließen. Einzig das Licht der Taschenlampe, die Aaron auf den Boden gelegt hatte und die eine Wand bestrahlte, trennte sie von absoluter Dunkelheit, so wie sie draußen herrschte.

Schließlich setzte sich Aaron auf den Boden und lehnte sich an die Wand unter der Fensteröffnung. »Möchtest du dich an mich lehnen? Wir sollten schlafen.«

»Kannst du schlafen?«

»Wir sollten es dringend tun. Wer weiß, was uns morgen erwartet. Wenigstens ein paar Stunden.«

Für einige Augenblicke hatte Nina neben ihrer Angst auch Scheu, doch dann setzte sie sich direkt neben Aaron und lehnte sich an ihn. Es tat ihr gut, ihn zu spüren, und sie war froh, dass er bei ihr war.

»Das Ganze ist nur noch übel«, murmelte er, als sie ihren Kopf an seine Brust gebettet hatte. »Die bringen die Leute tatsächlich um. Melanie macht bei all dem mit. Sie lacht dir ins Gesicht und weiß, dass wir sterben werden. Sie hätte auch uns geopfert, wenn es nicht diesen ominösen Interessenten gäbe. Scheiße, ich bin doch kein Wertgegenstand, der versteigert wird.«

Nina schüttelte den Kopf. »Ich kann das alles noch nicht glauben. Ich weiß gar nicht, wer ich bin und wo, und vor allem, was hier vorgeht.« Sie wollte sagen, dass sie vor einigen Tagen lieber gar nicht wieder aufgewacht wäre, doch sie tat es nicht. Sie sagte auch nicht, dass sie sich immer noch an kaum etwas aus ihrem früheren Leben erinnern konnte. Zum Beispiel die Konservenbüchsen. Sie wusste, dass es welche waren, aber sie konnte sich an keinen Kontext erinnern, an nichts, das sie damit verband.

Als sie die Bewegungen von Aarons Brust spürte, seinen Atem und seine Haut an ihrer, versuchte sie, trotz ihrer Beklemmung etwas zu schlafen.

Plötzlich hörte sie Geräusche. Es war ein Piepsen, dann etwas, das sich wie Fauchen anhörte.

»Es müssen doch Tiere da draußen sein«, flüsterte Aaron und richtete den Strahl genau auf den Raumeingang. Er war so hell, dass sie sogar jede kleine Spinne sehen würden.

Nina wagte nicht zu atmen. »Wir wissen doch gar nicht, ob es irgendwelche gefährlichen Tiere gibt. Verdammt, ›unsere Welt‹ ist schon lange vergangen, keine

Ahnung, was sich in der Zwischenzeit alles entwickelt hat.«

»Der Fahrer hätte uns gewarnt, wenn es gefährliche Tiere gäbe. Zudem müssten sie die Treppen bis zu uns hochkommen. Er sagte nur, wir sollen uns vor der Sonne schützen.«

Nina hoffte, dass Aaron das nicht nur sagte, um sie zu beruhigen. Das Geräusch war wieder zu hören, diesmal aber weiter weg, und auch als abermals etwas fauchte, war es weiter entfernt. Schließlich spürte sie wieder Aarons Atem und das gleichmäßige Auf und Ab seiner Brust. Es war derart einschläfernd, dass sie Mühe hatte, sich wach zu halten, denn sie wollte nicht schlafen. In diesem offenen Gebäude waren sie allem ausgeliefert. Der Platz direkt an Aaron beruhigte sie aber spürbar und schon bald schweiften ihre Gedanken ab.

»Jetzt würde ich doch gern mit einem Platz in Alessia tauschen«, sagte sie schließlich leise. »In diesem Programm war alles so friedlich, so harmonisch.«

»Ja, ich kenne das Programm. Deswegen konnte ich es kaum mehr erwarten. Vielleicht bringen uns diejenigen, die etwas von uns wollen, dorthin. Nina, es tut mir so leid, dass du in Gefahr geraten bist.«

»Du kannst doch du nichts dafür.« Sie drehte ihren Kopf etwas, um sein Gesicht zu erkennen. Es wirkte außerhalb des Scheins der Taschenlampe etwas verzerrt. »Wie hast du früher eigentlich gelebt? An was kannst du dich noch erinnern?«

»An vieles, aber an weniger, als ich erhofft habe. Vielleicht hat das was mit dem Schlaf zu tun. Ich hatte eine Frau, Mary, und wohnte mit ihr in einem großen Haus. Sie hat sich ein Kind gewünscht, und ich glaube, wir hatten uns entschlossen, eines zu bekommen.«

»Und was ist dann passiert? Also, wie bist du gestorben?«

»Ich bin ertrunken. Leider weiß ich nur noch, wie ich panisch nach Luft geschnappt habe, aber wo und warum das passiert ist, ist wie ausgelöscht.«

»Hattest du so viel Geld, dich bei Slive anzumelden?«

»Nicht ich, aber mein Schwiegervater. Meine Hoffnung war, irgendwo auch auf Mary zu treffen, die ebenfalls im Sliveprogramm gewesen sein muss, aber Cox fand keinerlei Daten über sie.«

»Vielleicht ist sie an einer Krankheit gestorben? Melanie hat gesagt, der Körper müsse intakt sein.«

»Melanie, die Mörderin!«

»Wir wissen doch gar nicht, wie tief sie mit drinsteckt.«

Aaron sagte längere Zeit nichts, legte dann aber eine Hand auf Ninas Unterarm. Zuerst wollte sie ihn wegziehen, ließ es dann allerdings geschehen. Es tat unglaublich gut, schließlich war es die erste körperliche Nähe, seit sie in dieser irren Welt erwacht war.

»Wie sieht es eigentlich mit deinen Erinnerungen aus?«, wollte nun er wissen. »Haben sich einige Lücken geschlossen?«

»Nicht wirklich. Ich kann mich an die Wohnung und an meine Eltern erinnern, aber es ist alles so bruchstückhaft, manchmal sind es nur Bildfetzen oder Sequenzen.«

»Das ist bei mir ähnlich. Cox hat mal gesagt, dass verloren gegangene Erinnerungen kaum mehr zurückgeholt werden können. Sie können uns Sprachen und Fertigkeiten binnen kürzester in unser Hirn einsetzen, aber Dinge, die verschüttet sind, nur schwer wieder hervorrufen.«

»Vielleicht kommt es ja noch. Auf jeden Fall denke ich gern zurück, es ist so warm, so heimisch. Es ist schwer, ein Leben ohne den kleinsten Bezug auf mein früheres Dasein zu akzeptieren.«

»Ich weiß.«

Wieder spürte sie nur Aarons Atem und die Bewegungen seines Oberkörpers. Und weil er seine Hand noch immer auf ihrem Arm hielt, spürte sie, dass sie sehr froh war, nicht allein zu sein.

Plötzlich schepperte etwas außerhalb ihres Hauses. Fast zu Tode erschrocken schoss Nina in die Höhe. »Was war das?«

Auch Aaron stand bereits und knipste die Taschenlampe aus. »Keine Ahnung, aber es muss ein großes Tier gewesen sein. Irgendetwas ist umgefallen!«

Ninas Herz raste. In fast absoluter Dunkelheit versuchte sie, etwas auszumachen, doch das Licht der Sterne ließ sie nur die vagen Umrisse der Gebäude erkennen. »Wenn es überhaupt ein Tier war.«

Voller Angst schloss sie die Augen, hörte aber nichts mehr. Weder Stimmen noch die Geräusche eines gehenden Menschen oder laufenden Tieres.

Nun raschelte etwas, diesmal deutlich näher.

»Scheiße, jemand kommt!«, flüsterte sie panisch und griff nach der Taschenlampe. Aaron hielt jedoch ihre Hand genau in dem Augenblick fest, als sie sie anknipsen wollte.

»Nicht!«

»Aber ich muss wissen, was da ist!«

»Vielleicht sind wir nicht entdeckt worden.«

»Die Taschenlampe hat ewig lange geleuchtet. Wenn jemand da ist, weiß er, wo wir sind.«

Aaron antwortete nicht, hielt aber ihre Hand noch immer fest. Nina befreite sich nicht, viel zu sehr versuchte sie, irgendetwas zu hören. Was, wenn es doch Überlebende gab, die sich nun abseits der Tageshitze ausgehungert auf alles stürzten, das nicht hierhergehörte? Wieder schepperte etwas Metallisches, aber zu Ninas Überraschung weiter entfernt.

Nun nahm Aaron ihr die Taschenlampe aus der Hand. »Wir lassen sie aus. Egal, was oder wer es ist, es ist sicherer so. Verdammt!«

Beinahe gewaltsam versuchte Nina sich einzureden, dass es sich vielleicht um ein Tier handelte, das über irgendwelche Dinge gestolpert war und sie umgeworfen hatte. Vor Aufregung zitternd lauschte sie noch lange in die Dunkelheit, versuchte, etwas zu erkennen, doch sie sah absolut nichts. Keine Schatten, kein Licht – nichts, was auf menschliche Anwesenheit schließen ließ.

Erst nach langer Zeit, die Nina nicht einschätzen konnte, setzte sie sich wieder und lehnte sich an die Wand.

»Schlaf du, ich halte Wache«, hörte sie Aaron sagen. »Vielleicht sind wir ja darauf angewiesen, uns immer abzuwechseln.«

»Du meinst, auch in Alessia?«

»Keine Ahnung.«

Nina hätte nichts lieber getan, als zu schlafen, doch sie konnte sich nicht einmal vorstellen, die Augen zu schließen. Obwohl seit Langem nichts mehr zu hören gewesen war, hatte sie Angst, erneut Geräusche in ihrem Gebäude zu hören. Schon bald verloren sich die grauen Schatten aufgrund des Sternenlichts, schufen seltsame Formen und lähmten Ninas Gedanken, bis sie in Dunkelheit fiel.

Die Botin

Mit voller Wucht schlug sich Nina gegen das Kinn. Etwas hatte gekitzelt, und als sie erschrocken die Augen aufriss, war es hell.

Aaron war verschwunden. Voller Panik stand sie auf und lief aus dem Raum, blieb dort allerdings stehen, weil sie ihn im Nebenzimmer sah. Er kniete auf dem Boden und hielt etwas in der Hand.

»Es muss mehr als achtzig Jahre her sein, als die Dosen leergefuttert wurden«, rief er ihr zu.

»Ich dachte schon, du wärst weg, mach so etwas nicht wieder!«

»Okay, ich war doch nur im Nebenraum.«

Noch immer fühlte sie die Panik in sich. »Hast du noch etwas gehört?«

»Nein. Nachdem du eingeschlafen warst, war alles ruhig.«

»Danke fürs Wachehalten. Dann solltest du jetzt schlafen.«

»Nein, ich habe die letzten Wochen genügend geschlafen. Auf keinen Fall, nicht hier und jetzt.«

Nina wartete noch einige Augenblicke, ging dann aber zurück zu ihrer Tasche und trank einige Schlucke Wasser. Deutlich erleichtert kehrte sie wieder zu Aaron zurück. »Woher willst du das eigentlich mit den Dosen wissen?«

»Weil es Fischkonserven sind. Die wurden ja zu Beginn des Jahrtausends nicht mehr produziert. Und vor allem nicht von jemand anderem als Allfood. Vermutlich lebte nach den Sonneneruptionen hier niemand mehr.«

Nun, im gleißenden Tageslicht, erkannte sie noch mehr Dinge als Stunden zuvor. Kaputte elektronische Kästchen, die sie nicht einordnen konnte, lagen auf dem Boden oder waren an den Wänden befestigt, ein völlig ausgeschlachtetes, futuristisch anmutendes Funkgerät und sogar eine beinahe bis zur Unkenntlichkeit zerfetzte und zerlöcherte Decke. Zudem war es bereits jetzt so heiß, dass sie trotz ihrer leichten Bekleidung stark schwitzte. »Wie viel Grad soll es tagsüber haben?«

»Um die vierzig. Eher fünfundvierzig.«

Nina konnte sich nicht vorstellen, einen ganzen Tag innerhalb dieses von Hitze aufgestauten Gemäuers zu warten, doch außerhalb wäre es vermutlich noch schlimmer. Trotz des gleißenden Lichtes ging sie zur Fensteröffnung und sah hinaus. Es waren etwa zwanzig Häuser zu sehen, von denen nur wenige noch so intakt waren, dass wenigstens ein zweites Stockwerk existierte. Die meisten waren eingefallen, graubrauner Staub bedeckte ganze Steinhügel oder umgefallene Mauern. Die Überreste zweier Fahrzeuge ragten aus der vertrockneten Erde, ein Gitter war zu sehen, das vielleicht ein Zaun oder auch etwas ganz anderes gewesen war. Nina konnte es nicht fassen. Dieses Dorf war noch lange nach ihrem Tod bewohnt gewesen, galt aber in heutiger Zeit als ein Relikt aus der Vergangenheit.

»Wir müssen hoffen, dass wir heute abgeholt werden«, riss Aaron sie aus ihren Gedanken, »die paar Beutel Wasser reichen nicht ewig.«

Nun, wo Nina zum ersten Mal einen Teil der Außenwelt sah, schlug ihr Herz schneller. So sah also vermutlich der größte Teil der Welt aus: unbewohnbar, verödet, verlassen und lebensfeindlich. Es war alles zu einem Friedhof verkommen, der Weg nach Alessia, wie weit dies auch immer von ihnen entfernt sein mochte, wäre ohne permanenten Wasservorrat nicht machbar.

Plötzlich blitzte etwas unweit von ihr, und gerade als sie mit ihrer Hand das Sonnenlicht abschirmen wollte, riss Aaron sie zurück.

»Verdammt, was ist das? Eine Drohne?«

Voller Panik spürte sie, wie Aaron sie an eine Wand drückte und mit sich nach unten zog. Nur Momente später war ein Brummen zu hören, das lauter wurde und unter ihnen ins Gebäude zu fliegen schien.

»Hast du es gesehen?«, flüsterte Nina entsetzt. Suchte Slive etwa nach ihnen?

»Ja, es war ein Flugkörper. Ich denke, es war eine Drohne. Ich habe ja keine Ahnung, wie die Dinger heutzutage aussehen.«

Das Brummen war nicht laut, doch in der absolut geräuschlosen Kulisse der Umgebung deutlich hörbar. Als es durch das Treppenhaus höher kam, zwängte sich Nina noch mehr an die Wand. Was, wenn es zu ihnen käme? Mitten in verstörenden Überlegungen flog ein etwa tellergroßes Gerät in ihren Raum. Selbst aus dieser Entfernung war das Brummen leise, so als würde es wie durch Geisterhand schweben.

Als es direkt vor ihnen stehen blieb, dachte Nina, sie bekäme keine Luft. Plötzlich kam ein Lichtstrahl aus dem Gerät, der ein Bild in den Raum projizierte. Trotz der allgemeinen Helligkeit war der Schriftzug deutlich zu erkennen: *Zeitnah Transport.* Dann schaltete sich das Bild wieder aus und das Gerät flog durch die Öffnung ins Freie.

»Was sollte das denn?«, fragte Aaron, als das Brummen nicht mehr zu hören war. »Wollten die wissen, ob wir da sind?«

Nina wusste es nicht. Dennoch sah es wirklich danach aus, als würden sie schon bald abgeholt werden.

Von wem auch immer.

Ab diesem Zeitpunkt konnte Nina kaum einen klaren Gedanken fassen. Zwar verstand sie Aarons Argumente, sie hätten ohnehin keine andere Möglichkeit, denn an diesem Ort würden sie in einigen Tagen sterben, aber sie war allem, was die neue Welt betraf, seit ihrem Erwachen hilflos ausgeliefert.

Kurze Zeit später ging sie mit Aaron die Treppen hinab und aus dem Haus. Als sie in das Sonnenlicht trat, dachte sie, die Hitze würde sie zu Boden drücken. Sie konnte sich nicht vorstellen, auch nur einige Kilometer unter solchen Verhältnissen zu gehen, ohne zu vertrocknen.

Dann blickte sie zur Straße und dachte, dass sie etwas auf sich zukommen sähe.

»Aaron, ich habe Angst.«

»Ich auch. Aber wir müssen da jetzt mitspielen.«

Am liebsten wäre Nina wieder in das Haus gerannt, obwohl die Überlebenschancen dort nicht allzu groß waren. Schwer atmend schirmte sie mit der Hand die Sonnenstrahlen ab und sah weiterhin auf das Objekt, das auf sie zukam. Es schien ein Fahrzeug zu sein, und als sich die Sonne nicht mehr darauf reflektierte, hörten sie auch das leise Brummen.

Sie kamen, wer auch immer.

In einigen Schritten Entfernung blieb das Fahrzeug stehen. Es war größer als das Kurierauto ihres Boten, an den Seiten der Türen stand »allfood co.«, auf dem hinteren Teil des Wagens waren Symbole und ein größeres Zeichen angebracht. Noch stieg niemand aus.

»Das ist doch die Lebensmittelfirma?«, fragte Nina Aaron flüsternd.

»Ja, die Firma. Seltsam, dass die was von uns wollen.«

Schließlich hob sich eine Seitentüre und eine Frau mit kurzem schwarzen Haar trat heraus. Sie war um die dreißig Jahre alt und führte einen seltsamen Apparat mit, der nicht größer als eine Taschenlampe war. »Steigt in den hinteren Teil des Transporters.«

Unschlüssig folgte Nina Aaron, sah, wie auch dort eine Tür in die Höhe gehoben wurde, und stieg mit ihm ein. Die Frau folgte ihnen und wartete, bis die Türen wieder geschlossen waren.

»Keine Angst, ich kontrolliere euch nur. Ich bin übrigens Tanja« Zielsicher hob die Frau das Gerät erst an Ninas Kopf, dann an Aarons, schließlich an ihren Körpern entlang bis zu den Schuhen. Anschließend testete sie auch die Tasche.

»Was suchen Sie?«, fragte Aaron.

»Ob ihr verwanzt seid, aber ihr seid sauber. Wunderbar, es hat alles gut geklappt. Tut mir leid, dass ich euch so überfalle, aber wir trauen denen nicht.«

»›Denen‹ heißt Slive?«, wollte Aaron wissen.

»Exakt. Setzt euch, wir fahren los.«

Zu Ninas Überraschung setzte sich Tanja neben sie, holte eine Art DP aus der Tasche und programmierte etwas. Plötzlich summte es und das Fahrzeug setzte sich in Bewegung.

Wortlos musterte Nina Tanja. Sie trug einen hellen Overall mit denselben Zeichen darauf, wie sie auf dem Transporter zu sehen waren, eine Art Chip- oder Ausweiskarte war an ihrer Brusttasche befestigt. Die Frau tippte noch etwas auf einem virtuellen Bild herum, das etwa einen halben Meter seitlich aus dem DP ragte, und hielt es schließlich beiden vor das Gesicht. »Keine Angst.« Dann kam wieder eine Tastenfläche heraus und sie tippte weiter. »Nein, ihr seid nicht registriert.«

Aaron schüttelte den Kopf. »Warum sollten wir? Die registrieren doch keine Versuchskaninchen.«

»Sicher ist sicher.«

Trotz aller Bedenken gegen Tanja starrte Nina auf das Bedienungsboard des Wagens, das wie das erste ein Hologramm war. Fuhren sie nun Richtung Alessia?

»Trinkt erst mal etwas!«, forderte die Fremde sie auf und reichte ihnen zwei Flaschen Wasser. Gierig trank Nina. Zwar dachte sie kurz daran, es könnte vergiftet sein, doch dies schloss sie aus. Es würde selbst in dieser völlig undurchsichtigen Situation keinen Sinn ergeben.

»Und jetzt setzt diese Chiploader an euren Handrücken.« Damit überreichte sie ihnen zwei kleine flache Scheiben.

»Was?«, fragte Aaron nach.

»Setzt sie auf euren Handrücken. Ihr bekommt nun eine Identität. Ohne sie kommt ihr niemals nach Alessia. Und falls wir kontrolliert werden, bedeutet es euer Überleben. Übrigens auch meines.«

»Eine neue Identität«, murmelte Nina. »Und welche?«

»Von zwei Personen, die nicht mehr leben. Ausschussware. Ihr habt dann ein Aufenthaltsrecht für Alessia. Los, setzt es auf.«

Nina hatte Angst. Was sollte sie tun? Auch ein Blick zu Aaron gab ihr keine Sicherheit. Schließlich nickte sie und setzte sich den etwa fünf Zentimeter großen Kasten auf den Handrücken. »Wir müssen ihr wohl vertrauen.«

»Das könnt ihr wirklich!«, setzte die Frau nach. »Ohne die Registrierung fahre ich nicht los.«

Also setzte auch Nina die Scheibe auf ihren Handrücken. Ein Klebestreifen haftete sofort an der Haut, und als Nina daran zog, schien es wie mit der Hand verwachsen zu sein.

»Jetzt drückt den roten Knopf an der rechten Seite.«

Als Nina ihn drückte, zuckte sie zusammen. Als sei eine Nadel in ihre Hand geschossen, durchfuhr sie ein kurzer schneidender Schmerz. »Was war das?«

»Der Chip, der nun unter deiner Haut lagert. Lasst den Chiploader noch einige Sekunden auf der Stelle, er schließt die Wunde.« Ungläubig sah Nina auf die kleine brummende Scheibe, dann nahm sie sie ab. Eine Narbe war zu erkennen, ihr Handrücken war gerötet.

»Wie klein ist denn der Chip?«

»Etwa einen Millimeter. Da sind alle Daten drauf, die ein Bewohner der Stadt benötigt.«

Vorsichtig nahm Tanja die beiden Loader wieder an sich und musterte Nina und Aaron längere Zeit. »Selbst eine Nacht bei diesen Verhältnissen hinterlässt ihre Spuren. Ihr seid beide tiefrot im Gesicht.«

Nina spürte ihre Haut kaum, es war ihr auch einerlei. Verwundert sah sie wieder auf die Stelle, an der der Chip eingesetzt worden war, und fragte sich, was alles darauf gespeichert war. »Welchen Namen habe ich?«

»Lisa Hawkins.« Dann sah Tanja Aaron an. »Jake William.«

Aaron nickte nur. »Und wohin fahren wir jetzt?«

»Nach Alessia. Es wird Zeit, dass ihr endlich demjenigen begegnet, dem ihr euren Ausbruch zu verdanken habt. Es wird aber nicht leicht werden, ab der Stadtgrenze werden alle Fahrzeuge kontrolliert.«

»Von Polizisten?«

Tanja grinste, tippte kurz auf dem Board herum und drehte sich wieder zu Nina. »Nein, so etwas gibt es nicht mehr. Die Routen aller Fahrzeuge werden per Satellit kontrolliert, vor allem die von Allfood. Es fiele auf, wenn wir plötzlich in einem Viertel herumfahren, in das wir nicht liefern. Aber Max' Haus liegt weit abseits unserer herkömmlichen Route.«

»Also heißt der mysteriöse Retter Max«, resümierte Aaron. »Was will er von uns?«

»Euch kennenlernen. Ihr seid Bewohner einer völlig anderen Zeit. Es ist vielleicht damit zu vergleichen, wenn ihr einst einem engen Vertrauten Mozarts begegnet wärt. Jemandem, der die letzten fast zweihundert Jahre nie erlebte. Er ist ein sehr exzentrischer Mann, ein Sammler, aber er lebt gefährlich. Slive ist extrem mächtig, sie lassen nicht nur Menschen wie euch verschwinden, sondern auch Gegner auf allen anderen Ebenen.«

»Und das ist alles?«

Nina war ebenso enttäuscht, wie Aarons Worte klangen.

»Und dann? Lässt er uns auch fallen? Wo sollen wir leben?«

»Wenn er euch zu sich holt, wird er sich um alles kümmern. Neben euch liegt eine Tasche, in der Kleidung ist. Zieht sie bitte an, sonst fallt ihr spätestens in Alessia auf.«

Als Aaron die weiße Kleidung aus der Tasche zog und Nina ein dünnes, langärmeliges Oberteil sowie eine Hose überreichte, betastete Nina sie neugierig. Sie war weich, dünn, mit seltsam glatter Oberfläche.

Auffordernd sah sie Aaron an.

»Ich drehe mich ja schon weg.«

Etwas später umgriff Nina ihre Hand und hoffte, den Chip so wenig wie möglich einsetzen zu müssen. Lisa Hawkins. Überfordert sah sie aus dem Fahrzeug, doch auf der staubigen Piste waren sie noch immer allein. Öde zog die Landschaft an ihnen vorbei, in der es nichts Grünes gab, nichts Lebendes. Alles war verbrannt, braun, ausgetrocknet, wie nach einem Flächenbrand. Es war wohl auch einer gewesen, aber einer, der die gesamte Erde heimgesucht hatte. Hämmernd klangen Tanjas Worte in ihr nach. Was, wenn sie nicht die Ersten waren?

»Hat Max schon mehrere aus Slive befreit?«, wollte er schließlich wissen.

»Darüber habe ich keine Informationen. Ich bin nur für diese Sequenz zuständig und weiß nur, dass ihr bei Slive andere Helfer hattet. Glaubt mir, ich mag gar nicht zu viel wissen, es ist gesünder so.«

Ein Blick zu Aaron erweckte in Nina den Verdacht, er würde nicht weiterfragen. Vielleicht wusste Tanja ja wirklich nichts. Wer war dieser Max, der sich offenbar in Gefahr begab, um einige derer zu retten, die aus der

Vergangenheit kamen? Man wusste doch über jede vergangene Epoche Bescheid, was sollte sie denn dazu sagen? Zumal sie die vergangenen knapp zweihundert Jahre verschlafen hatte. Wieder ließ sie ihren Blick nach draußen schweifen, wo er sich im eintönigen Braungrau des Bodens verlor. Das Fahrzeug rauschte mit hoher Geschwindigkeit lautlos über die Straße, ab und an lagen dunkle Steine in der Ebene, alte schwarze Baumstümpfe ragten aus dem Boden, Zeichen einer untergegangenen Zeit. Plötzlich musste sie an den Baum denken, auf den sie während Cox' Programm geklettert war. Es hatte sich so echt angefühlt, sie hatte alles berühren können, und wenn sie sich vorstellte, dass sie geglaubt hätte, dass sie dies wirklich hatte, riss sie kurz die Augen auf. Konnte sie denn überhaupt zwischen einem Programm und der Realität unterscheiden? Melanie hatte gesagt, wenn sie kein headcap trug, könne auch kein Programm laufen. Aber vielleicht war es ja möglich, ihnen irgendetwas unter die Kopfhaut zu setzen? Oder unter ihre Haut auf der Hand, wie diesen Chip. Wirr aufgrund dieser Gedanken sah sie auf ihren Handrücken, dann zu Aaron, roch ihn, blickte zu Tanja und schließlich wieder ins Freie. Nein, dies war echt, ihr lief der Schweiß von der Stirn, sie spürte, wie sich bei den Erinnerungen an ihre bisherige Flucht die Haare aufstellten.

»Warum werden wir nicht verfolgt?«, fragte Aaron unvermittelt.

»Sie suchen euch bestimmt, aber innerhalb des Slivegeländes. Die Möglichkeit, dass ihr hier draußen seid, ist weitaus geringer als die, dass ihr euch dort irgendwo versteckt. Das Forschungsgelände ist riesig, wie eine eigene Stadt.«

Als wäre Aarons Frage ein Signal gewesen, kam ihnen ein Fahrzeug entgegen. Augenblicklich duckte sich Nina.

»Es kann keiner zu uns hineinsehen«, entgegnete Tanja beruhigend, »die Scheiben sind wegen der extremen Sonneneinstrahlung verdunkelt.«

»Und wenn sie uns aufhalten?«, stieß Nina hervor. Sie konnte kaum atmen, starrte zu dem blauen Fahrzeug, dem zwei weitere folgten.

»Dann seid ihr Lisa und Jake.«

Die Fahrzeuge fuhren an ihnen vorbei, und als Nina sah, dass diese ihre Fahrt fortsetzten, spürte sie ihr Herz hämmern.

»Es waren Transporter von Slive. Je näher wir Alessia kommen, desto belebter wird es. Es dauert auch nicht mehr lange.

Ninas Blick blieb an einer verfallenen Hütte hängen, die unweit am Straßenrand stand. Dieser folgte eine weitere, dann flatterten vermehrt Zeltplanen im Wind, die noch immer an in den Boden geschlagenen Haken festgezurrt waren. Müll lag herum, Barracken tauchten vermehrt auf.

»Hier beginnen die ehemaligen Lager derer, die einst versucht hatten, nach Alessia zu kommen«, erklärte Tanja. »Sie sind seit Jahrzehnten verlassen.«

»Warum versucht es keiner mehr?«, fragte Nina.

»Weil man ohne Aufenthaltsbescheinigung nicht reinkommt. Alles ist auf dem Chip registriert.«

»Und wenn man ihn herauszieht?«

»Das geht zwar, aber es ist Pflicht, registriert zu sein. Ohne Chip seid ihr lebenslang gesperrt, in Alessia einreisen zu dürfen. Eine Entnahme ist also nutzlos.«

»Dann bin ich jetzt für immer Lisa Hawkins?«, resümierte Nina.

»Ja. Durch und durch.«

Nina konnte es nicht fassen. Kaum hatte sie sich an ihre bisherige Identität gewöhnt, trat auch schon eine neue in ihr Leben. Was blieb von ihr denn eigentlich noch übrig?

»Ihr habt jeweils einhundert Einheiten darauf, das sollte nicht auffallen. Aber ich gehe ohnehin davon aus, dass Max sich um alles Weitere kümmert.«

»Einheiten?« Nina wusste schon gar nicht mehr, was sie als Nächstes fragen sollte.

Tanja nickte, als wäre ihr aufgefallen, dass ihre beiden Gäste über gar nichts informiert waren.

»Damals gab es Währungen, Geld, das aber heute völlig abgeschafft ist. Es gibt Einheiten, die man regelmäßig erhält, um am täglichen Leben Alessias teilnehmen zu können. Man zahlt nicht für herkömmliche Lebensmittel, Wasser oder Wohnraum, das ist alles Teil des Privilegs, hier wohnen zu können. Man benötigt die Einheiten für die Vorlage, dass man sich an die allgemeinen Regelungen hält. Bricht man Gesetze, werden Einheiten abgezogen.«

Fragend sah Aaron zu Tanja. »Also je mehr Einheiten man hat, desto besser ist man als Bürger der Stadt?«

»So in etwa. Sinkt die Einheitszahl unter zehn, lebt man nur noch auf Bewährung in der Stadt. Es drohen der Umzug in äußere Viertel oder im schlimmsten Fall die Ausweisung.«

»Ausweisung«, fragte Nina. »Das bedeutet doch fast den sicheren Tod?«

»Genau. Es gibt Gruppen, die irgendwo dort draußen überleben, doch es muss grauenhaft sein. Daher gibt es keine Haft mehr, so wie früher. Niemand mag ausgewiesen werden, und wer es einmal bis ins Zentrum geschafft hat, möchte keinesfalls wieder in die Außenbezirke umgesiedelt werden.«

Für Nina ergab das Sinn. Eine Ausweisung war wesentlich schlimmer als ein Gefängnisaufenthalt. Die Einheiten waren es eher, die sie nicht einordnen konnte. »Man muss also für nichts bezahlen? Es ist alles umsonst?«

»Ja. Die Alessianer stellen sich in den Dienst der Öffentlichkeit, es gibt schließlich für jeden eine Art Beruf, eine Tätigkeit, um dies alles möglich zu machen. Niemand wird aber dafür bezahlt, weil das kostenlose Leben hier Belohnung genug ist. Da ihr ja aus der Vergangenheit kommt: Vor Tausenden von Jahren lebten die Menschen nach einem ähnlichen Prinzip. Der Dienst für die Gemeinschaft ermöglichte ein Leben in der Sippe. Geld gab es auch damals keines. Und damals bedeutete der Ausschluss aus der Gemeinschaft genauso wie heute die Gefahr des Todes. Nur damals nicht wegen der Sonneneruptionen.«

»Wie viel sind einhundert Einheiten?«, wollte Aaron wissen. »Und was ist die Höchstmenge?«

»Zweihundert. Ihr seid in der Mitte, das fällt nicht auf. Und ihr habt sehr viel Luft nach unten. Sie heißen übrigens ›mounts‹, ein Wortspiel aus measure und counter.«

»Und diese mounts werden bei jeder Kontrolle mit aufgerufen?«

»Alles, was auf dem Chip steht, wird aufgerufen. Sinkt die Zahl schnell, bekommt ihr ohnehin zeitnah Besuch von den Sicherheitsbehörden.«

Nina fand es ungewöhnlich, in einer solch großen Stadt zu leben, ohne für etwas bezahlen zu müssen. Doch kannte sie es anders? Sie hatte keinen Vergleich, weil sie sich nach wie vor an nichts aus ihrem alten Leben erinnern konnte. Sie wusste, dass man damals einkaufen ging, an Tankstellen fuhr, Urlaub machte, aber warum zum Teufel konnte sie sich an keine Begebenheit erinnern? Und dann fragte sie sich, warum sie dies alles eigentlich wusste, wenn sie sich an nichts erinnern konnte.

Die Hand juckte etwas, tat aber nicht weh. Voller Vorfreude auf Alessia, aber auch aus Angst, doch entdeckt zu werden, musterte Nina die verlassenen Baracken, Hütten, verwitterten Zelte an den Straßenrändern, die nun immer großflächiger und in höherer Zahl auftraten. Und nachdem sie eine Senke durchfahren hatten und auf einem Plateau ankamen, hielt sie ungläubig die Luft an. In einigen Kilometern Entfernung waren hohe, eng aneinandergebaute Häuser zu sehen. Es war ein Meer an Gebäuden, Türmen und Mauern, dahinter schimmerte eine riesige halbrunde Fläche im Sonnenlicht, die Dutzende Kilometer groß sein musste. Es sah aus wie eine Kuppel, wie aus einem Traum, unwirklich und dennoch deutlich einen großen Bezirk umfassend. Sonnenlicht spiegelte sich tausendfach darin wider, verschiedene Farben leuchteten darunter hervor. Es war gigantisch, und Nina fragte sich, ob unter dieser Kuppel das Zentrum Alessias lag.

»Darf ich vorstellen?«, hörte sie Tanjas Stimme. »Alessia. Wir fahren nun zum Südport, stellt euch auf eine längere Wartezeit ein. Alle Fahrzeuge werden kontrolliert.«

Nina nickte nur. Die Fläche der Außenbezirke war wesentlich größer als das durch die Kuppel überdachte Zentrum. Vermutlich war es darunter auch kühler, alle anderen wohnten bei mehr als vierzig Grad Außentemperatur in den um die Kuppel herum angelegten Häusern.

»Wer konnte so etwas nur erbauen?«, flüsterte Aaron sichtlich bewegt. Allein die Kuppel muss ja etwa …«

»Sie hat 19 Kilometer Durchmesser«, ergänzte Tanja. »Die in Peking hat 48, New York 36.«

Anhand der großen Flut an Informationen wünschte Nina sich, Tanja wäre es möglich, ihr wie Cox alles einfach ins Gehirn zu pflanzen. Mounts, headcaps, ihre neuen Namen – in diesem Moment dachte sie, aufgrund der alles umfassenden Aufregung würde ihr Gehirn aus allen Nähten platzen.

Je näher sie dem Stadtrand kamen, desto offensichtlicher wurden die Gebäude derer, die vor Alessia hausten und vermutlich auf Einlass hofften. Berge an altem Holz, Planen, mobile Hütten und unfassbar viel Müll lagen herum, es passte nicht zu dieser neuen Welt, in der alles so perfekt schien. Aaron hatte ihr vor einigen Tagen gesagt, ganze Dörfer seien kurz nach den Sonneneruptionen unterirdisch angelegt worden. Aber wie gelangten sie an Lebensmittel und Wasser?

Plötzlich hielten sie an. Direkt vor ihnen standen die ersten riesigen Häuserzeilen, bestimmt dreißig, vierzig Stockwerke hoch, sehr lang und nahe aneinandergebaut. Es waren etwa zwanzig Fahrzeuge vor ihnen, die an einer Art Station unweit vor ihnen kontrolliert wurden. An beiden Seiten der Straßen standen hohe Mauern, die jegliches Eindringen verhinderten.

»Wahnsinn!«, murmelte Aaron. »Das ist ja ein Hochsicherheitstrakt.«

Nina richtete ihren Blick auf die gigantischen Häuserzeilen vor sich. Es waren kaum Menschen zu sehen, und wenn, huschten sie schnell in die schmalen schattigen Durchgänge.

»Je näher man dem Zentrum kommt, desto höher ist die Sicherheitslage«, erklärte Tanja. »Und wenn du das Hochsicherheitstrakt nennst: Warte erst mal, bis wir zur Kuppel kommen.«

Entgegen Tanjas Befürchtung dauerten die Kontrollen nicht allzu lang und je näher sie der Station kamen, desto schneller schlug Ninas Herz. Hoffentlich klappte das mit dem Chip! Was, wenn ihnen der rote Bereich um die Einstichstelle auffiel?

Unvermittelt legte Aaron seine Hand auf ihre. »Versuche, möglichst normal zu wirken. Ich habe auch große Angst, aber es gibt keinen anderen Weg für uns. Bleib cool.«

Als sie an der Reihe waren, rollten sie unter einen überdachten Teil der Station, in dem zu beiden Seiten elektronische Greifarme zu den Fenstern ausfuhren. An deren Enden befanden sich Scanner.

»Ich lasse jetzt die Fenster herunter«, erklärte Tanja, »ihr streckt nur eure Hand mit dem Chip heraus. Die werden geprüft, dann fahren wir weiter.«

Voller Angst rutschte Nina auf dem Sitz herum. Und als Tanja die Scheiben herabließ, drang heiße Luft wie aus einem Ofen zu ihnen ins Innere.

Da Aaron und Tanja ihre Hände aus dem Fenster streckten, tat sie es ihnen auf ihrer Seite gleich. Eine Kamera fuhr in den Wagen, blieb dort einige Sekunden und verschwand schließlich wieder.

»Er kontrolliert, ob wir einen blinden Passagier mitführen«, erklärte Tanja. Dann ließ sie die Fenster wieder nach oben fahren und rollte los.

»Geschafft«, murmelte sie einige Sekunden später. Langsam verließen sie die Station und fuhren vorbei an den immer höher werdenden Häusern.

Erleichtert sah Nina zu Aaron und atmete laut aus.

»Ich habe doch gesagt, wir haben nichts zu befürchten«, sagte Tanja.

Nina nahm Tanjas Worte nur am Rande auf. Neugierig starrte sie auf die riesigen Wohnkomplexe, deren kleine Fenster undurchsichtig wirkten, vermutlich der Hitze wegen. Nur ab und an war einer der Bewohner in den engen Gassen zwischen den Häusern zu sehen, nirgendwo parkten Fahrzeuge, es wirkte eher trostlos, wie ein Ghetto.

Eine Weile änderte sich nichts am Bild der Außenbezirke. Irgendwann fiel Nina auf, dass mehr Fahrzeuge auf Parkplätzen standen, dass Scheiben die Gassen zwischen den Gebäuden überspannten, darunter sogar vereinzelt Bäume wuchsen.

»Wir nähern uns dem Zentrum«, erklärte Tanja, »ihr werdet sehen, wie sehr es sich vom Außenbereich unterscheidet.«

Plötzlich spürte Nina ihr Herz klopfen. Sie hatte Angst vor dem, was sie erwartete, vor diesem Max, davor, entdeckt zu werden, vor allem aber vor der Fremde einer Welt, die in diesen Momenten wieder einmal unerträglich wirkte. Mit bebenden Lippen ergriff sie Aarons Hand, der ihren Druck erwiderte und sie anlächelte.

»Wir bleiben auf jeden Fall zusammen, hörst du? Ich lasse dich nicht allein.«

Es war ein Trost, wenn auch ein nicht allzu großer, doch sie fühlte sich etwas besser.

Da die Fahrzeuge vor ihnen langsamer fuhren, sah Nina wieder hinaus. Mittlerweile lagen die Bereiche zwischen den Häusern komplett unter diesem Spezialglas, darunter wuchsen Pflanzen in allen Formen, ihr fielen sogar Spielbereiche für Kinder auf, die Wände der Komplexe leuchteten in verschiedensten Farben. Und als ihren Blick in die Höhe ging, war die gigantische Kuppel des Zentrums direkt vor ihr zu sehen. Fast so groß wie der Himmel selbst leuchtete das Halbrund in der Sonne, wuchs mehrere Hundert Meter in die Höhe, unwirklich, unbegreiflich, ein Ende war aus ihrer Sicht nicht erkennbar. Bald rollten sie nur noch, bis sie auf einen riesigen Parkplatz abbogen. Er war überdacht, Hunderte meist weißer Fahrzeuge standen auf mehreren Etagen in Reihen nebeneinander, die Menge der Fahrzeuge schien kein Ende zu nehmen. Tanja fuhr in eine der oberen Etagen, tippte auf dem Board herum und drehte sich zu Aaron und Nina um.

»Ab hier geht's erst mal zu Fuß weiter. Im Zentrum kann man nicht mit eigenen Ecars fahren, es geht dann nur noch öffentlich.«

Aufgeregt sah Nina Aaron an, und nachdem Tanja ausgestiegen, folgten die beiden ihr. Augenblicklich schlug ihnen Hitze entgegen, die Nina fast die Luft zum Atmen nahm. Am liebsten wäre sie sofort wieder in das klimatisierte Fahrzeug gestiegen.

Da die Kuppel direkt hinter dem Parkbereich schier unendlich weit in die Höhe wuchs, blieb Nina staunend stehen und musterte die im Sonnenlicht glänzende Fläche. Durch Schattenbereiche sah sie im Innern eine funkelnde, teils grüne Welt, mehr konnte sie aber nicht erkennen.

»Wir müssen durch die Kontrollstation«, forderte Tanja sie auf. »Sie ist strenger als die erste am Außenbezirk.«

Mit ihnen gingen auch andere Personen in die Richtung, in der ein Dach auffallend grün leuchtete. Alle Frauen trugen dieselbe Kleidung wie sie, die Männer wie Aaron. Vielleicht hatte man Weiß der Hitze wegen gewählt, aber schon jetzt störten sie die langen Ärmel. Hoffentlich war es innerhalb der Kuppel kühler, sonst würde sie den heutigen Tag kaum überstehen.

Schneller als erwartet erreichten sie den Checkpoint. Es waren nicht viele Personen vor ihnen, die ebenfalls in das Zentrum wollten, und als sie sich den acht Kontrollstationen näherten, schlug Ninas Herz schneller. Um im entscheidenden Moment nicht aufzufallen, beobachtete sie genau, was die Menschen vor ihnen taten, wie sie die Hand mit dem Chip ausstreckten, Antworten gaben, unaufgeregt wirkten.

»Keine Panik«, flüsterte Aaron. »Tanja hat bisher recht behalten.«

Als sie an der Reihe waren, registrierte ein Scanner Ninas Chip. Und da Tanja unaufgefordert ihren Namen sagte, tat Nina es ebenfalls.

Schließlich ging sie weiter, wartete kurz auf Aaron und folgte mit schweißnassen Händen Tanja. Ohne etwas zu sagen, gingen sie an eine Art Tor, dessen Flügel sich öffneten und hinter ihnen wieder schlossen. Sie befanden sie in einem Zwischenraum, in dem es schon merklich kühler war. Pflanzen wuchsen an den Seiten in die Höhe, mehrere Schilder wiesen auf den Standort von medizinischen Zentren und öffentlichen Einrichtungen hin. Wieder gelangten sie an ein Tor, das sich öffnete, und als Nina hindurchgetreten war, blieb sie verblüfft stehen. Hier war es merklich kühler, vor ihr erstreckte sich eine bunte, schillernde Welt, die sie so niemals erwartet hätte.

Sie waren in Alessia.

Alessia

Das metallene Zischen der Luftschleuse war kaum verklungen, als sich die Tore zur Stadt öffneten und den Blick auf Alessia freigaben. Nina, Aaron und Tanja traten langsam über die Schwelle. Für einen Moment blieb Nina stehen. Ihre Füße fühlten sich an, als wären sie am Boden festgewachsen. Die Welt, die sich vor ihr ausbreitete, wirkte wie eine Kulisse aus einem überambitionierten Science-Fiction-Film, nur dass sie nicht in einem Film war. Sie war mitten in einer neuen Realität, deren Ausmaß sie gerade erst zu begreifen begann.

Die Kuppel spannte sich über sie wie ein künstlicher Himmel, aus unzähligen sechseckigen Segmenten bestehend, in deren Innerem sich Licht brach wie in einer riesigen Kristallstruktur. Der Himmel über Alessia war kein Himmel im eigentlichen Sinn, eher ein lichtdurchfluteter, sanft-blauer Schleier, der wie ein endloser Morgen dämmerte.

»Willkommen in Alessia«, sagte Tanja leise.

Nina blinzelte. Der Weg, der sich vor ihnen ausbreitete, bestand aus einem glatten, dunklen Material, das bei jedem Schritt leicht schimmerte, als würde es die Bewegungen seiner Besucher registrieren. Am Rande des Weges fuhren lautlose Bahnen entlang, silberne Kapseln, die auf Magnetfeldern glitten. Völlig geräuschlos, ohne jedes Ruckeln, wenn überhaupt war nur ein unscheinbares Brummen zu hören. Menschen stiegen ein und aus, nur wenig sprachen. Niemand drängelte.

»Das sind die öffentlichen Bahnsysteme«, erklärte Tanja. »Die Bahnen reagieren auf Gedankenimpulse, sobald man einen Fahrwunsch äußert. Das geht allerdings nur für registrierte Bewohner. Gäste wie ihr werdet von uns begleitet.«

»Wie, ›Gedankenimpulse‹?«, fragte Aaron und nahm Nina die Frage quasi aus dem Mund.

»Sie halten überall, aber es geht hierbei um die Wünsche der Gäste. Je nach Länge der Fahrstrecke werden Sitzgelegenheiten in unterschiedlichen Bahnarealen vorgeschlagen. Für längere Strecken bequemere Sitze, für kurze eher die an den Ein- und Ausgängen. Die Vorschläge richtet sich nach der Dauer der Bahnbenutzung, und die wird durch Gedankenimpulse erkannt.«

Nina nickte nur. Es waren zu viele Eindrücke und sie hatte zu viele Fragen.

»Es gibt also eine Art Programm, das die Gedanken der Menschen hier lesen kann?«, fragte sie.

»Ja, in etwa. Das System ist noch nicht so ausgereift und zudem fehlerhaft, aber jedes Update ist deutlich besser als der Vorgänger.«

»Ist das in der ganzen Stadt so?«

»Nein, nur in den Bahnen, denn die bergen die besten Möglichkeit, die Software zu aktivieren. Für die ganze Stadt müssten überall leistungsstarke Rechner herumstehen.«

Nina konnte es nicht fassen, widmete aber nun ihre Aufmerksamkeit der Welt, die sich vor ihr abspielte. Die Menschen, die an ihnen vorbeigingen, waren auffällig gekleidet. Nicht auffällig im Sinne von grell oder schrill, sondern eher harmonisch, aber ungewohnt. Stoffe in eher matten Farben, mal fließend wie Wasser, mal geometrisch gemustert, alle mit einem leichten Glanz überzogen, als wären sie mit Flüssigmetall bestäubt. Es waren keine Uniformen, und doch wirkte es, als gehörten sie alle zu einer gemeinsamen Ästhetik. Eine Mode ohne

Individualismus, dachte Nina, oder gerade eine, die sich jenseits des ihr Bekannten definierte.

»Diese Mode …«, begann sie zögernd.

»Standardisierte Stofftechnologie«, erklärte Tanja. »Selbstreinigend, atmungsaktiv, temperaturregulierend. Es gibt keine klassischen Marken mehr, wie ihr sie kennt. Was du hier siehst, ist Ausdruck eines aktuellen Verständnisses von Funktion und Ästhetik.«

Sie gingen weiter. Die Wege verzweigten sich, riesige, mindestens dreißig Stockwerk hohe Gebäude zogen sich immer wieder in Richtung Kuppel, weit in die Höhe, dorthin, wo sie normalerweise Vögel erwartete. Wieder eine Erinnerung aus ihrer Vergangenheit? Immer wieder sah Nina gläserne Erhebungen am Wegesrand, architektonisch eigenwillige Strukturen, von denen einige öffentlich zugänglich zu sein schienen, andere wie abgesperrte Areale wirkten. In den Wänden erkannte sie kleine, kaum sichtbare Linsen. Sie wirkten wie Augen aus Glas.

»Kameras«, sagte Tanja, als sie Ninas Blick bemerkte. »Zur Sicherung der allgemeinen Ordnung.«

»Überwachung also«, sagte Aaron.

Tanja zuckte mit den Schultern. »Hier lebt niemand illegal. Wer nach Alessia kommt, unterschreibt die Regeln. Die Kameras registrieren nicht nur Bewegungen, sondern auch biometrische Parameter. Es gibt keine Polizei, wie ihr sie kennt, aber einen sehr umfangreichen Sicherheitsapparat.«

Nina sah sich weiter um. Es war merkwürdig still in dieser Stadt. Keine Hupen, kein Verkehrslärm, keine Stimmen, keine Musik. Fast alles schien durch künstliche Intelligenz geregelt. Es waren auffallend fließende Bewegungsabläufe, automatische Türen, selbst das Wetter unter der Kuppel war kontrolliert. Sie fragte sich, ob die weißen Wolken, die sie hinter der Kuppel erkannte, echt waren. Prompt fragte sie Tanja danach.

»Nein. Es ist künstlich. Es gibt ja keine Wolken mehr.«

»Wegen der Sonnenstürme und der damit einhergehenden Hitze?«, fragte Aaron.

»Genau. Zumindest hier in Europa gab es seit mehr als vierzig Jahren keinen Regen mehr.«

»Warum ist es hier so leise?«, fragte Nina.

»Weil Lärm Energie kostet und Stress erzeugt. Die gesamte Architektur Alessias wurde darauf ausgerichtet, akustisch entlastend zu wirken. Zudem ist der Verkehr auf ein Minimum reduziert. Private Fahrzeuge sind nicht erlaubt. Nur Angehörige des Sicherheitsdienstes besitzen eigene Mobilitätseinheiten. Wir von Allfood können zwar auch fahren, und ich hätte euch ebenfalls fahren können, doch es fiele auf, wenn ich eine Route befahren würde, die nicht auf meinem Plan liegt. Es fällt aber nicht auf, wenn ich außerhalb parke.«

Aaron blieb kurz stehen. »Also gibt es doch eine Art Sicherheitsdienst?«

»Natürlich, aber keine Polizei, so wie sie früher als Exekutive diente. Sie führen aus, was oben entschieden wird.«

»Was heißt ›oben‹?«

»Eine Art Ministerium. Die Dachorganisation Alessias. Sie besteht aus Zehntausenden Mitarbeitern, vermutlich aber weitaus mehr. Sie werten Kameras aus, die Gedankengänge in den Bahnen arbeiten Tag und Nacht, um das öffentliche Leben so fließend wie möglich zu halten.«

Aaron verhinderte noch immer, dass sie weitergingen. »Also für mich hört sich das eher so an, als wollte man die totale Kontrolle.«

»So etwas solltest du niemals laut sagen. Und wie gesagt, die Gedankenimpulse werden momentan nur in den Bahnen analysiert. Es funktioniert zu etwa achtzig Prozent.«

»Das ist beängstigend«, murmelte Nina. »Wer mag schon seine Gedanken gelesen bekommen.«

»Es ist eher so, dass man beim Betreten der Bahn, aber auch in bestimmten Behörden, aktiv denken soll, was man vorhat. Abläufe können so besser und schneller bearbeitet werden.«

»Ich nenne es eher etwas anderes«, flüsterte Aaron. »Sie sehen in deine Gedanken. Übel. Was, wenn sie dir fälschlicherweise vorwerfen, du würdest eine Gewalttat verüben wollen? Wo ist da das Ende?«

Tanja sah sich um und zog Aaron sowie Nina näher zu sich. »Nicht hier. Wir sollten vermeiden, kritisch über das System Alessia zu sprechen, auch flüsternd. Okay?«

Nina verstand, und sie war sicher, dass auch Aaron verstand. Also am besten alles ansehen, ohne Fragen zu stellen.

Ängstlich sah sie sich um. Waren überall Kameras? Wurden sie schon beobachtet? Waren tatsächlich diese Gedankenleser nur in Behörden und Bahnen? Seit sie das Programm von Cox kennengelernt hat, traute sie den Möglichkeiten dieser neuen Welt alles zu.

Schon bald betraten sie eine große, offene Fläche. Vor ihnen breitete sich ein Park aus, durchzogen von geschwungenen Wegen, künstlichen Bächen, deren Wasser wie Glas wirkte, und Bäumen mit Blättern, die im Licht der Kuppel beinahe fluoreszierten. Vögel sangen, Schmetterlinge flogen von Blüte zu Blüte und über allem lag ein Duft, den Nina nicht einordnen konnte. Es duftete nach Jasmin, Metall und etwas, das wie Strom roch.

Mit einem Mal stockte ihr der Atem. »Das ist der Park«, sagte sie leise.

»Welcher Park?«, fragte Aaron.

»Hier war ich … in Cox' Simulation. Genau hier. Ich erkenne den Weg, den Bach, die Bäume, sogar die Sitzbank dort vorn.«

Tanja war stehen geblieben und sah sie prüfend an. »Das kann nicht sein. Die Simulationen basieren zwar auf Erinnerungsfragmenten, aber sie rekonstruieren keine realen Orte eins zu eins, sondern kreieren zufällig Orte. Wahrscheinlich trügt dich dein Gefühl.«

»Nein. Ich weiß, was ich gesehen habe. Und da ...«

Sie stoppte. Am Rand des Parks, an einer der gläsernen Balustraden, stand eine Frau. In demselben farbverlaufenden Gewand wie alle anderen, mit einer Kapuze, die das Gesicht halb verbarg. Doch Nina erkannte sie sofort.

»Sie ist es«, flüsterte sie. »Die Frau aus dem Programm. Sie hat mich dort angesprochen.«

»Nina«, sagte Tanja ruhig, aber mit fester Stimme, »du hast vielleicht ein Fragment gesehen. Ein Echo, vielleicht eine zufällige Ähnlichkeit. Aber das hier ist echt. Konzentrier dich auf das Jetzt.«

Nina wusste nicht, ob sie wütend oder verunsichert sein sollte. Was war real? Was war Erinnerung? Was war Projektion?

Und warum hatte sie plötzlich das Gefühl, beobachtet zu werden?

Da fiel ihr auf, dass Tanja offenbar sehr gut über Cox' Programm Bescheid wusste. Sollte sie sie danach fragen? Ihre Gedanken begannen zu rasen, weil sie befürchtete, Tanja könnte für Slive arbeiten. Aber warum sollte sie sie dann durch die Stadt führen, anstatt sie auszuliefern?

Sie entschied, sie nicht danach zu fragen. Aber sie ging zu der Frau.

»Hallo?«

Die Frau, etwa um die fünfzig Jahre alt, sah sie überrascht an. »Kennen wir uns?«

»Nein ... ja. Wohnen Sie hier?«

»Entschuldigen Sie, wer sind Sie denn?«

»Ich bin Lisa. Wohnen Sie hier.«

»Ja. Lisa, ich kenne sie nicht. Sind Sie sicher, dass sie mich nicht verwechseln?«

Da spürte Nina eine Hand auf ihrer Schulter. Es war Tanjas.

»Nina, woher soll sie dich denn kennen? Du bist zum ersten Mal hier.« Tanja nickte der Frau entschuldigend zu, die sich nun wieder umdrehte.

Schwer atmend löste Nina ihren Blick von dieser Frau. Sie war sich sicher, dass sie es gewesen war, die sie in Cox' Programm gesehen hatte, sogar die Augen waren dieselben. Vielleicht nahm das Programm ja zufällig Gesichter irgendwelcher Menschen aus Alessia, und vielleicht waren sogar die Systeme der Stadt und von Slive miteinander verbunden. Was sollte sie denn schon verstehen, mit dem Gehirn und dem Verständnis eines Menschen, der vor mehr als 160 Jahren gelebt hat?

Ihr Blick wanderte zu einer der gläsernen Strukturen. Die Kameralinse dort war klein, aber sie könnte schwören, dass sie sich gerade bewegt hatte. Ihr folgte.

War es Paranoia?

Sie kamen an einem Teich vorbei, der auf einer Seite von einer etwa zehn Meter hohen Statue flankiert wurde. Sie stellte eine Frau dar, die beide Hände über das Wasser hielt, aus dem kleine Wasserfälle herabströmten.

»Hast du die Statue auch im Programm gesehen?«, fragte Tanja.

»Nein. Aber sie ist wunderschön. Was stellt sie dar?«

»Die perfekte Bewohnerin Alessias. Ein Symbol für Glück und Pflichtbewusstsein.«

Nina musterte die Statue noch längere Zeit, löste sich aber schließlich von ihr,

Sie gingen weiter, schwiegen, während Nina darüber nachdachte, wie sie Aaron mitteilen konnte, dass sie Tanja plötzlich nicht mehr vertraute. Sie fühlte sich fremder denn je, nicht einmal Aaron sagte mehr etwas.

Tanja stoppte an einem Platz, auf dem mehrere Menschen standen. Und bevor Nina oder Aaron fragen konnten, was sie hier zu tun gedachten, kam eine der Magnetbahnen lautlos auf sie zu. Schnell, leicht brummend, es quietschte nicht einmal, als sie stark abbremste. Menschen stiegen aus, schließlich stiegen sie selbst ein.

»Denkt jetzt an eine längere Fahrt«, sagte Tanja und führte die beiden in ein Areal, in dem nicht so viele Menschen saßen. Es roch etwas scharf, deutlich nahm sie aber auch den Duft von Blumen hindurch wahr.

»In Alessia werden über fünfhundert verschiedene Gerüche verwendet, um den Menschen ein Gefühl von Natürlichkeit und Freiheit zu geben. Niemand hier weiß, wie es ist, wirklich auf einer Wiese zu stehen, auf der Blumen blühen und frischer Wind weht. Nur ihr.«

Nina nickte und musterte das Innere der Bahn. In diesem Moment fuhr sie los, sie selbst spürte aber die Fliehkraft nur wenig. Die Bahn bestand komplett aus Glas, nur der Boden war nicht durchsichtig. So konnten sie alles erkennen, was außerhalb der Bahn war. Während die Menschen, wenige Fahrzeuge und Gebäude an ihnen vorbeirasten, bewegten sich die weit über ihnen befindlichen sechseckigen Rahmen der Glasplatten des Kuppelbaus kaum.

Da fiel ihr Blick auf ein Kind, das dicht neben ihrer Mutter auf einer der Bänke saß. Es blickte auf die Projektion eines kleinen DPs, vermutlich sah es sich einen Kinderfilm an. Nina überlegte, wie dieses Kind wohl aufwuchs, was es lernte, welche Ziele es haben konnte. Gab es überhaupt noch Schulen? Kindergärten?

Sie zuckte zusammen, denn auch dies waren Erinnerungen an ihre Vergangenheit.

Ihr Blick fiel auf Aaron. Auch er sah sie gerade an, sie meinte, einen eigenartigen Ausdruck in seinen Augen zu erkennen. Er schien skeptisch und sie ahnte, dass er tausend Fragen hatte, sich aber nicht traute, sie jetzt zu stellen. Nicht hier. Womöglich wurden auch ihre Gedanken gerade gescannt, also nahm sie sich vor, an die Vorzüge dieser Megacity zu denken, um keinesfalls ins Fadenkreuz dieses Ministeriums zu geraten.

Nach einigen Minuten erreichten sie ein Gebäude. Dort hielten sie und stiegen aus.

»Also die Bahn kostet auch nichts?«, fragte Aaron. »Oder wird das unauffällig durch den Chip in der Hand von dem damit verbundenen Konto abgebucht?«

Tanja lächelte. »Nein, Dienstleistungen kosten nichts.«

Es beruhigte Nina kaum. In Gedanken versunken folgte sie Tanja und Aaron in einen Komplex, in dem wieder vermehrt diese riesigen Gebäude standen. Runde Fenster ließen Licht ins Innere, die Monumente aus Glas, Metall und Licht wirkten wie architektonische Wunderwerke.

Vor einem dieser Gebäude blieben sie schließlich stehen. Es war rund, ebenso mindestens fünfzig Stockwerke hoch, hatte keine Türen, an der Seite war eine glatte Fläche mit einem Symbol: einem Kreis, in dessen Mitte sich ein vertikaler Strich befand.

»Das ist es«, sagte Tanja. »Hier lebt er.«

»Wer?«, fragte Nina.

»Max. Der, den ihr treffen sollt. Es gibt weder Namen noch Nummern, aber viele Symbole.« Tanja berührte eines von unzähligen Zeichen auf der Wand. Es leuchtete kurz auf, dann bewegte sich lautlos ein Teil der Glaswand zur Seite und gab den Blick auf eine weiße Halle frei.

Ein Monitor erwachte zum Leben und eine männliche Stimme ertönte: »Zutritt gewährt.«

Die Stimme war ruhig, fast freundlich, aber auch vollkommen neutral. Unsicher folgte Nina Tanja und Aaron durch diesen Voreingang und schon kurz darauf schloss sich die die Glastür hinter ihnen wieder. Vor ihnen ragte ein System aus gläsernen Röhren in die Höhe. Es waren Aufzüge, die sich in alle Richtungen bewegten, als würde ein riesiges Uhrwerk in Bewegung gesetzt.

Tanja führte sie zu einem der Aufzüge und berührte ein weiteres Symbol am Rand einer der Glastüren. Sofort öffnete sich eine Glaskapsel und sie stiegen ein. Lautlos begannen sie, sich nach oben zu bewegen. An ihnen zogen die Stockwerke vorbei, gaben den Blick in die Etagen frei. Nina versuchte, in die Wohnungen zu sehen, aber das Glas war einseitig verspiegelt.

»Jede Etage beherbergt bis zu fünfhundert Einheiten«, erklärte Tanja. »Standardisierte Versorgung, individuelle Einrichtung. Alles modular. Das Leben ist auf Effizienz ausgerichtet.«

Da stoppte die Kapsel in Etage 30.

Der Gang war steril, aber nicht unfreundlich. Symbole an den Wänden leuchteten auf, während sie vorbeigingen. Schließlich hielten sie vor einer Tür. Auch hier waren wieder kein Name und keine Nummer zu erkennen, sondern nur ein Symbol: ein Dreieck, in das eine Linie eingeschnitten war.

»Hier ist es«, sagte Tanja.

Die Tür öffnete sich, noch bevor sie auf eins der drei aufleuchtenden Symbole drücken konnten. Gab es überhaupt noch herkömmliche Klingeln?

»Willkommen«, sagte eine Stimme von drinnen.

Nina machte einen Schritt zurück. Etwas an dieser Stimme ließ sie erschauern.

Da wandte sich Tanja zu ihnen um. »Mein Auftrag endet hier. Viel Glück, Nina. Und viel Glück, Aaron.«

»Was?« Nina konnte es kaum fassen, auch Aaron starrte verwirrt in Tanjas Gesicht.

»Wie, ›dein Auftrag endet hier‹?«

Tanja lächelte sie aufmunternd an. »Mein Auftrag endet, bevor ich Max zu Gesicht bekomme. Ich darf nicht wissen, wer er ist.«

Nina wusste nicht, was sie sagen sollte. Ja, sie vertraute Tanja nicht allzu sehr, aber sie war hier außer Aaron die einzige Person, die sie kannte.

Max hingegen kannte sie nicht.

Als Tanja wieder in den Aufzug gestiegen war, sah Nina ihr lange nach. Sie hatte noch so viele Fragen, und nun verschwand die einzige Person dieser Welt, die ihnen offenbar weiterhelfen konnte.

Frustriert drehte sie sich zu Aaron.

»Dann mal los«, murmelte er zuversichtlich, auch wenn er alles andere als das wirkte. »Uns bleibt ja wohl kaum etwas anderes übrig.«

»Aber war es nicht so, dass Tanja …«

Abrupt legte er Nina einen Finger auf den Mund. »Nicht. Wir wissen ja gar nichts.« Dabei sah er sich um, so als würde er irgendwo jemanden vermuten. Oder eine Kamera. Nina wurde klar, dass sie sich in der Öffentlichkeit nicht über alles austauschen durften. Doch wo denn dann?

Schließlich betraten sie die fremde Wohnung. Vor Nina öffnete sich ein Raum aus Glas, Licht und Stille. Und irgendwo in diesem Raum war Max.

Der Mann, der angeblich Antworten hatte.

Die Tür schloss sich lautlos hinter ihnen. Kaum ein Geräusch war zu hören, kein mechanisches Rattern, kein leises Summen, das Nina verraten hätte, ob sie gerade wirklich etwas erlebte oder ob es nur Teil einer Illusion war. Der Gang, durch den sie Max' Wohnung betreten hatten, öffnete sich in einen Raum, der mehr wirkte wie die Kulisse eines Films als wie ein Wohnraum. Transparente Flächen wechselten bei jedem ihrer Schritte leicht die Farbe, reagierten offenbar auf ihre Bewegungen oder vielleicht sogar auf ihre Körpertemperatur. Die Luft war kühl, angenehm und roch nach nichts. Keine

Spur von Schweiß, Metall, Plastik, sie war einfach neutral.

Max stand bereits ein paar Schritte vor ihnen, als hätte er ihre Bewegungen vorweggenommen. Nina schätzte den Mann auf etwa sechzig Jahre, er trug silbriges Haar, das in Wellen zurückgestrichen war. Seine Haltung war aufrecht, der Blick wachsam und freundlich, aber gleichzeitig hatte sein Gesicht eine Nuance von Müdigkeit, die nicht nur körperlich wirkte, sondern tief in ihm zu stecken schien.

»Willkommen in meinem bescheidenen Zuhause«, sagte er mit einem Lächeln, das so leise war wie seine Stimme.

Nina nickte zaghaft. Aaron musterte Max mit einem Ausdruck, der zwischen Neugier und Vorsicht wechselte. Kein Wunder, denn die letzten Stunden waren sie beide von einem Albtraum in den nächsten geworfen worden. Alles wurde mit jeder neuen Information unübersichtlicher.

»Setzt euch, bitte.« Max wies auf zwei schwebende Sitze, die sich scheinbar aus dem Boden heraus formten und Nina an Seifenblasen erinnerten.

Sie nahm Platz. Das Material war weich, passte sich ihrer Körperform an und wirkte darüber hinaus überraschend angenehm. Die Temperatur des Sitzes war perfekt.

»Ich weiß, es ist viel. Ich vermute, ihr seid erschöpft und eure Gedanken drehen sich im Kreis. Trotzdem ist es wichtig, dass wir jetzt reden, solange es noch geht.«

»Wie meinen Sie das, solange es noch geht?«, fragte Aaron.

Max seufzte leise. Mit einer Geste aktivierte er eine halb transparente Oberfläche, die sich wie eine Welle vor ihnen aufbaute. Sie zeigte keine Bilder, sondern pulsierte in ruhigem Licht.

»Slive sucht euch, seit ihr das Forschungsgelände verlassen habt. Offiziell sollte das nicht passieren. Niemand sollte euch je wiedersehen.«

Nina fröstelte. »Wieso wurden wir dann aufgetaut?«

Max sah sie eindringlich an. »Das ist eine Frage, auf die es mehrere Antworten gibt. Aber die wichtigste ist: Ihr wart ein Test. Nicht auf Leben, sondern auf Überwachung, Kontrolle und Gehorsam.«

»Aber wir leben noch«, warf Aaron ein.

»Ja, ihr lebt noch, und das dank einer Gruppe, die nicht für Slive arbeitet. Aber dazu mehr später. Slive führt seit Jahrzehnten Programme durch, in denen Menschen wie ihr, also Menschen aus der Vergangenheit, aufgeweckt werden. Nicht, um ihnen ein Leben zu ermöglichen, sondern um sie zu untersuchen. Ihre Reaktionen. Ihre Biologie. Ihren Geist. Es geht um neurologische Themen, um Menschen zu manipulieren. Sie sozusagen zu perfekten Bewohnern Alessias zu machen.«

»Und dann?«, fragte Nina flüsternd.

»Dann sterben sie. Ausnahmslos.«

Das Licht der Projektionsflächen schien auf einmal dunkler zu werden. Nina spürte, wie sich ihr Atem beschleunigte. Sie erinnerte sich an die sterile Kälte des Raumes, in dem sie nach dem Kryonikschlaf aufgewacht war, und an das Gefühl, keine Kontrolle zu haben. Jetzt war dieses Gefühl zurück, nur wärmer, lauter und vor allem näher.

»Warum? Warum das alles?«, fragte Aaron nun. »Das kostet doch ein Vermögen. Und die Menschen werden einfach getötet?«

Max aktivierte mit einer Bewegung neue Hologramme. Darauf erschienen schemenhafte Silhouetten von Städten, Datenströme, biometrische Scans, Millionen identischer Bewegungsmuster.

»Geld spielt für Slive keine Rolle. Ihr habt ja keine Ahnung, wie mächtig dieser Konzern ist. Und Slive regelt einen Großteil des Lebens in Alessia. Alessia ist eine kontrollierte Welt, perfekt durchstrukturiert. Jeder Mensch hier erfüllt einen Zweck. Die künstlichen Programme sorgen für Gleichgewicht, für Effizienz und für Ruhe. Echte Individualität, wie ihr sie kennt, ist gefährlich geworden. Sie stört das System und stellt Fragen.«

»Und Menschen wie wir stellen Fragen«, murmelte Aaron.

Max nickte. »Deshalb gibt es das Auge.«

Nina richtete sich auf. »Das Auge?«

»So nennen wir die Regierung, das Kontrollorgan Alessias. Sie sind überall, und sie sind grausam konsequent.«

»Was meinen Sie mit konsequent?«

»Wer mehr als einmal gegen Regeln verstößt, bekommt eine sogenannte Bremse. Sie hindert zunächst den Betreffenden am Zugang zu allen kostenlosen Servicesystemen. Beim dritten Vergehen muss man die Stadt verlassen, was fast dem sicheren Tod entspricht. Zumindest offiziell.«

»Offiziell?«, fragte Aaron.

Nina hörte nur zu und dachte, ihr Kopf würde aufgrund der vielen Informationen bald platzen.

»Offiziell gibt es keine Gesellschaft dort draußen. Inoffiziell aber schon. Und diejenigen wissen mehr über das System Alessias als irgendwer sonst. Sie suchen nach Menschen wie euch. Nach Überlebenden. Nach Menschen mit Erinnerungen, mit abweichenden Mustern, nach denen, die hinterfragen. Vor allem nach Menschen, die die Maschine stören können.«

»Und du?«, fragte Nina. »Bist du Teil dieser Gruppe? Und was heißt ›dort draußen‹? Da ist doch nur totes Land und Hitze.«

Max lächelte. Es war ein trauriges Lächeln. »An der Erdoberfläche schon, aber nicht darunter. Als einst die Sonnenstürme begannen, flohen die Menschen unter

Tage. Sie bauten ganze Städte tief unter die Erde, mit autonomen Versorgungssystemen, um an Sauerstoff zu kommen. Da sie aber teilweise zu tief liegen oder mit modernsten Abwehrsystemen bestückt sind, findet das Auge die bewohnten Areale dieser Labyrinthe nicht.«

»Okay«, sagte Aaron und hob seine Hand, um für eine Unterbrechung zu sorgen. »Es gibt also jemanden, den das Auge offenbar sucht. Eine andere Gruppe. Die leben irgendwo dort draußen. Aber warum sind sie für das Ministerium wichtig? Was tun sie denn Verbotenes?«

»Nichts Verbotenes. Sie sind autonom, und das bedeutet Gefahr für jedes strikte System. Sie sind mächtig, weil sie Geheimnisse des Auges kennen.«

»Und welche Geheinisse?«, wollte Nina wissen.

»Das weiß ich nicht genau, aber es geht wohl um riesige Datenmengen, um Systemkontrolle. Ich denke, es geht um etwas, was dem Ministerium schaden könnte.«

Aaron schüttelte den Kopf. »Sie wissen es nicht genauer?«

»Na ja, der Fortschritt bei der Kontrolle aller Gedanken war enorm«, fuhr Max fort. »Es ist wohl so, dass es ihnen möglich ist, jeden Bereich des menschlichen Gehirns zu kontrollieren. Und das bedeutet absolute Macht. Stellt euch vor, ihr könnt jeden Menschen kontrollieren. Vollständig. Ohne Ausnahme.

»Und diese Gruppe, die vom Auge gesucht wird?«

»Hat offenbar Mittel und Wege, das Programm zu zerstören.«

»Welches Programm?«

»Cox. Ihr habt es kennengelernt.«

Nina hielt den Atem an. »Ich dachte, Cox ist nur ein Programm von Slive?«

»Nicht nur. Cox ist ein sehr mächtiges Systemprogramm. Es ist DAS Programm von Slive und Alessia. Es kontrolliert alles und ist die Grundlage für die aktuellen Forschungen am menschlichen Gehirn.«

»Sind Sie Mitglied dieser Gruppe?«, fragte Aaron. »Ich habe das Gefühl, Sie wissen mehr als Sie zugeben.«

»Ich bin ein Vermittler, manchmal auch ein Lehrer. Manchmal bin ich aber auch nur ein alter Mann, der weiß, wo er besser schweigt. Die Gruppe wird übrigens der ›Pfeil‹ genannt.« Max trat an eine gläserne Wand, tippte gegen eine Fläche und sofort erschien eine zweiteilige Karte. Eine Zone war markiert, tief unterhalb der Stadt Alessia. Eine rote Linie verlief von seinem Gebäude bis zu einem Punkt mit einem winzigen Kreis: ›Knotenpunkt 9‹ stand dort.

»Wenn ihr überleben wollt, müsst ihr zu ihnen. Der Widerstand, die Pfeile, verstecken sich dort.«

Eine Mischung aus Hoffnung und Angst durchzog Nina. So viele Namen. So viele Ebenen. Und sie, zusammen mit Aaron, waren wie zwei Figuren in einem viel zu großen Spiel.

Plötzlich erklang ein Geräusch. Kein Klingeln, es war mehr ein leichtes Pulsieren, das von irgendwoher durch die Wände zu kommen schien.

Max erstarrte. Dann wandte er sich blitzschnell zu ihnen. »Sie sind hier.«

»Wer?«

»Slive.«

»Woher wissen sie, dass wir hier sind?«, fragte Aaron fassungslos.

»Sie wissen es nicht sicher, hoffe ich zumindest. Die Chips in euren Händen sind sicher, das kann es also nicht sein. Vielleicht überprüfen sie nach eurer Flucht systematisch jeden Kontaktpunkt, jeden Gebäudekern. Wir haben nicht mehr viel Zeit.«

Max tippte mit der Hand an die Wand hinter ihm, woraufhin sich ein bislang unsichtbarer Durchgang öffnete. Dahinter war nur Dunkelheit. Eine schmale Treppe führte nach unten, kühle Luft wehte Nina entgegen.

»Geht. Sofort! Dieser Weg führt euch zu einer Abzweigung, einem Wartungstunnel, der euch aus dem Gebäude bringt. Nehmt den Tunnel 3A12. Ihr kommt am Versorgungsschacht raus, dann seht ihr einen Glasübergang. Folgt dem Symbol mit dem doppelten Kreis. Folgt den Symbolen mit dem Dreieck und dem Kreis. Sie führen euch zu einem Wohnhaus direkt in der Nähe eines riesigen Mastes. Sucht dort nach einem Pfeil an einer Ecke des Gebäudes.«

»Was ist mit dir?«, fragte Nina.

»Ich bleibe. Wenn ich mitgehe, verfolgen sie die Spur. Ich kann euch nur jetzt noch helfen.«

Nina wollte protestieren, doch Max schüttelte den Kopf. »Geht jetzt und sprecht mit niemandem. Vertraut niemandem. Es gibt eine Losung unter den Mitgliedern des Pfeils. Sie lautet: ›Ganz oben zu sein bedeutet nicht, alles zu sehen‹. Merkt es euch gut.«

Dann schob er sie zu dem zuvor versteckten Durchgang.

Jetzt erst wandte sich Nina von Max ab und betrat gemeinsam mit Aaron den dunklen Gang. Hinter ihnen glitt lautlos die Wand zu.

Nur die Finsternis blieb.

Der Pfeil

Schwer atmend stolperte Nina gebückt durch den Versorgungstunnel, das Herz hämmerte ihr bis zum Hals. Der kalte Lichtstreifen, der sich knapp über ihren Köpfen an der Decke entlangzog, flackerte in unregelmäßigen Abständen, als wollte selbst das künstliche Licht mit ihnen um Atem ringen. Aaron lief dicht hinter ihr, sein Blick pendelte zwischen ihr und der dunklen Öffnung hinter ihnen, durch die sie vor wenigen Minuten geflohen waren.

»Schneller«, drängte er. »Ich hab echt Schiss, dass sie die Wohnung durchsuchen und den Durchgang entdecken.«

Die metallenen Wände des Tunnels wirkten wie ein Gedärm aus Glas und Stahl, steril, klinisch, unendlich. Eine feine Feuchtigkeit hing in der Luft, vermischt mit dem Geruch nach etwas Scharfem und Trockenheit. Sie hatten keinen Überblick mehr über die Zeit. Alles, was zählte, war weiterzukommen. Weg von Max' Wohnung, aus der sie fliehen mussten, ohne zu wissen, was vor sich ging.

»Biegung voraus«, rief Aaron und Nina spürte, wie ihre Lungen brannten. Ihre Schritte hallten dumpf wider. Die Lautlosigkeit Alessias war hier unten nicht mehr spürbar, hier erzeugte jeder Atemzug, jeder Schritt, jede noch so kleine Bewegung ein Echo.

Plötzlich blieb Aaron stehen und hielt den Arm schützend vor Nina. »Hörst du das?«

Sie lauschte. Ganz leise, kaum hörbar, kam von irgendwoher ein tiefes Brummen. Wie ein entferntes Aggregat oder ein unterirdischer Antrieb.

»Was ist das?«, flüsterte sie.

Aaron schüttelte den Kopf. »Keine Ahnung. Vielleicht ein Wartungsmodul. Oder ...«

Er vollendete den Satz nicht. Beide duckten sich, als hinter der Biegung plötzlich ein Lichtschein auftauchte. Eine schimmernde Kugel glitt langsam durch den Tunnel, eine metallische Drohne, kaum größer als ein Tennisball, mit Sensorarmen, die wie Fühler wirkten. Bevor sie verstand, was vor sich ging, zog Aaron sie hinter eine der dicken Röhren. Dort hielten sie den Atem an. Die Drohne glitt an ihnen vorbei, ohne zu stoppen. Sie warteten noch, und gerade, als sich Nina fragte, warum, schoss die Drohne wieder zurück an ihnen vorbei.

»Was ist das für eine Scheiße?«, flüsterte Aaron. »Suchen die uns etwa wirklich?«

Da es offenbar die einzige Drohne gewesen war, kletterten sie hinter der Röhre hervor. Sie hetzten weiter, bogen links ab, dann noch einmal rechts. Max' Worte hallten noch in Ninas Kopf: *Nehmt den Tunnel 3A12. Ihr kommt am Versorgungsschacht raus, dann seht ihr einen Glasübergang. Folgt dem Symbol mit dem doppelten Kreis.*

Doch was hieß das schon? Jäh kam ihr der Gedanke, dass sie sich in einer Welt befand, die Menschen wie sie einfrieren, überwachen und auslöschen ließ.

Nach für sie nicht bestimmenbarer Zeit erreichten sie das Ende des Tunnels. Eine enge Metallleiter führte in die Tiefe, nur durch eine enge Röhre. Nina konnte absolut kein Licht erkennen.

»Sollen wir da runter?, flüsterte sie ängstlich.

»Uns bleibt wohl nichts anderes übrig. Ich gehe vor.«

Nina war froh über diesen Vorschlag, auch wenn er sie nicht gänzlich beruhigte. Also kletterte sie Aaron hinterher in die Finsternis. Stufe für Stufe, manchmal wackelte die Treppe etwas, hier schien die Zeit vor 150 Jahren stehen geblieben zu sein. Wenigstens wurde die Luft nicht schlechter, und gerade als sie Panik in sich spürte und eine unsichtbare Hand ihren Hals zuzudrücken drohte, erreichten sie Boden. Da es nur in eine Richtung ging, folgten sie dem Gang in Richtung fahlem Licht. Schließlich erreichten sie den Eingang von drei Schächten. Und da sie alle nummeriert waren, betraten sie den mit der Nummer 3A12. Nach weiteren bangen Minuten öffnete sich eine breite Halle vor ihnen, in deren Mitte sich ein gläserner Aufzugsschacht erhob. Mehrere schwebende Plattformen dockten an magnetischen Schienen an. Inmitten all dessen: ein Ausgang. Ein Zugang zur Oberfläche.

Nina drückte sich an die Wand und spähte um die Ecke. »Niemand zu sehen«, hauchte sie. »Sollen wir es wagen?«

Aaron nickte. »Jetzt oder nie.«

Sie rannten. Ein paar Sekunden in völliger Panik. Als sie den Durchgang erreichten, aktivierte sich der Sensorlautsprecher mit einem weichen Summen. »Unbefugtes Betreten der Versorgungszone ist untersagt. Bitte kehren Sie um.«

Doch das Tor war bereits offen, vielleicht ein Notfallprotokoll, das von Max ausgelöst worden war. Oder von Mitgliedern des Pfeils.

Also traten sie hinaus, wiederum in die Welt unter der Kuppel.

Es war dunkel. Verwundert erkannte Nina, dass sie kaum mehr Zeitgefühl besaß und sie offenbar bereits den ganzen Tag in der Stadt waren. Alessia bei Nacht war nicht weniger surreal als bei Tag. Der Himmel war künstlich, das wusste Nina inzwischen. Aber er schimmerte wie das echte Firmament, durchzogen von schwebenden Lichtpunkten, die wie Sterne wirkten. Die gewölbte Glashülle, die die gesamte Stadt überspannte, reflektierte die kühle, fast farblose Beleuchtung. Nichts blitzte, nichts blinkte. Es war eine Stadt im Standby-Modus.

»Der Pfeil«, sagte Aaron und deutete auf die Fassade des Hauses, das sie eben verlassen hatten. Er war unauffällig, direkt neben einige Kratzspuren und zwischen zwei Symbolen. »Ich hoffe zumindest, es soll einen Pfeil darstellen.«

Sie liefen geduckt durch die Stadt. Die Straßen waren fast menschenleer und die wenigen Fahrzeuge, die sie sahen, bewegten sich lautlos und blitzschnell. Ab und an schwebten längliche Kapseln an ihnen vorbei, die keinen Kontakt zum Boden hatten.

»Vielleicht magnetbetrieben«, riet Aaron. »Tanja hat uns nichts davon erzählt.»

»Denkst du, sie suchen uns noch?«, fragte Nina.

Aaron sah sie an. »Mit Sicherheit. Eigentlich müsste jedem Moment eine Drohne an uns vorbeirasen. Falls es denn überhaupt eine war.«

Sie gingen zügig weiter und orientierten sich an dem doppelten Kreis, der auf Wegmarkierungen projiziert wurde. Er war fast unsichtbar, nur zu sehen, wenn sie sich näherten. Und immer wieder war da dieses Gefühl, beobachtet oder gar gefunden zu werden. Nina glaubte, an manchen Hauswänden eine Bewegung zu sehen, Schatten, die sich nicht zugehörig anfühlten. Drohnen vielleicht, oder etwas anderes. Oder einfach nur Bewohner.

Sie erreichten ein Gebäude, das völlig schwarz wirkte. Dort gab es kein Licht, keine Projektion und kein Geräusch. Es dauerte, bis sie das gesamte Gebäude umlaufen hatten, um an einer der Ecken ein Symbol zu finden. Und an der dritten Ecke fanden sie es schließlich. Es war klein, nur wenige Zentimeter über dem Boden, eindeutig ein Pfeil, der nach unten zeigte. Die Tür bestand aus reflektierendem Glas, in dem sich die Umgebung spiegelte. Nina erkannte darin auch ihre Gesichter.

»Hier?«, fragte sie.

Aaron nickte und berührte das Symbol. Nichts geschah. Er probierte es an verschiedenen Stellen, mit verschiedenen Positionen der Finger und der Hand. Gerade als er aufgeben wollte, öffnete sich lautlos eine Tür.

Sie traten ein.

Das Innere war völlig dunkel, doch nach wenigen Sekunden schaltete sich eine weiche Beleuchtung ein. Nicht taghell, aber hell genug, um die Umgebung zu erkennen. Die Wände bestanden aus mattem Metall, der Boden aus einem seltsam weichen Material, das jeden Schritt dämpfte. Ein Aufzug wartete auf sie. In diesem gab es weder Knöpfe noch eine Anzeige.

»Vielleicht hat uns jemand registriert«, sagte Aaron leise.

Der Aufzug setzte sich in Bewegung, ohne dass sie etwas getan hatten.

Sie fuhren nach unten, immer tiefer.

»Wie tief reichen denn die Häuser?«, fragte Nina mehr sich selbst als Aaron. Er antwortete nicht, sondern sah mit zusammengepressten Lippen zu Boden.

Dann öffneten sich die Türen.

Eine große Halle erstreckte sich vor ihnen. Nina erschrak furchtbar, denn ein Mann stand vor ihnen. Er trug schlichte anthrazitfarbene Kleidung, sie saß körpernah und wirkte beinahe wie eine Uniform.

Der Mann trat näher an sie heran. Nina schätzte ihn auf etwa Ende zwanzig, sein Gesicht war kantig, seine Augen wirkten ruhig. Seit braunes Haar schien gegelt, unterhalb eines Auges trug er eine Narbe.

Zu Ninas Überraschung sagte er gar nichts. Da fiel ihr die Losung ein, die Max ihnen genannt hatte.

»Ganz oben zu sein bedeutet nicht, alles zu sehen.«

Augenblicklich wurden die Gesichtszüge des Mannes freundlicher. »Ihr seid Nina und Aaron.«

Es war keine Frage, sondern eine Feststellung.

Nina schluckte. »Wer sind Sie?«

»Ich bin Jonas. Und ihr seid jetzt dort, wo Slive euch nicht mehr erreichen kann. Willkommen beim Pfeil.«

Nina spürte, wie ihre Knie weich wurden. »Was wollen Sie von uns?«

Jonas' Gesicht wurde noch ernster. »Es geht nicht darum, was wir wollen, sondern was ihr jetzt tun müsst. Slive wird euch jagen. Sie werden nicht aufgeben. Nicht weil ihr etwas wisst, sondern weil ihr etwas beweist. Nämlich dass ihr überlebt habt. Kommt mit.«

Er führte sie durch den riesigen Gang, zu einer weiteren Tür, die wie eine Sicherheitstür aussah, öffnete sie, indem er mehrere Symbole betätigte, und trat mit ihnen durch den Durchgang.

Ein leises Summen erfüllte die Luft. Nina sah sich um. An den Wänden erschienen plötzlich Projektionen, Bilder von Alessia, von Datenströmen, von Menschen, die wie sie aussahen. Waren es Überlebende?

»Wir sind nicht viele«, sagte Jonas. »Aber wir sind da. Und mit eurer Hilfe könnten wir mehr werden.«

Die Wände in dem kleinen Raum wirkten grau und unscheinbar. Es gab kein Fenster, nur sanft leuchtende Streifen an den Rändern der Decke. Das Licht war nicht grell, aber es reichte aus, um jedes Detail zu erkennen. Die glatte Oberfläche des Bodens, die schwebenden Sitze ohne erkennbare Befestigung und Jonas, der ihnen gegenüberstand, mit verschränkten Armen und einem Blick, der sich bis in Ninas Innerstes zu bohren schien.

Nichts an Jonas wirkte weich oder unentschlossen. Seine Augen aber flackerten, als wären darin Erinnerungen gespeichert.

»Ich weiß, es ist viel auf einmal«, sagte er ruhig und ließ sich auf den gegenüberliegenden Sitz sinken. »Aber wenn ihr überleben wollt, müsst ihr alles erfahren.«

Aaron antwortete nicht sofort. Sein Blick wanderte von Jonas zu Nina. Sie saß aufrecht, ihr Atem war flach, die Hände waren fest ineinander verschränkt. Auch sie sagte nichts. Sie wusste nicht einmal, ob sie diesem Jonas vertrauen konnte. Seit der Flucht überschlugen sich die Ereignisse derart, dass ihr Gehirn nicht mehr hinterherkam.

»Hier, trinkt erst mal etwas«, riss Jonas' Stimme sie aus wirren Gedanken. »Ihr seht durstig aus.« Dabei reichte er den beiden einen Beutel, den Nina in ähnlicher Form aus den ersten Tagen aus dem Forschungszentrum kannte. Sie trank den gesamten Beutel leer, und als Jonas ihnen auch noch Nahrungspacks reichte, schluckte Nina gierig die Masse hinunter.

»Ich komme aus dem Jahr 2063«, fuhr er fort. »Ich war Teil des Kryonik-Programms, wie ihr. Ich wurde allerdings bereits vor zwölf Jahren aufgeweckt, heimlich. Und das war reines Glück.«

Nina starrte ihn an. »Du kommst aus unserer Zeit?«

»Nicht ganz eure, aber nah dran. Ich war damals Medizintechniker. Ich wusste, worauf ich mich einließ. Ich wollte ...« Er brach kurz ab. »Ich wollte der Welt entkommen, wie sie damals war. Nur war ich so naiv gewesen, zu glauben, dass die Zukunft besser sein würde.«

Aaron beugte sich nach vorn. »Du bist also aus dem Slive-Projekt geflohen.«

Jonas nickte. »Ja. Damals waren die Strukturen noch nicht so ausgereift. Ich hatte Hilfe von innen, von einem Techniker, der seinen Glauben an das System verloren hatte. Er hat mich durch einen Wartungsschacht nach draußen gebracht. Ich war tagelang unterwegs, bin fast gestorben. Dann hat mich jemand gefunden. Jemand vom ›Pfeil‹.«

»Die Widerstandsgruppe«, flüsterte Nina leise. »Und Sie sind ein Mitglied davon?«

»Genau. Aber ›Pfeil‹ ist nur ein Name, wie eine Legende. In Wahrheit sind wir verstreut, isoliert, in kleinen Zellen, die voneinander nur das Wenigste wissen, um aus Sicherheitsgründen den Großteil unserer Identitäten zu wahren. Wir werden immer mehr, und wir haben ein Ziel. Und das ist der Grund, warum ihr heute noch lebt.«

Aaron runzelte die Stirn. »Warum?«

Für längere Zeit sah Jonas ihn ernst an. »Weil jeder Einzelne, vielleicht auch ihr, der Schlüssel sein kann, um Cox zu stoppen.«

Die Stille, die sich danach ausbreitete, war schwerer als das vorherige Schweigen.

Nina sah Jonas fragend an. »Ja, Max erzählte uns davon. Cox steuert die Versorgung, das Klima, die Sicherheit und sieht in die Gedanken der Menschen, die in die Bahn einsteigen.«

Jonas lachte bitter. »Genau. Aber Cox schützt niemanden, Cox kontrolliert alles. Und es will mehr. Es will Zugriff auf alles, auf eure Gedanken auch außerhalb der Bahn, auf euer Bewusstsein, auf eure Erinnerungen. Alles, was euch zu Menschen macht. Und was heißt schon Ministerium?«

»Also steuert Cox ganz Alessia?«, fragte Aaron. »Und auch Slive?«

»Genau, beides. Und wenn nur ein Programm alles steuert, denkt ihr nicht auch, dass der Missbrauch keine Grenzen mehr kennt?«, fragte Jonas. »Es funktioniert. Cox infiltriert langsam, über Jahre. Und es lernt unglaublich schnell. Es nutzt Schnittstellen in den Gebäuden, Sensorik in der Kleidung, Mikrosignale über implantierte Kommunikationssysteme. Es weiß, wann du schläfst, was du träumst, was du bereust. Und es speichert alles. Nicht um euch zu helfen, sondern um euch zu kontrollieren. Zwar noch nicht bei jedem Einwohner, aber es werden immer mehr. Irgendwann besteht Alessia aus willenlosen Geschöpfen, die als Versuchsobjekte dienen. Und wer weiß, vielleicht macht sich Cox ja irgendwann selbständig.«

Nina schüttelte den Kopf. »Aber wozu? Warum all das?«

»Weil Macht immer Kontrolle will. Und weil der ursprüngliche Zweck verloren gegangen ist.« Jonas stand auf und ging einige Schritte im Raum umher, bevor er seinen DP bediente. Ein leises Summen ertönte und ein Teil der Wand wurde transparent. Dahinter lag ein schmaler Schacht mit einem dunklen Schachtrohr. »Cox war nie als Kontrollsystem gedacht. Es war ein Schutzprojekt. Eine Sicherheits-KI, entwickelt während der letzten großen Klimakriege. Doch nach dem Zusammenbruch der alten Regierungen übernahm Slive die Verwaltung und Cox wurde umprogrammiert. Es bekam Zugriff auf alles.«

Aaron stand ebenfalls auf. »Und jetzt wollt ihr es zerstören.«

»Wir müssen. Wenn wir wollen, dass der Mensch überhaupt noch irgendeine Wahl hat.« Jonas wandte sich wieder um. »Und genau hier kommt ihr ins Spiel.«

Nina runzelte die Stirn. »Warum wir?«

Jonas sah sie fest an. »Weil ihr von außen kommt. Weil ihr noch nicht vollständig erfasst seid. Noch nicht kartiert, nicht analysiert. Und vor allem: Weil ihr nicht verändert wurdet.«

Aaron sah ihn an, als hätte er etwas Wichtiges überhört. »Verändert?«

»Slive verändert die Menschen, Aaron. Nicht sichtbar, aber subtil. Über Programme, Induktion, über die Umwelt selbst. Wer hier lebt, verliert langsam die Fähigkeit, zu hinterfragen. Es ist nicht unbedingt böse, denn KI agiert nur aus dem Drang heraus, zu lernen, aber es ist in fast schon faszinierender Weise effizient. Die Menschen schlafen mit offenen Augen. Und sie halten das für Freiheit.«

Nina schloss die Augen, ihre Hände zitterten leicht. »Ich habe das Gefühl, alles ist nur eine Simulation. Alles könnte doch programmiert sein, vielleicht ja auch du?«

Jonas trat näher. »Ja, theoretisch könnte ich ebenfalls ein Programm sein. Bin ich aber nicht. Und es ist glücklicherweise so auch noch nicht möglich, selbst für Cox nicht. Dazu müsstest du an ein System angeschlossen sein oder zumindest in direkter Nähe eines Senders. Weißt du, warum du diese Gedanken hast? Weil hier nichts mehr eindeutig ist. Cox testet bereits seit Jahren Programme zur Realitätssimulation. Die Menschen sollen nicht mehr unterscheiden können, ob sie wachen oder träumen. Das Ziel ist totale emotionale Kontrolle. Aber wie gesagt, noch ist es ein Ziel und noch haben wir die Möglichkeit, das zu stoppen.«

Aaron knurrte leise. »Das ist krank.«

»Es ist logisch. Jeder König im Mittelalter versuchte, sein Volk zu kontrollieren. Und heute, im dreiundzwanzigsten Jahrhundert, ist der Mensch dem gefährlich nahegekommen.« Jonas atmete tief durch, trat zurück und setzte sich wieder. »Aber es gibt Hoffnung. Vor zehn Jahren hat ein brillanter Informatiker ein Gegenprogramm entwickelt. Eine Art Revers-Code. Keinen Hack, sondern einen Schlüssel. Er hat ihn versteckt, irgendwo tief in der Datenstruktur von Alessia. Der Code könnte Cox infiltrieren, dann abschalten und es letztendlich zerstören. Aber ...«

»Aber?«, fragte Nina.

»Nur eine einzige Person weiß, wo dieser Code versteckt ist. Und sie ist verschwunden. Seit Jahren. Es gibt kein Signal, keine Spur. Wenn wir diese Person finden, haben wir vielleicht eine Chance.«

Aaron flüsterte: »Wer ist es?«

»Das wissen wir nicht sicher. Wir kennen nur den Decknamen: Solar.«

Nina schluckte. »Und wo fangen wir an zu suchen?«

Jonas sah sie lange an. Dann sagte er leise: »Es gibt Orte außerhalb von Alessia. Verbotene Zonen, stillgelegte Forschungsanlagen, alte Tunnelanlagen. Dort wurden früher die Gedankensimulationen durchgeführt. Vielleicht ist Solar dort untergetaucht oder aber der Schlüssel ist dort irgendwo versteckt.«

Nina spürte, wie die Luft um sie herum dichter wurde. Alles, was sie zu wissen geglaubt hatte, bröckelte. Und doch war da ein Gefühl. Eine Ahnung. Dass alles, was ihr genommen worden war, sie genau hierher geführt hatte.

»Warum denkt ihr, es sei außerhalb versteckt? Vielleicht befindet es sich ja innerhalb Alessias?«

»Kann ich mir nicht vorstellen, da der Einflussbereich für Cox in Alessia viel größer ist. Slive sucht seit Jahren noch unbekannte Gewölbe im ganzen Land ab, in dem sich die Menschen während der Sonnenstürme versteckt hatten. Über Jahrzehnte. Es gibt vollständige Anlagen, in denen noch heute Hunderte von Menschen leben. Vor allem Mitglieder des Pfeils. Die Sicherheitssysteme sind derart ausgeklügelt, dass selbst Slive nicht alle ausfindig machen kann.«

»Was geschieht mit einem solchen Gewölbe, wenn Slive eines findet?«, fragte Nina.

»Sie zerstören alles. Und auch, wenn es natürlich nicht offiziell ist: Sie töten alle Bewohner.«

»Und Slive sucht uns also weiterhin?«

Jonas nickte. »Unaufhörlich. Eure biometrischen Marker sind zwar gelöscht und ihr habt ja eine neue Identität, aber ihr seid in einem Netzwerk, das euch nicht vergessen wird. Deshalb werden wir bald aufbrechen müssen.«

»Wohin?«, wollte Aaron wissen.

»Zum Außenring. Dort beginnt der erste Pfad in die verbotenen Zonen. Ich möchte euch zu einem Menschen bringen, der euch weiterhelfen kann, weil er einer der Anführer des Pfeils ist. Aber es ist gefährlich. Wir müssen einen Umweg gehen.« Jonas erhob sich, trat zu einem Wandpaneel und berührte es. Eine Karte erschien, holografisch und schwebend. Mit zusammengepressten Lippen deutete er auf einen Punkt weit außerhalb der inneren Stadtstruktur.

»Hier, das ist unser Ziel. Bis dahin gilt: kein Kontakt, keine Kommunikation. Und vor allem keine Alleingänge.«

Nina sah zu Aaron. Sie hatte keine Ahnung, ob sie diesem Jonas vertrauen konnten, aber sie rettete sich mit dem Gedanken, dass er sie längst hätte ausliefern oder gar umbringen lassen können, spielte er falsch. Wieder musste sie jemandem vertrauen, den sie überhaupt nicht kannte.

Da wandte sich Jonas ihnen wieder zu. »Wir brechen auf, wenn es hell ist. Bis dahin solltet ihr schlafen. Wir müssen nichts überstürzen, sollten aber jederzeit bereit sein.«

»Schlafen? Jetzt?«, fragte Nina. Sie konnte sich nicht vorstellen, jetzt ein Auge zumachen zu können.«

»Ihr müsst einige Stunden Schlaf bekommen. Vor allem ist euer Gehirn nach dem langen Kryonikschlaf noch nicht bei hundert Prozent. Das dauert Wochen.«

»Offensichtlich bin ich aber fit genug, dass sie mir diese fremde Sprache einpflanzen konnten. Oder meine Reaktionen testeten, wobei ich auf einen Baum klettern musste.«

»Nina, vielleicht ist es eine gute Idee«, sagte Aaron beruhigend. »Wir sind beide sehr müde.« Er wendete sich Jonas zu. »Wo ist es denn möglich, dass sie sich sicher fühlt?«

Jonas drückte wieder auf dem Hologramm herum, eine weitere Türe öffnete sich und gab einen matt beleuchteten Raum frei. In diesem stand ein Bett sowie eine Art Couch. Nina wunderte sich, denn sie hatte eine Couch seit ihrem Erwachen noch nicht gesehen.

Wieder eine Erinnerung aus ihrer alten Welt.

»Bist du allein hier?«, fragte Nina Jonas.

»Ja, aber es kommen zwei meiner Freunde in den nächsten Stunden. Ich weiß, dass es viel verlangt ist, aber ihr könnt mir vertrauen. Es gibt keinen Grund, euch irgendetwas vorzuspielen.«

Für Nina war das kein Trost. Dennoch ging sie mit Aaron in den Raum und legte sich auf das Bett, weil Aaron die Couch vorzog.

»Meer oder Wald?«, fragte Jonas.

»Was meinst du?«

Plötzlich verwandelte sich die gesamte Decke in Wasser, aus einem für sie nicht lokalisierbaren Lautsprecher erklang Meeresrauschen. Einige Sekunden später verwandelte sich das Bild in das eines Waldes mit Vogelgezwitscher und dem Brummen von Insekten.

»Okay, dann lieber Meer.«

Es beruhigte sie tatsächlich, doch ihr Kopf war voller Fragen. Wer waren die anderen, die demnächst kamen, und was erwartete sie am kommenden Tag?

»Traust du ihnen?«, fragte sie Aaron leise.

»Ja. Sie hätten uns längst ausgeliefert, spielten sie ein falsches Spiel. Aber ehrlich gesagt habe ich keine Ahnung, was hier abläuft. Ich ... die ersten Wochen nach meinem Erwachen waren okay. Dann hat sich alles überschlagen.«

»Du meinst, seit ich aufgetaucht bin?«

»Ja, aber du kannst ja nichts dafür.«

Nin wusste nicht, was sie sagen wollte. Aber sie war froh, all das nicht allein durchstehen zu müssen und

Aaron an ihrer Seite zu haben. Er war der Einzige, dem sie vertraute.

»Versuche zu schlafen«, brummte er. »Wer weiß, wann wir die nächste Gelegenheit bekommen.«

Sie nickte nur und bemerkte, dass sich ihr Blick in dem Meeresbild verlor. Kleine Wellen schwappten ans Ufer, einige Möwen flogen umher. Es wirkte beruhigend, und als sie darüber nachdachte, ob sie eigene Erinnerungen an ein Meer hatte, fiel ihr nichts ein.

Im Untergrund

Nina erwachte abrupt, Schweiß stand ihr auf der Stirn. Der Morgen war kühler als erwartet und ein seltsamer metallischer Geruch hing in der Luft, als wäre selbst die Atmosphäre von Technik durchdrungen. Aaron saß bereits im Schneidersitz auf dem Boden und starrte auf den Projektorwürfel an der Wand, der in regelmäßigen Abständen Informationen in lautlosen Textfragmenten aufblitzen ließ.

»Du hast schlecht geschlafen«, stellte er fest, ohne sie anzusehen.

Nina nickte. »Kann sein. Ich weiß nicht, was real ist und was nicht.«

Bevor Aaron antworten konnte, öffnete sich die Tür lautlos. Jonas trat ein, mit seiner schmalen, drahtigen Figur, die in der engen Schutzkleidung kaum auffiel. Er wirkte ruhig, beinahe abgeklärt, doch er scannte den Raum mit den Augen wie ein Soldat, der nie ganz abschalten konnte.

Hinter ihn trat eine Frau. Sie war jünger, vielleicht Anfang zwanzig, mit längerem dunklen Haar und einem Gesicht, das jede Emotion geschickt verbarg. Ihre Bewegungen waren präzise, beinahe chirurgisch. Sie sagte zunächst nichts, doch Jonas nickte ihr zu.

»Das ist Memory. Sie kennt den unterirdischen Zugang besser als jeder andere. Heute brechen wir auf.«

»Wohin?«, fragte Aaron, obwohl diese Frage bereits am Vortag beantwortet worden war. Nina ahnte, dass er genauso unsicher war wie sie selbst.

»Zu einer der alten Außenstationen. Wir nennen sie ›Randkapsel‹, aber für uns ist es die Basis. Dort leben die Menschen, die sich dem Pfeil angeschlossen haben. Es ist gut versteckt und dank modernsten Sicherheitsvorkehrungen selbst für Cox nicht zu finden.«

»Warum kann das System diese Randkapsel nicht finden?«, wollte Aaron wissen.

»Möchtest du wirklich eine genaue Systemerklärung?«

»Nein, die abgespeckte Version genügt mir.«

»Einerseits gibt es einen Abwehrschirm gegen das Eindringen jeglichen Funks oder elektromagnetischer Wellen. Und zweitens gibt es eine Art Störmechanismus, der die Station als Gestein widergibt. Glaube mir, es hält seit Jahrzehnten jeglichen Versuchen stand, dieses Gebiet genauestens zu inspizieren. Cox ahnt, wo ungefähr unterirdische Gewölbe sind, kann sie aber nicht lokalisieren.«

»Wie tief sind die? Also zum Beispiel die Randkapsel?«

»Anderthalb Meilen tief.«

Nina schluckte. Sie würden also bald den Weg in die Tiefe angehen.

Memory sah sie nun direkt an. »Der Weg dahin ist risikoreich. Es gibt eine Menge Sensorzonen, die wir umgehen müssen, und ein Stück der Strecke führt unterhalb des zentralen Versorgungsstrangs entlang. Dort patrouillieren autonome Drohnen.«

Jonas legte eine flache Karte auf den Tisch. Sie war aus flexiblem Material und reagierte auf seine Fingerbewegungen. Ein Netz aus Linien und Punkten erschien, vermutlich war es ein riesiger Plan der Welt unterhalb Alessias. Nina verstand nur die Hälfte, doch das Muster ließ eine Vorstellung davon zu, wie tief und komplex das unterirdische Geflecht war.

»Wann gehen wir los?«, fragte sie leise.

»In einer Stunde. Ihr müsst zuvor neutralisiert werden. Keine Spur, keine Frequenz, kein Ident-Marker darf mehr auffindbar sein.«

»Also die Identität, die wir gestern erhalten haben, wird uns wieder genommen?«

»So ähnlich. Die Sensoren reagieren auf jede Identität unterhalb der Stadt. Ihr werdet also, wie wir, gar keine mehr haben.«

Nina schluckte. Sie hatte geglaubt, diese nun behalten zu können, und nun wurde sie ihr bereits nach einem Tag abermals genommen.

»Was, wenn wir wieder in die Stadt müssen?«

»Dann bekommst du die Identität zurück. Die, die du aktuell hast, ist auf dich geprägt. Wir neutralisieren sie eigentlich nur, wir nehmen sie nicht weg.«

Schließlich folgte Nina den beiden sowie Aaron in einen fensterlosen Raum. Die Wände waren von leuchtenden Filamenten durchzogen, der Boden leuchtete bei jedem Schritt auf. Fast glich es einem Labor, aber Nina verzichtete darauf, zu fragen, wo sie eigentlich genau waren. Dort legte sie sich auf eine Liege. Eine schmale Düse strich ihr über den Handrücken, dort, wo bei jedem Einwohner Alessias der unsichtbare Subdermalcode gespeichert war und sie erst am Vortag den Chip eingesetzt bekommen hatte. Ein Kribbeln lief ihr über die Haut, dann wurde ihr für einen Moment schwarz vor Augen.

Als sie wieder klar sah, stand Memory neben ihr. »Du bist jetzt niemand.«

Aaron erhob sich von der zweiten Liege. »Und das ist gut so?«

Jonas schmunzelte. »Solange wir das sagen, ja.«

Nach einem überraschend wohlschmeckenden Kaffee und einem Frühstück, das ebenfalls aus dieser breiartigen Masse aus einem Beutel bestand, verließen sie die Unterkunft nicht durch die Haustür, sondern durch einen metallischen Schacht hinter einer Projektionswand im Schlafbereich. Jonas ging voran, Memory sicherte den Rückraum. Nina konnte ihr Herz klopfen hören, während sie sich in gebückter Haltung durch den schmalen Gang bewegten. Der Schacht war kaum einen Meter breit, die Wände mit Kunststoffplatten verkleidet, durch die vereinzelte Lichtpunkte flackerten.

Nach zehn Minuten krochen sie in eine vertikale Röhre, die sich in die Tiefe bohrte. Eine Leiter führte hinunter, metallisch, glatt, sie begaben sich ein weiteres Mal ins absolut Dunkle. Der Luftdruck änderte sich schlagartig.

»Wie tief gehen wir?«, fragte Nina zwischen zwei Atemzügen.

»Ungefähr zweihundert Meter unter die Stadt«, antwortete Jonas. »Dahin, wo der ursprüngliche Versorgungskern lag. Vieles davon ist längst stillgelegt, aber die Strukturen sind geblieben.«

Zweihundert Meter! Nina schluckte, doch ihr blieb nichts anderes übrig, als den anderen zu folgen.

Es blieb nicht dunkel. Immer wieder spendeten kleine Lämpchen etwas Licht, so dass Nina sich einigermaßen orientieren konnte. Doch der Weg schien kein Ende zu nehmen. Gerade als sie befürchtete, sie könnte sich auf der Leiter nicht mehr halten, erreichte sie endlich festen Boden unter den Füßen. Sie standen in einem Tunnel, der sich in beide Richtungen verlor. Das Licht war spärlich, nur Memorys Handschuh projizierte einen trichterförmigen Lichtkegel nach vorn.

»Wir folgen der alten Leitung bis zum Nullpunkt«, sagte Memory. »Dort zweigen wir ab. Der Nullpunkt ist markiert. Aber haltet euch immer hinter mir und Jonas. Hier sind überall Bewegungssensoren aktiv.«

Nina spürte die feuchte Kühle des Bodens unter ihren Schuhen, während sie leise weitergingen. Keine Geräusche, kein elektrisches Surren, keine Stimmen. Nur ihre

Schritte und das gleichmäßige Atmen der Gruppe waren zu hören.

Nach etwa zwanzig Minuten bogen sie in eine Seitenkammer ein, die mit alten Wartungscontainern und gelblich leuchtenden Paneelen ausgekleidet war. Jonas blieb stehen und überprüfte eine Konsole, die aussah, als wäre sie seit Jahrzehnten nicht mehr benutzt worden.

»Wir müssen in diesen Schacht«, sagte er und deutete auf eine Öffnung im Boden, aus der ein leichter Luftstrom drang.

Memory warf ein Seil hinab und befestigte das Ende an einem verrosteten Haltegriff. Aaron sah skeptisch nach unten.

»Wie tief?«

»Nur zwölf Meter. Aber unten ist es eng, da beginnt der eigentliche Versorgungstunnel.«

Nina kletterte als Zweite. Ihre Hände glitten über das grobe Seil, das nach Schmieröl roch. Als ihre Füße unten aufschlugen, war es, als beträte sie eine andere Welt. Der Boden war glatt, aber uneben. Ein schwaches Licht flackerte an den Wänden entlang. Die Luft war kühl und stickig.

Da landete Jonas direkt hinter ihr. »Willkommen im Labyrinth.«

»Labyrinth?«

»Ja. Kennst du dich hier nicht aus, kommst du nie wieder raus. Aber keine Angst, wir haben Memory und die interaktive Karte.«

Sie liefen über eine Stunde durch das Netz aus zumeist engen Gängen, Notausstiegen und Wartungstunneln. Nina verlor jedes Gefühl für Richtung oder Zeit. Einmal musste sie sich setzen, denn manchmal wurde der Sauerstoff knapp und ihr Herz pochte.

»Nicht ungewöhnlich«, sagte Memory. »Die Luft ist alt hier unten. Noch zwanzig Minuten, dann kommen wir zur Druckschleuse.«

Die zwanzig Minuten kamen Nina vor wie Stunden, doch schließlich stießen sie auf eine kreisrunde metallene Tür, die wie der Zugang zu einem Raumschiff aussah. Jonas berührte mit einem Chip ein Symbol an der Seite der Tür, woraufhin eine Wand lautlos zur Seite glitt.

»Das ist der Übergang. Sobald wir durch sind, verlassen wir Alessia.«

»Und dann?«, fragte Nina.

»Dann beginnt die andere Seite.«

»Welche andere Seite?«

»Die Wüste. Das Land, durch das ihr gefahren seid, als ihr das Slivegelände verlassen hattet.«

Der Gang unterhalb Alessias wirkte wie ein vergessener Aderstrang in einem toten Körper. Der Beton, einst glatt und steril, war brüchig geworden, stellenweise feucht, mit moosartigen Schlieren an den Rändern. Memorys Licht aus dem Hightechhandschuh war das einzige Licht, das sie begleitete. Der Hauch von Verfall war unübersehbar.

»Wie alt ist dieser Tunnel?«, fragte Aaron, dessen Stimme dumpf von den Wänden widerhallte.

Memory ging voraus, ihre Schritte waren schnell, aber nicht überhastet. Sie antwortete, ohne sich umzudrehen. »Dieser Abschnitt stammt noch aus den ersten Jahren Alessias, es ist ein alter Versorgungs- und Wartungstunnel. Heute weiß kaum jemand, dass er noch existiert.«

»Aber Cox weiß es«, folgerte Aaron.

»Natürlich.«

»Und wenn er Drohnen schickt, wie in dem Gang, als wir aus Max‘ Wohnung fliehen mussten?«

Da blieb Jonas stehen. »Ihr seid von Drohnen verfolgt worden?«

»Von einer, sie hat uns aber nicht entdeckt.«

Jonas und Memory sahen sich überrascht an.

»Das heißt, sie wussten von eurem Besuch bei Max«, brummte Jonas.

»Ist das jetzt sehr überraschend?« Nina hatte plötzlich ein sehr schlechtes Gefühl, was nicht nur daran lag, dass sie tief unter der Erde durch irgendwelche verlassenen Tunnelanlangen stolperten.

»Ja, weil wir Max seitdem nicht mehr kontaktieren konnten.«

Nina schluckte. Sie hatte absolut keine Ahnung, was mit ihm geschehen sein konnte, hoffte aber, hier unten nicht auch auf Drohnen zu treffen. »Wann stoßen wir denn auf den Bereich der autonomen Drohnen?«

»Bald. Aber keine Angst, wir spüren sie zuvor auf. Und eigentlich werden sie nur aktiv, wenn sie eine Identität wahrnehmen. Und wir haben keine.«

Nina spürte, wie sich diese Aussicht, aber auch die Enge des Gangs, auf ihre Gedanken legte. Der Luftdruck war anders hier unten, nicht ganz so stickig, aber irgendwie dichter, schwerer. Als hätten sich hier Erinnerungen eingelagert.

»Wohin führt der Tunnel genau?«, fragte sie.

Memory sah sie an, als würde sie versuchen, ihr Zuversicht zu geben. In dem bleichen Licht wirkte sie älter und müder. »Wir erreichen eine weitere Wartungsstation, die moderner ist. Dort sind die Drohnen aktiv. Und von dort führt ein Weg weiter hinaus, durch das äußere Sperrgebiet. Danach beginnt das Niemandsland.«

»Und danach?«, fragte Aaron.

Ein kaum wahrnehmbares Zögern in Memorys Blick. Dann sagte sie: »Dann hoffen wir, dass der Kontakt uns findet.«

Sie gingen weiter. Der Tunnel machte einen leichten Knick, später einen zweiten. Von irgendwoher kam ein leises Tropfen, ein Echo, das wie ein ferner Taktgeber wirkte. Nina fiel auf, wie sehr sie sich schon an das ruhige Schweigen des Untergrunds gewöhnt hatte. Dieser Ort hier wirkte lebendiger, aber zugleich feindlicher.

Sie dachte an Max. An seinen ernsten Blick, als er ihnen die Adresse übergeben hatte. An seine letzten Worte und an das Signal, das ihn in Aufregung versetzt hatte. Es war ein seltsamer Ton gewesen, ein Impuls, der alles verändert hatte. Und seitdem war er nicht mehr aufgetaucht. Ob sie ihn jemals wiedersähen?

»Warum hilfst du uns eigentlich?«, fragte Nina plötzlich. »Was hast du mit dieser Widerstandsgruppe zu tun? Mit dem ›Pfeil‹?«

Memory blickte nicht zurück. »Ich war einmal Teil von Slive. Ich hatte die Projektleitung medizinischer Beobachtungseinheiten und ich habe gesehen, was sie mit denen machen, die erwachen. Viel zu lange habe ich geschwiegen und irgendwann habe ich begriffen, dass ich das nicht mehr kann.«

Aaron nickte stumm. »Du warst bei Slive? Dann kennst du vielleicht Tanja?«

»Natürlich. Sie arbeitet zwar für Slive, hilft uns aber. Sie weiß jedoch nicht, dass ich auch zum Pfeil gehöre. Wie gesagt, wir halten unsere Identitäten und Kontakte, so gut es geht, geheim. Wenn sie jemanden von uns schnappen, darf die Kette nicht weitergehen.«

»Was heißt ›sie‹?«, fragte Aaron.

»Das Ministerium, das Auge. Slive.«

»Und somit auch Cox?«

»Genau.«

Nach einer Weile wurde der Tunnel breiter. Ein großes, halb geöffnetes Stahltor ragte vor ihnen auf, eingerahmt von dicken Kabelsträngen. Dahinter gähnte ein dunkler Raum.

»Wir sind da«, sagte Memory. »Ab hier müsst ihr besonders vorsichtig sein. Das äußere Areal ist nicht vollständig unüberwacht. Drohnen patrouillieren, nicht regelmäßig, aber doch oft genug, dass wir aufpassen müssen.«

Sie schob das Tor zur Seite, es quietschte schwach, dann traten sie in die Station.

Es war ein gewaltiger Raum, fast wie ein Hangar, allerdings ohne Maschinen. Die Decke war gewölbt, mit Spuren von einstiger Beleuchtung, die jetzt längst ausgefallen war. Links und rechts standen Metallregale, viele leer, manche mit alten Kisten und Geräten, deren Zweck Nina sich nicht erklären konnte.

In der Mitte des Raumes führte eine Rampe leicht nach oben, zu einem weiteren Tor.

Memory ging zielstrebig darauf zu. »Dort ist der Ausgang. Dahinter beginnt das Sperrgebiet. Dort dürft ihr kein Wort sagen, verhaltet euch so leise wie möglich. Kein Zögern, immer weitergehen. Und achtet auf uns, denn wir orten eventuelle Drohnen. Wenn wir die Hand heben, sofort stehen bleiben. Es sind ein paar hundert Meter, dann kommen wir ins Freiland.«

»Freiland?«, fragte Aaron.

»Der Begriff stammt aus der Zeit vor der Abschottung. Es ist der Bereich außerhalb Alessias. Offiziell unbewohnt, aber inoffiziell voller Geschichten.«

Sie erreichten das Tor. Es war mechanisch gesichert, es gab keine Projektion oder biometrische Sperre. Völlig untypisch für diese Welt gab es einfach nur einen schweren Riegel. Jonas schob ihn zur Seite und öffnete die Tür einen Spalt. Kalte Luft strömte herein, anders als das klimatisierte Innere Alessias. Sie roch nach Staub, Stein und Ferne.

»Los, schnell«, sagte sie. »Ich gehe voraus.«

Der Raum war riesig, aber sehr niedrig. Aaron stieß beinahe mit dem Kopf an der Decke an. All die Zeit über pochte Ninas Herz, denn Memory hatte das Licht an ihrem Handschuh ausgeschaltet und so folgte sie nur deren Schritten. Was, wenn sie sie verlor? Sie sah absolut nichts, hörte nur das Knirschen der Schuhe. Da fasste Aaron nach ihrer Hand und sie drückte sie gern.

Es dauerte gefühlt ewig, bis sie hörte, dass die anderen stehen blieben. Einige Piepstöne erklangen, etwas öffnete sich, fahles Licht fiel vor ihre Beine, und als Aaron sie weiterzog, folgte sie ihm durch einen Ausgang.

Dort blieben sie stehen.

Sie standen vor einer Röhre. Sie war etwa einen Schritt hoch, am Boden befand sich eine Art Wagen.

»Das ist ein ehemaliger Luftschacht«, erklärte Jonas. »Mit sechs Schleusen, durch die normalerweise niemand durchkommt. Wir haben aber alle Codes.«

Nina sah zu, wie Memory sich auf den Wagen legte, mit dem Bauch nach unten und dem Kopf nach vorn. »Macht es mir nach!«

Nina zögerte, legte sich aber direkt hinter Memory, dann folgten Aaron sowie Jonas. Im fahlen Licht erkannte sie, dass Memory einige Symbole drückte. Plötzlich fuhr der flache Wagen los.

»Was ist das?«, fragte sie.

»Ein ehemaliges Transportmittel für die Arbeiter. Wir brauchen es, denn es wird einige Zeit dauern. Wir fahren etwa fünfzehn Meilen.«

»Fünfzehn Meilen auf dem Bauch? Damit?« Nina konnte sich nicht vorstellen, dies durchzuhalten, ihr blieb allerdings nichts anderes übrig.

Sekunden später schaltete Memory das Licht aus, ab da fuhren sie in völliger Dunkelheit. Offenbar fuhren sie schnell, denn der Fahrtwind blies Ninas Haar auf. Ihre Sinne waren überreizt, ihr Herzschlag beruhigte sich kaum. Zeit verging scheinbar gar nicht, sie verlor nun endgültig jegliches Gefühl. Hatten sie eine Meile hinter sich oder zehn?

»Gibt es hier auch Drohnen?«, fragte sie irgendwann.

»Nein. Keine Sorge.«

Nina tröstete es nur wenig. Bald schloss sie die Augen, versuchte, an etwas Schönes zu denken, stöberte in alten Erinnerungen, doch die Angst holte sie schnell zurück. Sie kannte nichts und niemanden, sie konnten weiß Gott wohin fahren und sie wäre allem hilflos ausgeliefert.

Irgendwann fuhren sie langsamer, schließlich hielten sie an. Nina spürte ihren Rücken kaum mehr, dennoch rollte sie sich ächzend von der flachen Transportschiene und wurde dabei von Aaron festgehalten. Jonas tippte irgendwo im Dunkeln herum, leise Piepstöne waren zu hören und plötzlich wurde es heller. Eine Türe öffnete sich knirschend, hielt aber im halb offenen Zustand an. Behände quetschten sich die vier durch die Öffnung.

Sie fanden sich in einem Raum wieder, dessen Wände grob behauen waren. Nicht mittelalterlich, aber deutlich gröber als die Hightechwände bisher. In alle Richtungen führten Gänge weg.

»Was ist das hier?«, fragte Aaron.

»Hier bleiben wir, bis der Kontakt kommt«, antwortete Memory. »Es führt nur ein Gang zum Ziel, die anderen dienen zur Verwirrung. Das Ganze hier stammt aus den ersten Jahren der Sonnenstürme.«

Sie traten etwas weiter in den großen Raum. Staub lag auf dem Boden, der direkte Umkreis wurde nur durch Memorys und Jonas' Licht erhellt.

Aaron lehnte sich an die Wand und ließ sich langsam zu Boden gleiten. »Ich kann kaum glauben, dass das alles wirklich geschieht.«

Memory sagte nichts. Sie stellte sich ebenso an die Wand und blickte in die Dunkelheit. Dann wandte sie sich an Nina.

»Du musst wissen: Nicht jeder in dieser Welt wünscht sich, dass sie sich verändert. Manche haben vergessen, wie es war, frei zu leben. Manche glauben, die Kuppeln seien ein Schutz. Ich sage: Sie sind ein Käfig.«

»Aber du warst Teil davon«, entgegnete Nina.

»Und du warst Teil von etwas, das du nicht gewählt hast. Genau wie ich.«

Einen Moment lang schwiegen sie, doch plötzlich hörte Nina ein Geräusch.

Ein leichtes Brummen. Es kam eindeutig näher.

Memory zog ein kleines, silbriges Gerät aus ihrer Jacke und schaltete es ein. Ein pulsierendes Licht erschien, etwas heller als das aus dem Handschuh.

»Das ist das Signal. Wenn alles gut geht, ist es unser Kontakt.«

Nina stand auf, trat neben sie. »Und wenn nicht?«

Memorys Blick blieb auf die Ferne gerichtet. »Dann war das unser letzter Fehler.«

Es war der Kontakt. Und der Mann, dessen Gesicht zunächst noch vermummt war, stieg von einer Art elektrischem Wagen herab, leuchtete zurück und nickte schließlich. Wortlos setzten sich Memory und Jonas in Gang, Aaron und Nina folgten.

»Es dauert jetzt einige Zeit«, sagte Jonas. »Etwa zwei Stunden können es schon werden. Diese Gänge erstrecken sich über Hunderte von Kilometern, und kennt man sich hier nicht aus, verrottet man irgendwo.«

»Und all die Zeit über kann es nicht sein, dass wir entdeckt werden?«

»Kaum. Hier gibt es immer wieder Störsignale, das letzte Mal, als Drohnen eingesetzt wurden, liegt mehr als dreißig Jahre zurück. Je näher wir unserer Unterkunft kommen, desto dichter ist das Netz der Störsignale. Und das der Fallen.«

»Ihr habt Fallen?«

»Ja. Ziemlich fiese.«

Nina sah nur in die Gesichter der beiden Männer und hoffte, der Fremde oder aber Jonas und Memory wüssten genau, wo sich diese Fallen befanden.

Als sich der Wagen in Bewegung setzte, schossen sie in einen der Gänge. Es war ein elektrisch betriebener Wagen, der schneller und leiser als erwartet fuhr. Lediglich zwei rote Laserlichter waren am vorderen Teil zu sehen, kaum aber die Wände oder andere Hindernisse.

»Wie kann er so schnell fahren, ohne etwas zu sehen?«, fragte Nina.

»Echolot, laserbetriebenes Navi«, erklärte Jonas. »Du musst dir das wie das Echolot einer Fledermaus vorstellen. Schlaf etwas, du kannst es brauchen.«

Schlafen! Nina konnte unmöglich ein Auge schließen, sie hatte viel zu viel Angst. Davor, doch gegen die Wand zu krachen, vor Drohnen, die vielleicht extra ihretwegen eingesetzt wurden, vor den Fallen.

Drei Stunden später wurden sie langsamer. Nina hatte längst aufgehört, die Abzweigungen zu zählen, an denen weitere Gänge in andere Richtungen verliefen.

»Wir sind da«, sagte der Mann schließlich, und erst jetzt nahm er seine Maske ab. Er war älter als erwartet, sein Gesicht durch drei Narben fast verunstaltet.

»Schön, euch zu sehen. Ich bin Kai.«

Nina nickte ihm zu, ebenso Aaron, bevor sie ihm in eine weitere Abzweigung folgten.

Die Stille in dem schmalen, unterirdischen Gang war nicht natürlich. Nina spürte es sofort, während sie den feinen Widerhall ihrer Schritte hörte. Purer Fels, kühl, es erinnerte sie an ihre alte Welt. Neben ihr lief Aaron mit angespannten Schultern, während Memory und Kai wachsam vorangingen. Jonas folgte ihnen dicht, und obwohl er jünger war als Memory, schien seine Präsenz unübersehbar. Er war jemand, der wusste, was zu tun war, wenn es hart auf hart kam.

»Hier entlang«, sagte Kai schließlich und blieb vor einer matten Stahlwand stehen, die wie eine Sackgasse wirkte. Er tastete mit zwei Fingern über die Oberfläche, berührte eine Stelle, die wie ein Makel im Metall aussah, dann öffnete sich lautlos ein Spalt, breit genug, dass sie nacheinander hindurchgleiten konnten.

Ein sanftes Licht empfing sie auf der anderen Seite. Es war kein künstlich, grelles Licht wie in Alessia, sondern warm, fast organisch. Der Raum, den sie betraten, war geräumig, aber nicht leer. Regale voller alter Geräte, zusammengesetzter Konstruktionen, Hologramm-Bildschirme, auf denen flackernde Datenströme liefen, als wären sie in ein technisches Biotop geraten. Etwas brummte leise im Hintergrund.

»Willkommen in der Zuflucht«, sagte Jonas und schob die Tür hinter sich zu. »Ihr seid jetzt offiziell untergetaucht.«

Die Luft war schwer und warm, als die vier in der Stille des unterirdischen Korridors warteten. Keine Geräusche waren zu hören, kein Flackern von Lampen zu sehen, nur das leise Atmen der anderen. Nina hielt die Hand an der kühlen Wand und suchte Halt im Dunkel. Der Gang war schmal, unmarkiert, als wäre er seit Jahrzehnten nicht mehr betreten worden. Jonas stand mit verschränkten Armen da, während Memory nervös von einem Bein auf das andere trat. Aaron hatte sich leicht vor Nina gestellt, wie aus instinktiver Gewohnheit.

Und da war es.

Ein Klicken, leise und präzise. Dann öffnete sich direkt vor ihnen ein Segment der Wand. Es war kein mechanisches Rattern, keine sichtbare Technik, die Fassade glitt einfach zur Seite. Dahinter stand eine Gestalt, verhüllt in eine matte, anthrazitfarbene Uniform, das Gesicht war von einer halb transparenten Maske verdeckt. Die Person hob eine Hand zum Zeichen des Schweigens und bedeutete ihnen zu folgen.

Nina ging nur zögernd hinterher, doch sie beruhigte sich mit dem Argument, dass sie sie schon längst umgebracht hätten, wären es Personen, die für Slive arbeiteten.

Der Gang dahinter war nur spärlich beleuchtet, aber sie sahen nun, dass der Boden aus Platten bestand, die in ein gitterförmiges Muster eingelassen waren. Links und rechts führten Kabelstränge an den Wänden entlang, dick wie Schläuche, manche vibrierend, als würden sie Leben transportieren.

»Kabel?«, fragte Aaron verblüfft.

Kai nickte. »Die gute alte Technik. Aber enorm wirksam, um keine elektromagnetischen Fingerabdrücke zu hinterlassen. Slive lässt Tausende von Quadratkilometern um Alessia herum filzen. Und das auch in die Tiefe.«

Kai führte sie wortlos durch den Tunnel, durch eine erste Schleuse, ein Luftdruckfeld, das sich wie ein schwerer Widerstand anfühlte. Dieser folgte eine zweite Schleuse, diesmal mit Scannern, die sie durchdringen mussten. Grünes Licht flackerte an den Seiten auf und in Nina regte sich erneut das Unbehagen, das sie seit ihrer ›Wiedergeburt‹ nicht mehr verlassen hatte. Wer kontrollierte hier wen?

Erst an der dritten Schleuse, vor einer gigantischen Stahltür mit einem eingravierten Symbol, entdeckte sie einen Pfeil, der senkrecht nach unten zeigte.

»Folgt mir, aber stellt keine Fragen«, flüsterte Kai.

Die Tür öffnete sich in zwei gewaltigen Segmenten nach außen. Dahinter lag ein riesiges Gewölbe, das sich wie eine Kaverne aus der Tiefe der Erde selbst anfühlte. Die Decke wurde von metallenen Streben gehalten, die wie Rippen eines urzeitlichen Tiers wirkten. Beleuchtet wurde alles von einer Kombination aus flackernden Solarpaneelen, Notlichtern und leuchtenden Anzeigen, die in ein Netzwerk eingebettet waren. An die Wände waren Hologramme projiziert, Pläne, Zeichnungen, Karten.

Nina trat langsam vor. Ihre Blicke glitten über die Wände, an denen Karten hingen, von der Umgebung, von Tunnelverläufen, von Teilen der Stadt Alessia. Einige davon waren mit roten Strichen markiert, als hätte jemand Verbindungen zwischen bestimmten Punkten gezogen, Bewegungen, Routen, Möglichkeiten.

Es waren aber keine Holgramme, sondern gezeichnete Karten. Es schien, als wäre hier die Zeit vor mehr als einhundert Jahren stehen geblieben.

Aaron machte neben ihr Halt. »Meine Güte. Das ist einfach unglaublich. Das ist wie ein Herzschlag irgendwo in der Wüste. Oder unter der Erde.«

»Nicht ganz falsch«, erwiderte Memory trocken. »Wir sind das, was noch schlägt, auch wenn man uns für tot hält.«

Da trat ein älterer Mann aus einem angrenzenden Raum. Er war groß gewachsen, schmal, trug einen weißen Bart, der in deutlichem Kontrast zu seiner dunklen Kleidung stand. Er musterte sie mit ruhigen Augen. »Ihr seid also die, von denen Max gesprochen hat.«

»Sie kennen Max?«, fragte Nina überrascht.

»Ich war vor langer Zeit sein Ausbilder. Heute nennen sie mich Hermes.« Er streckte die Hand aus, seine Finger waren rau und voller Narben.

Nina zögerte kurz, schließlich ergriff sie sie aber. Es fühlte sich an wie eine Erdung.

»Ich hoffe, ihr versteht, dass ihr nicht einfach wieder durch diese Tür hinausspazieren könnt«, fuhr Hermes fort, während er langsam zum Haupttisch ging. »Slive sucht nach euch. Offiziell seid ihr wertlose Relikte einer vergangenen Epoche. Inoffiziell seid ihr Beweismaterial für ein Verbrechen, das nie öffentlich gemacht werden darf.«

»Weil sie an uns experimentiert haben?«, fragte Aaron leise.

»Nicht nur das. Diejenigen, die fliehen konnten, sind für sie brandgefährlich. Noch. Überwachen sie die Gedanken und Emotionen aller in Alessia, sind Slive keine Grenzen mehr gesetzt. Dann haben sie die absolute Kontrolle über alles. Stellt euch vor, wie man eine Gesellschaft aus Millionen steuern kann. Aber die Bewegung wächst und die Zahl derer, die sich dem widersetzen wollen, steigt. Und damit auch der Druck auf das Ministerium.«

»Hermes ist ein Name aus der griechischen Mythologie«, sagte Nina und nahm zur Kenntnis, dass sie wieder um eine Erinnerung reicher war.

»Genau. Ich bin zwar kein Götterbote, aber ein Bote zwischen den Gruppen. Es gibt etwa elf Gruppierungen, und ich bin einer der wenigen, die die Kontakte untereinander knüpfen. Übrigens befinden sich einige unter ihnen, die ebenfalls aus dem Kryonikschlaf geweckt wurden und fliehen konnten.«

Memory lehnte sich an die Wand und verschränkte die Arme. »Sie haben gehofft, keiner würde die Kryonik überleben. Aber wir wissen es besser.«

Nina schluckte. »Wie viele sind wir? Wie viele haben überlebt?«

Hermes drehte sich langsam zu ihr. »Nicht genug, aber mehr als Slive glaubt.«

»Wie viel?«

»Etwa ein Dutzend. Aber das ist auf Jahre gerechnet.«

»Und die sind jetzt alle hier?«

»Nicht alle, aber einige.«

»Wie viele Menschen leben hier unten eigentlich? Und wie nennt ihr diese Unterkunft?«

Hermes tippte an einem DP herum, woraufhin sich eine Karte öffnete. Zunächst fiel Nina nur auf, dass es wie ein unübersichtliches Labyrinth aussah, doch als er die Karte näher zoomte und einen kleineren Teil zeigte, konnte sie Hunderte Wohneinheiten erkennen, größere Räume, das M aber blieb ihr unbekannt.

»Etwa vierhundert Menschen leben hier. Früher, zu den Zeiten der Sonnenstürme, waren es sechstausend. Platz haben wir hier genügend, aber Slive und das Ministerium sorgen dafür, dass wir immer wieder zurückgeworfen werden.«

Nina staunte. Vierhundert Menschen sahen vermutlich nie Tageslicht. Sie fühlte sich bereits jetzt eingeengt. Wie erging es erst denen, die hier für immer lebten? Ihr Blick fiel auf Aaron, der sich die Karte der Unterkünfte näher ansah. Was, wenn sie ebenfalls hierblieben? Für immer? Was für ein Leben erwartete sie?

Da stellte Memory zwei Tassen vor ihnen ab. Als Nina trank, schmeckte sie irgendein koffeinhaltiges Ersatzgebräu, das nach verbranntem Plastik roch, aber Wärme spendete.

»Magst du einige von ihnen kennenlernen?«, fragte Hermes.

»Du möchtest uns die Unterkunft zeigen?«

»Natürlich. Vielleicht bleibt ihr ja auf Dauer hier.«

Nina konnte sich zwar nicht vorstellen, hier zu leben, hatte aber genauso wenig Ahnung, was ihr die Zukunft brachte. Vielleicht konnte sie ja froh sein, überhaupt irgendwo unterzukommen.

Memory nickte, stand auf und winkte sie zu sich. Und als Nina und Aaron ihr folgten, malte sich Nina schon aus, was sie hier unten erwartete.

Sie gingen durch eine Öffnung, die in einem riesigen Gewölbe endete. Es hatte gut und gern einen halben

Kilometer Durchmesser, es wirkte auf Nina, als seien es drei Flughafenhallen hintereinander, die in grauer Vorzeit kilometertief unter dem Boden gebaut worden waren. Hunderte Lichter brannten, sie erkannte unzählige aus Kunststoff erbaute Areale, nur wenige Quadratmeter groß, in denen wohl die einzelnen Familien wohnten.

»Wie ist das mit der Toilette geregelt?«, fragte sie Memory.

»Wie du es aus Alessia oder Slive kennst. Wir leben ja nicht in der Steinzeit. Absorbierende Flüssigkeiten stellen wir genauso her wie synthetische Lebensmittel.«

»Und die Wasserversorgung?«, fragte nun Aaron.

»Es gibt noch immer tief liegendes Grundwasser. Hier ist ein Reservoir von mehreren zehntausend Kubikmetern Volumen. Außerdem besitzen wir ja eine Reinigungsanlage. Wir könnten hier auch tausend Jahre überleben.

Nina erkannte von dieser Position aus, die etwa zwanzig Meter über dem Gewölbeboden lag, auch Areale, die Forschungsräumen glichen, einige große Gebäude waren zusätzlich überdacht.

»Ihr zeigt uns das, weil es sein kann, dass wir vielleicht hier leben werden?«, fragte Aaron.

»Womöglich.« Memory wendete ihren Blick nicht zu ihm. »Wir wissen ja nicht, wohin euch euer Weg führt. Aber es ist denkbar.«

»Kennt nur Hermes die genauen Standorte der anderen Gruppen?«, fragte Aaron.

»Er und einige wenige andere. Wir vermeiden aber, uns gegenseitig mehr als notwendig aufzusuchen, denn jede Reise zu einem anderen Port ist ein großes Risiko. Cox schläft nie, und die Drohnen auch nicht.«

Nina machte ein Mädchen aus, das mit einem Jungen spielte, zwei Frauen kamen gerade aus einem der überdachten Gebäude.

»Das sind die Produktionshallen für Lebensmittel«, erklärte Memory. »Und die Männer davor bewachen sie.«

Erst jetzt erkannte Nina einige Männer mit Waffen, die dort patrouillierten.

»Wir sind zwar eine eingeschworene Gemeinschaft, aber Wasser und Lebensmittel werden strengstens überwacht. Bei vierhundert Menschen kann man nicht jedem gleich vertrauen.«

Nina fand dies nachvollziehbar. Doch ihr fielen bereits die Augen zu, sie war unendlich müde.

Aaron schien dies aufzufallen. »Können wir einige Stunden schlafen?«, fragte er Memory.

»Das wollte ich euch bereits anbieten. Klar, kommt mit. Jede Minute Schaf ist absolut lebenswichtig, gerade für dich, Nina.«

Nina benötigte noch einige Momente, sich von dem Geschehen vor ihr abzuwenden. Sie stellte sich vor, wie Tausende von Menschen sich während der Sonnenstürme hier unten verschanzet hatten, über Jahrzehnte. Es musste gerade am Anfang unvorstellbar hart gewesen sein, da die Lebensmittelproduktion vermutlich noch nicht flächendeckend begonnen hatte.

Memory führte sie in einen kleinen Raum, in dem drei Stockbetten standen. Sofort legten sich Aaron und sie in je eines.

Erst jetzt spürte Nina, wie müde sie war. Ihr Körper schmerzte aufgrund ihrer Haltung, die sie stundenlang auf dem Wagen gehabt hatte.

»Meinst du, das ist unsere Zukunft?«, fragte sie Aaron.

»Was meinst du? Der Kampf gegen Cox?«

»Auch. Ich meine eher, hier unten zu leben, so wie die anderen des Pfeils. Wie Maulwürfe unter der Erde. Manchmal meine ich, keine Luft zu bekommen.«

»Die Luftzufuhr muss perfekt sein, wenn man bedenkt, dass hier einmal sechstausend Menschen gelebt haben.«

»Du weißt, was ich meine.«

Er brummte und schwieg einige Momente. »Kannst du dich nun besser erinnern?«

»An mein Leben zuvor? Kaum.«

»Wie sieht es mit Gesichtern aus?«

»Keine. Ich sehe Personen, aber keine Gesichter. Manchmal weiß ich Dinge ohne Kontext.«

»Das hatte ich anfangs auch, es geht aber mit jedem Tag besser.«

Sie nickte, obwohl er es nicht sehen konnte. Das Licht war fahl, nicht grell, und als Nina für kurze Zeit die Augen schloss, übermannte sie der Schlaf wie eine Welle.

Als sie erwachte, fühlte Nina sich zunächst wie zerstört. Ihr Schädel brummte, ihr Körper tat weh, sie wollte nur noch schlafen. Da Aaron nicht da war, beschloss sie, aufzustehen und nach ihm zu suchen.

Sie traf ihn in dem Raum an, in dem Hermes mit ihnen gesprochen hatten. Die gezeichnete Pläne erinnerten sie wieder an frühere Zeiten, auch wenn sie kaum genauere Vorstellungen hatte.

»Geht es dir besser?«, begrüßte Aaron sie lächelnd. »Immerhin hast du drei Stunden geschlafen.«

Drei Stunden. Sie kamen Nina vor wie Minuten, denn sie fühlte sich müder als zuvor.

Aaron saß an einem Tisch mit Hermes, Jonas und Memory und sah auf eine ausgebreitete Karte.

»Es ist größer, als wir den Eindruck hatten«, fuhr er fort. »Schau mal.«

Mit noch immer brummendem Schädel kam Nina näher und blickte auf das Gewirr aus Gängen, Tunnelschächten und Gewölben.

»Es gibt zwei von diesen Riesenhallen.«

Nina war froh, als Memory ihr einen dieser neuartigen Kaffees gab. Seltsamerweise konnte sie sich an Kaffeegeschmack aus ihrem vorherigen Leben erinnern, nicht aber an die Gesichter ihr nahestehender Menschen.

Plötzlich blinkte ein Signal auf und ein Monitor an der Wand flackerte.

Jonas ging hinüber und warf einen Blick auf die Daten. »Drohnen am südlichen Ring. Drei Stück, sie fliegen schneller.«

Völlig überrascht sah nun Hermes ebenfalls auf die Holokarte.

»Sie sind auf uns aufmerksam geworden«, sagte Memory und ging zum Tisch. »Wir müssen entscheiden, wie es weitergeht.«

»Was heißt das?«, fragte Aaron. »Kommen Drohnen hierher?«

»Nein. Der südliche Ring ist dort, wo ihr auf Kai getroffen seid. Sie haben keine Ahnung, und dort gibt es kaum Störsignale. Aber es zeigt, dass sie die Suche intensivieren.«

Nina wusste nicht, ob sie das beruhigen sollte.

»Wir brauchen euch«, sagte Hermes ruhig zu Nina und Aaron. »Wir brauchen jeden Einzelnen.«

»Aber warum uns?«, fragte Aaron. Seine Stimme war ruhig, aber hart. »Wir wissen doch selbst kaum, wer wir sind.«

»Dann wird es Zeit, dass ihr es herausfindet«, antwortete Hermes. »Alessia ist viel größer, als ihr denkt. Und Slive ist das Zahnrad, das Herz dieser Stadt.« Er deutete auf eine Karte an der Wand. Ein Bereich war rot umrandet, das Zentrum von Alessia. »Das ist der Sitz des Ministeriums. Von dort aus wird alles kontrolliert. Kommunikation, Energie, Infrastruktur, Bildung, Geburt, Tod. Was sie nicht kontrollieren können, vernichten sie. Eure

Existenz ist eine Variable, die sie nicht einplanen konnten.«

Nina setzte sich auf einen der Hocker. »Und was ist mit dem ›Pfeil‹? Was ist mit dieser Person, die angeblich ein Programm gegen Cox entwickelt hat?«

»Wir sind der Pfeil«, sagte Jonas. »Oder besser: das, was davon übrig ist. Wir haben Zellen im Süden, Kontakte zu alten Datenhütern im Westen. Aber wir verlieren mehr Leute, als wir gewinnen.«

»Weil Slive sie findet?«

Memory nickte. »Oder weil sie aufgeben. Weil die Welt da draußen so perfekt inszeniert ist, dass man beginnt, seine eigene Wirklichkeit infrage zu stellen. Cox ist beängstigend effektiv. Menschen wollen keine Widerstände, sie wollen glücklich sein. Und Cox bietet ihnen das perfekte Umfeld dazu. Keine Sorgen, keine Fragen, einfach nur funktionieren.«

Plötzlich dachte Nina an die Frau im Park. An deren vertrautes Gesicht, an ihre Stimme. Der Moment, in dem sie geglaubt hatte, verrückt zu werden. Vielleicht war das Teil des Systems, nämlich die Menschen zu verwirren, zu zermürben, ihnen das Gefühl zu geben, dass jede Erinnerung ein Fehler war.

»Ich möchte, dass du einen weiteren Test über dich ergehen lässt«, sagte Hermes plötzlich zu Nina.

»Welchen Test?«

»Etwas, was du in Slive bereits erlebt hast. Eine interaktive Reise.«

»Das mit dem headcap? Aber warum?«

»Wir müssen wissen, ob dein Gehirn infiltriert ist. Ob Cox etwas eingesetzt hat. Vielleicht hat Slive euch anderweitig ›gechipt‹, irgendetwas in euch gepflanzt, das wir nicht lokalisieren können. Warum die Drohne in Max' Haus, warum jetzt?«

Nina war die Letzte, die dies beantworten könnte, allerdings fühlte sie sich nun noch schlechter. Hatte Cox etwas in sie gepflanzt, das sie stets lokalisieren konnten?

Nina blickte zu Aaron. In seinen Augen sah sie sein Zögern, aber auch Entschlossenheit. Sie wusste, dass sie keine Wahl hatten. Nicht, wenn sie eine Zukunft wollten. Doch wie sah diese Zukunft aus, und vor allem, wo fand sie statt? Hier unten?

Zwei Frauen kamen herein und führten sie und Aaron zu einem Stuhl, an den ein Monitor angeschlossen war. Dort setzte sie sich hin, ein kleiner Apparat schwenkte zu ihrer Hand, in der der Chip eingepflanzt war, dann leuchteten einige Lichter der Apparatur auf.

Schließlich wurde es heiß.

»Verhalte dich ruhig!«, sagte eine der Frauen. »Es hört gleich auf.«

Nina musste sich anstrengen, nicht zu zappeln, und gerade als sie dachte, sie würde es nicht mehr aushalten, wurde der Schmerz geringer.

»Körperlich bist jetzt gecleant. Wir haben nichts gefunden, rein gar nichts. Aber jetzt folgt dein Gehirn.«

Nachdem auch Aaron diese Prozedur hinter sich hatte, kam er zu ihr und nahm sie in den Arm. Es tat Nina unendlich gut. Sie schloss sogar die Augen, um den Moment der Innigkeit in sich aufzusaugen. Aaron war der Einzige, dem sie vertraute.

»Und jetzt zum Medbay«, sagte Hermes knapp. »Sorry, Nina, aber wir müssen das tun.«

»Was ist mit mir?«, fragte Aaron.

»Du natürlich auch. Zunächst aber Nina.«

Als sie wenig später in dem Raum ankamen, der Medbay genannt wurde, trat Hermes an ein Terminal. Die Wände waren gespickt mit neuronalen Scannern, VR-Einheiten und Biofeedback-Modulen.

»Bevor ihr hier Teil von etwas werdet«, sagte er, »müssen wir sicher sein, dass ihr es auch bleiben könnt.

Cox kann manipulieren, imitieren, infiltrieren. Wir müssen wissen, was er hinterlassen hat.«

Nina spürte, wie sich ihr Magen zusammenzog.

»Eine Simulation«, fuhr Hermes fort. »Du wirst glauben, dass sie real ist. Wir müssen jede Reaktion deines Geistes genauestens überprüfen.«

Aaron trat einen Schritt nach vorn. »Ich mache es zuerst.«

Hermes schüttelte den Kopf. »Nein, sie beginnt. Jetzt.«

Obwohl sich alles in Nina dagegen wehrte, setzte sie sich in den Stuhl. Ein headcap wurde ihr angelegt, elektronische Kontakte wurden auf ihre Brust und die Gliedmaßen gesetzt. Sie fühlte sich in das Slivezentrum zurückversetzt, und sie hasste dieses Gefühl. Die Gedankenreise war damals so realistisch gewesen.

Hermes tippte Befehle in das Terminal. »Die Simulation wird über deine auditiven, visuellen und somatischen Rezeptoren eingespielt. Keine externe Trennung. Wenn du glaubst, es sei echt, dann ist das gut. Es muss echt sein.«

»Was passiert, wenn ich nicht mehr zurückkehre?«, fragte Nina voller Angst. »Also gedanklich. Was, wenn ich darin stecken bleibe?«

»Das wird nicht passieren. Vertraue uns.«

Vertraue uns! Das hatten zu viele Menschen zu ihr gesagt, seit sie aus diesem verdammten Kryonikschlaf erwacht war.

Plötzlich wurde es schwarz um sie. Und kurze Zeit später sah sie Licht.

Nina stand auf einer Straße, die sie kannte. Alte Bäume standen am Rand, sie hörte das Klicken von Fahrradketten in der Ferne, das Knacken trockener Blätter unter den Füßen. Es schien ein kühler Herbstnachmittag zu sein, so seltsam vertraut, dass es schmerzte.

Eine Frau stand auf dem Gehweg, trug eine blasse Strickjacke, die Nina aus der Erinnerung kannte, und lächelte.

»Mutter?«

»Du bist spät, Liebling. Du wolltest doch Klavier üben.«

Nina wusste, was das hier war. Es war ein Echo ihrer Erinnerungen, eine Illusion. Doch der Schmerz, der sich in ihrer Brust regte, war echt. Zu echt.

»Du bist nicht real«, flüsterte sie.

Die Frau trat näher. Ihre Stimme war warm, weich, mit genau dem Tonfall, den sie in der Erinnerung trug. »Ich bin so real, wie du mich brauchst.«

Nina wich zurück, denn die Szenerie begann zu flimmern. Schatten rannen über den Asphalt wie Ölflecken, Häuserwände verzogen sich, die Farben verloren an Sättigung.

»Zeig mir, wer du wirklich bist!«, rief Nina.

Die Gestalt vor ihr zitterte. Ein Augenblick lang sah sie das Gesicht ihrer Mutter, dann etwas anderes. Etwas Glattes, Leeres. Augen, die nicht blickten, sondern scannten.

Eine Stimme, nicht männlich, nicht weiblich, hallte durch die Luft wie über ein altes Funkgerät: »Du willst dich erinnern. Wir geben dir, was du brauchst.«

Nina spürte Schweiß über ihre Stirn laufen und begann zu schreien.

Dann rannte sie los.

Die Straße brach auseinander. Eine Dunkelheit tat sich auf, in der Gesichter flimmerten wie Gespenster in zersplitterten Scheiben. Aaron war darunter. Memory. Ein Kind, das sie nie gesehen hatte. Stimmen erklangen, ihr Name wurde geflüstert, dann gerufen, eigenartig verzerrt, zerhackt, endlos wiederholt.

»Du bist nicht Nina. Du bist eine Idee. Du bist Information. Und Information gehört uns.«

Sie stolperte durch den Abgrund. Kletterte über zerbrochene Erinnerungen, durch Gänge, die sich in ihre eigenen Adern zu graben schienen. Die Bilder wechselten nun schneller. Sie sah eine zerbrochene Fensterscheibe, einen Tropfen Blut auf Asphalt, eine Hand, die ihre eigene hielt.

Es ist nicht real! Es ist nicht real!

Plötzlich hielt sie inne. Sie wusste, dass es eine Illusion war, dennoch benahm sie sich, als sei es echt. Warum rannte sie? Oder war doch alles echt? Gedanken rasten, ihr Herz schlug wild. Das System wollte offenbar, dass sie sich nicht mehr sicher war, was real war.

Sie hörte sich selbst atmen, flach, hektisch.

Dann kam Stille.

Sie stand in einem Raum. Weiß. Nichts als Weiß. In der Mitte stand ein Spiegel.

Langsam trat sie näher, und als sie hineinblickte, sah sie sich selbst. Aber das Gesicht war nicht ganz ihres. Die Haut war zu glatt, der Blick zu leer, das Lächeln zu kontrolliert.

»Wenn du die Wahl hättest«, sagte ihr Spiegelbild, »würdest du bleiben? Oder jemand Besseres sein wollen?«

Nina ballte die Fäuste. »Ich bin ich. Und das reicht.«

Das Spiegelbild neigte den Kopf. »Nicht für Cox. Sag es mir!«

»Was? Was willst du wissen?«

»Du weißt es. Du weißt es genau!«

»Was willst du von mir? Wer bist du?«

»Du kennst mich. Ich habe nur eine andere Stimme.«

»Cox?«

»Natürlich, denn ich bin überall. Sag es mir!«

»Was willst du denn wissen?«

»Wer bist du?«

»Ich bin Nina. Ich stamme aus der Vergangenheit.«

»Wer bist du?«

Nina wusste nicht, was Cox von ihr wollte. Und warum Cox? Sie war doch in Hermes' System. Oder doch nicht? Plötzlich wollte sie raus aus dem Raum, weg von dem Spiegel, doch sie konnte nicht. Sie war wie festgewachsen, und selbst wenn sie die Augen schloss, sah sie fortwährend das Gesicht vor sich. Es wechselte nun, Melanie war zu sehen, dann Tanja, Aaron, Max, selbst Hermes, schließlich Gesichter, die sie aus ihrer Vergangenheit zu kennen glaubte. Vater? Mutter?

»Wer bist du?«

»Warum lässt du mich nicht in Ruhe? Ich bin Nina!«

»Wer bist du?«

Gewaltsam schloss Nina die Augen, wünschte sich zu Aaron zurück, zurück in einen Raum, in dem sie in Sicherheit war. Weg von dem Ding, raus aus dem System, weg von der Stimme.

»Wer bist du?«

Plötzlich zersplitterte der Spiegel in einem Knall. Und Nina fiel.

Sie riss ihre Augen auf. Schweiß tropfte von ihrer Stirn, ihre Hände zitterten, der Metallriemen wurde gelöst, jemand reichte ihr ein Tuch. Sie keuchte, kämpfte gegen die Übelkeit an, gegen den Schock, gegen die Wut.

Dann erkannte sie verschwommen Aaron neben sich stehen. »Nina, du bist zurück.«

»Drei Minuten achtundvierzig«, hörte sie Hermes sagen. »Sie hat es gebrochen.«

»Was ...?«, begann sie, aber ihre Stimme versagte. »Was war das?«

»Ein imaginärer Cox. Oder das, was es mit dir tun würde, wenn du sein Eigentum wärst. So lange, bis du den Verstand verlierst.«

Da trat Memory näher. Ihre Miene war diesmal anders. Sie war voller Respekt und Anerkennung. »Die meisten brauchen zehn Minuten. Manche schaffen es gar nicht.«

»Was zum Teufel sollte das? Hat Cox mir also etwas eingepflanzt oder nicht?« Langsam schärfte sich Ninas Blick, sie konnte nun alles genau erkennen. Die Hirnfunktionen auf mehreren Hologrammbildern waren wohl ihre eigenen.

»Nein, er ist nicht in dir. Du warst stärker und hast den Spiegel zerstört.«

»Und deshalb wisst ihr es jetzt? Wegen eines verdammten Spiegels?«

»Er ist Symbol für Cox«, erklärte Memory. »Und du hast gezeigt, dass du widerstandsfähig bist.«

»Und jetzt? Was habe ich davon?«

»Wir haben etwas davon«, erklärte Hermes.

Nina hatte keine Lust mehr auf Spielchen. Wütend sah sie zu, wie Memory ihr das headcap abnahm, dann stand sie auf und trank einige Schlucke Wasser.

Währenddessen setzte sich Aaron und ließ sich das headcap aufsetzen. Hermes drückte auf einige Symbole des Hologramms, woraufhin Aaron die Augen schloss. Binnen Sekunden zuckten seine Gliedmaßen, seine Augen rollten auffallend stark unter seinen Lidern. Dabei sprach er kein Wort, alles schien sich allein in seinen Gedanken abzuspielen.

Nach einigen Minuten kehrte auch er wieder in die Realität zurück.

»Was für eine abgefahrene Scheiße!«, kommentierte er nur, und Nina musste ihm recht geben.

»Er hat es auch geschafft«, erklärte Hermes. »Auch er ist nicht kontaminiert.«

Nina wusste nicht, ob sie sich darüber freuen sollte. Cox konnte überall sein, selbst in diesem System weit unterhalb der Erdoberfläche.

Später, im Besprechungsraum, waren sie zu fünft: Hermes, Memory, Aaron, Nina und Jonas, der lange nicht gesprochen hatte, seit sie angekommen waren.

Auf dem Tisch lag ein portabler Projektor, der ein flimmerndes Hologramm in die Luft warf. Es war das Symbol eines gebrochenen Kreises.

»Das kam heute früh rein«, sagte Memory. »Ein codiertes Signal. Nicht vom Netz, nicht von irgendeinem bekannten Ursprung. Völlig isoliert und autonom. Und alt.«

»Was meinst du mit ›alt‹?«, fragte Aaron.

»Vor-Exodus-Datenstruktur. Möglicherweise siebzig Jahre alt. Aber reaktiviert.«

Hermes sah auf das Hologramm. »Der Ursprung liegt in Virel, einem Sektor in Alessia, der offiziell seit Jahrzehnten stillgelegt ist. Es gibt dort keine Infrastruktur, keine Bevölkerung. Aber dieses Signal kam von dort. Und es trägt das Zeichen von Solar.«

»Dann ist es echt«, sagte Jonas leise.

»Oder jemand will, dass wir das glauben«, erwiderte Memory.

Nina blickte von einem zum anderen. »Was ist in Virel?«

»Trümmer, Sensoren und jede Menge Fallen. Und vielleicht ein Geist, der unsere einzige Chance ist«, sagte Hermes.

»Die Chance für was?«, fragte Nina.

»Solar zu finden. Es ist ein Signal von ihm oder ihr.«

»Ist nicht einmal das Geschlecht bekannt?«

»Nein, es gibt keinen Anhaltspunkt.«

»Und wer soll dieser Geist sein?«

»Eine Frau namens Siren. Sie könnte der nächste Schritt sein.«

»Könnte? Warum glaubst du das?«

»Sie lebt dort, und ich frage mich, warum das Signal auf sie hinweist.«

Aaron stand nun auf und legte seine Hand an die Schläfen. »Moment mal, stopp. Also wir kommen hierher und ausgerechnet jetzt empfangt ihr ein siebzig Jahre altes Signal. Genau zum richtigen Zeitpunkt. Das ist doch Unsinn!«

»Ja, genau das würde ich auch denken.« Hermes ging einige Schritte umher und versuchte offensichtlich, die richtigen Worte zu finden. »Ich glaube, es hängt mit Max zusammen. Viel wichtiger ist jedoch, dass das Signal Solars digitale Fingerabdrücke enthält. Die Botschaft kann von jedem abgeschickt worden sein, sie ist schließlich siebzig Jahre lange gespeichert gewesen. Er oder sie verfügt also über die nötigen Ressourcen, ein Signal abzuschicken, das Solars Zeichen enthält. Und ich würde wirklich gern wissen, um wen es sich dabei handelt.« Dabei sah er skeptisch auf Aaron und Nina. »Stimmt, es ist auffällig, dass es ausgerechnet jetzt geschickt wurde.«

»Wir wissen nicht, ob es eine Falle ist«, gab Jonas zu bedenken. »Ich habe kein gutes Gefühl dabei.«

»Eine Falle von Cox?«, riet Nina.

»Vielleicht. Sie suchen euch, sie lassen sich alles einfallen, um euch in die Hände zu bekommen.«

»Was sollen wir also jetzt tun?«

»Siren aufsuchen«, antwortete Hermes bestimmt. »Spekulationen helfen nichts, wir müssen es probieren. Es ist eine der ganz wenigen Spuren, die auf Solar hindeuten, also müssen wir dem Weg folgen.«

»Wir?«, fragte Nina.

»Ja. Du, Aaron, Jonas und Memory.«

Memory schien damit nicht einverstanden zu sein. »Es ist wirklich gefährlich, nach Virel zu gehen. Du weißt, was das bedeutet.«

»Aber es ist unumgänglich. Wir haben keine anderen Spuren, Memory.«

»Was bedeutet es denn?«, fragte Aaron.

»Dass wir durch Alessia gehen müssen.«

»Aber ist das mit den fehlenden Identitäten kein Problem?«

»Ich hasse es, ich fühle mich wie auf dem Präsentierteller.« Sie sah kurz zu Boden. »Aber Hermes hat recht: Es ist unsere einzige Spur. Wir müssen ihr folgen, selbst wenn es eine Falle ist.«

»Na toll!«, murmelte Nina. Sie fühlte sich wie ein Versuchskaninchen, das im Krieg zwischen Cox und dem Pfeil als Bote diente. Sie hatte keine Lust, sich in diese Dinge einzumischen, sie wollte einfach nur wieder nach Hause. In die Vergangenheit. Auch wenn sie sich an zu wenig erinnern konnte, um sich ein komplettes Bild von ihrem alten Leben zu machen.

Da kam Aaron zu ihr und umarmte sie. Wieder war es ein Zeichen der Nähe, das sie genoss.

»Wir sind doch inzwischen Experten auf dem Gebiet, erfolgreich zu flüchten«, versuchte er, sie zu trösten. »Ich möchte es auch nicht, aber wir sind wohl Spielbälle in einem riesigen Game. Leider gibt es keine virtuellen Tode, sondern nur echte.«

»Es tut mir leid«, entschuldigte sich Hermes. »Es war wirklich anders geplant. Aber die Nachricht ist außergewöhnlich.«

Nina antwortete nicht.

»Aber zunächst schlaft ihr wieder etwas«, riet Jonas. »Wir alle brauchen ein paar Stunden Regeneration. Es geht dann heute Nacht los.«

Nina hatte völlig das Gefühl für Zeit verloren. War es Tag oder Nacht? Vielleicht sah so ihre Welt zukünftig aus.

Als sie später abermals allein auf ihrem Lager lag und das Summen hörte, dass sie seit ihrer Ankunft begleitete, dachte sie an das Spiegelbild. An den Test in ihrem Unterbewusstsein.

Wer war die Frau gewesen?

Jäh spürte sie, dass sie sich selbst nicht mehr trauen konnte.

Ohne Rast

Plötzlich öffnete sich die Tür und Memory kam herein. Sie wirkte aufgeregt.

»Komm, schnell!«

Mit bleiernen Beinen folgte Nina ihr in den Kontrollraum. Dort waren Aaron, Hermes und Jonas versammelt.

»Drohnen haben die mittlere Absperrung durchbrochen«, erklärte Hermes. »Ihr müsst sofort weg von hier. Wenn es an euch liegt, verschwinden auch die Drohnen. Sie dürfen die Unterkunft nicht finden.«

»Jetzt?«, rief Aaron. »Aber was, wenn sie uns folgen?«

»Dann folgen sie euch«, antwortete Hermes. »Die Unterkunft ist wichtiger als jedes Menschenleben. Ihr seid nicht wichtiger oder größer als diese Gemeinschaft. Sie muss unbedingt geschützt werden. Und deshalb müsst ihr gehen.«

»Also sind wir wirklich scheiß Versuchskaninchen!«, schrie Nina.

»Ich hoffe nicht. Ich hoffe es wirklich nicht, Nina.«

»Ich bin müde und möchte nur schlafen. Seit ich aufgewacht bin, renne ich ständig von einem Ort zum nächsten!«

»Müssen wir wirklich jetzt gleich los?«, sprang Aaron ihr zur Seite. »Sie muss wirklich schlafen.«

»Das könnt ihr bei Siren.«

»Und wer sagt, dass dort keine scheiß Drohnen auftauchen?«, fragte Nina wütend. »Oder irgendetwas anderes von Cox?«

»Es ist der sicherste Ort der Welt. Zumindest wohl auf der britischen Insel.«

»Wie das?« Aaron schien ebenfalls skeptisch geworden zu sein.

»Das werdet ihr dann sehen.«

»Na toll.«

Nina wusste nicht, was sie sagen sollte. Trotz allem war sie einfach nur froh, nicht von Aaron getrennt zu werden. Blieben sie zusammen, war alles zu ertragen.

Vielleicht war ihr zukünftiges Leben eine einzige verdammte Flucht vor einem letztlich übermächtigen Gegner. Und ihr Leben fand unter Tage statt, dort, wo niemals die Sone schien oder frische Luft ihre Lungen füllten.

Falls sie überhaupt noch ein Leben hatte.

Nina saß auf der Kiste neben dem metallenen Ausrüstungsständer und überprüfte zum dritten Mal das Tarnfeldmodul, das Memory ihr gereicht hatte. Es war eine flache, schwarzgraue Platte mit fingerlangen Kontaktpunkten. Zwar unscheinbar, aber laut Memory in der Lage, die Trägerin für bis zu drei Minuten vollständig optisch und thermisch zu verschleiern.

»Zweimal drücken, nicht dreimal«, sagte Memory und musterte sie mit prüfendem Blick. »Dreimal versetzt dir nur eine Elektrostimulation. Und das willst du nicht.«

»Verstanden«, murmelte Nina, während Aaron sich mit dem Signalblocker beschäftigte. Einem Gürtelmodul, das, wie es Jonas genannt hatte, die ›Stimme des Teufels‹ unterbrechen sollte. Nämlich Cox, falls es sie aufspürte.

Jonas stand mit verschränkten Armen am Eingang des Raums. Seine Schultern waren breit, das Kinn vorgestreckt, seine Augen beobachteten sie, als wartete er nur auf einen Grund, zurückzubleiben.

»Wir gehen zu viert. Ich führe, Memory sichert hinten. Ihr haltet Abstand und befolgt jeden Befehl sofort. Keine Diskussionen, keine Alleingänge. Wir betreten einen Sektor, den das System vergessen hat, aber das bedeutet nicht, dass es tot ist.«

Aaron hob den Blick. »Und was ist, wenn es uns entdeckt?«

»Dann lauft schneller, als ihr denkt, dass ihr könnt.«

Memory lachte leise, fast abwesend. »Er meint das nicht als Scherz.«

Nina verstaute die letzten Module in ihrer Ausrüstung und stand auf. Ihre Beine fühlten sich so schwer an, als hätte sie eine ganze Gebirgskette überquert.

Aaron trat zu ihr, während Jonas sich mit Memory in den Schatten des Ausgangstunnels zurückzog.

»Bereit?«, fragte er.

»Nein«, antwortete sie. »Aber das war ich noch nie, wenn es darauf ankam.«

Ein kurzes Lächeln huschte über seine Lippen. »Du bist so viel stärker, als du es denkst.«

Sie bewegten sich in gedämpftem Licht, ihre Stiefel berührten den Boden kaum hörbar, die Wände bestanden aus verwittertem Beton, unterbrochen von Metallrippen, die wie die Wirbel eines versteinerten Riesen wirkten. Überall waren Spuren, alte Markierungen des Systems, jetzt übermalt oder zerkratzt, Zeichen des Widerstands oder Warnungen.

Jonas ging vornweg. Seinen Scanner trug er in der linken Hand, eine Lampe in der rechten. Memory sicherte das Ende. Dabei huschten ihre Augen unablässig zwischen Decke und Boden hin und her. Aaron lief neben Nina, den Blick nach vorn gerichtet, aber er achtete auch immer wieder auf Nina.

Als sie an eine Abzweigung kamen, erreichten sie erneut einen dieser Wagen, auf denen man lag.

Nina seufzte. »Wie lange dauert es diesmal?«

»Etwa drei Stunden. Dieser hier ist schneller.«

Drei Stunden später erreichten sie ohne Zwischenfälle eine von vielen Verzweigungen und blieben dort stehen.

»Es geht zu Fuß weiter«, sagte Jonas. »Ihr geht jetzt direkt hinter uns. Wir werden langsam sein, denn wir müssen stets auf unsere Sensoren achten. Sprecht kein Wort, immer auf mich oder Memory schauen.«

»Was, wenn Solar nicht real ist?«, flüsterte Nina. Sie hatte die ganze Zeit über darüber nachgedacht. »Was, wenn wir nur einem Schatten hinterherjagen?«

»Es ist mehr als ein Schatten. Wir haben zu viele Hinweise, und das seit vielen Jahren«, antwortete Jonas.

Schließlich gingen sie los. Die Tunnel wurden schmaler, dann wieder breiter, wechselten plötzlich in ein fast kathedralenartiges Gewölbe. Hier hing ein dichtes Netz aus Datenkabeln wie ein filigranes Spinnennetz von der Decke, manche Stellen glühten leicht.

»Bewegungssensoren sind ab hier aktiv«, sagte Jonas. »Keine abrupten Bewegungen machen. Die Dinger sind alt, aber nicht blind.«

Sie bewegten sich in verlangsamtem Rhythmus, ein Schritt, dann halten, schließlich ein weiterer. Über ihren Köpfen tropfte seltsam riechende Flüssigkeit, einmal summte es tief in der Wand, doch niemand sprach ein Wort.

Plötzlich ertönte ein leises Surren.

»Stillstehen!«, fauchte Memory.

Ein kleines Objekt, nicht größer als eine Faust, schwebte in einer dunklen Nische. Es war eine Drohne. Nina erschrak furchtbar. Dennoch zog Memory sie mit sich, und als das Summen nicht mehr zu hören war, beugte sie sich dicht an Ninas Ohr.

»Das war eine blinde Drohne. Ihre Linsen waren kaputt, das Gehäuse von Rost zerfressen. Ein letztes Echo der Programmierung. Ein Geist aus der Vergangenheit, der nicht wusste, dass er unbrauchbar ist. Weiter.«

Schließlich veränderte sich die Luft. Immer wieder blieben sie stehen, Jonas tastete auf dem Sensor herum, sie umgingen fast schon auffällig Formationen, drängten sich dicht an den Wänden, schließlich blieben sie stehen. Vor ihnen war ein Teil eines Tunnels, der erst frisch erschaffen wirkte. Licht leuchtete aus Hunderten kleiner Löcher, es sah aus wie ein Riesencomputer.

Memory hielt den Finger an ihren Mund und wies auf das Tarnfeldmodul. Also nahm Nina es aus ihrer Tasche, achtete auf die anderen, die es nun ebenfalls nahmen, und drückte zwei Mal.

Innerhalb eines Augenblicks wurde ihr übel. Wie in einem Traum sah sie Jonas winken, der nun losging, also folgte sie den anderen. Wieder griff Aaron nach ihrer Hand. Stolpernd lief sie an den Signalen der Wände entlang, die kein Ende zu nehmen schienen. Gerade als sie dachte, augenblicklich umfallen zu müssen, änderte sich die Umgebung und sie standen wieder in einem herkömmlichen Tunnel.

»Gut gemacht!«, löste Memory die Anspannung. »Ihr könnt das Modul wieder wegpacken. Wier brauchen es nicht mehr.«

»Was war denn das?«, fragte Aaron.

»Wir wurden thermisch verschleiert. Selbst präziseste Sensoren konnten uns nicht aufnehmen. Sonst wäre hier alles binnen kurzer Zeit voller Drohnen gewesen.«

»War mir deshalb so schlecht?«

»Genau.«

»Das hättet ihr auch vorher sagen können.«

Memory nickte nur, während Jonas sie weiterführte. Schon bald änderte sich die Luft, es schien ein anderes Klima zu herrschen, es roch nach Ozon und verbranntem Plastik. Die Tunnel öffneten sich zu einem Schacht, durch den blasses Licht fiel. Es war kein Sonnenlicht, sondern die matte Glut der Stadt Alessia.

»Aber wir müssten doch weit unter der Erde sein«, sagte Nina überrascht.

Jonas nickte. »Wir fuhren drei Stunden lang stets leicht bergauf. Es war eine ganz andere Strecke als der Hinweg. Das hier ist Virel, die verlassene Stadt.«

»Also nicht Alessia?«

»Doch, es ist ein Distrikt davon. Ein vor langer Zeit verlassener.«

»Warum ist er verlassen?«, wollte Aaron wissen.

»Weil er mit Verschleierungsprogrammen des Pfeils regelrecht verseucht ist. Das Programm ist versteckt, die Quelle wird ebenfalls verschleiert. Das Ministerium entschied, diesen Teil aufzugeben, weil Cox darauf keinen Zugriff hat. Es ist alles leer.«

»Also ist das schon länger her?«

»Etwa vierzig Jahre.«

Sie kletterten durch den Ausstieg, und als Nina nach oben trat, ergriff sie sofort das Gefühl, dass sie beobachtet wurde.

Virel war eine Ruine. Aber nicht eine, die einfach zerfiel.

Die Gebäude standen aufrecht, fast unversehrt, doch leer. Kein Fenster war zerbrochen, keine Fassade beschädigt, nichts regte sich. Es gab kaum Geräusche, keine Fahrzeuge, keinen Wind. Der Datennebel hing wie unsichtbarer Rauch zwischen den Häuserzeilen und jedes Hologramm, das aufflackerte, war alt. Es waren Fragmente alter Werbesysteme, halb fertige Nachrichten, blinkende Symbole ohne Kontext.

»Das hier wirkt so unecht«, flüsterte Aaron.

Jonas hob seine Hand. »Signal kommt von dort.«

Er zeigte auf ein altes Verwaltungsgebäude, das sich wie ein Monolith über den Platz erhob. Schwarzes Glas, spiegelnd, eine Front wie ein geschlossenes Auge. Vor dem Eingang lagen Reste von Kabeln, einige frisch aufgewühlt.

Da entdeckten sie Spuren im Staub.

»Jemand war hier«, sagte Memory. »Vor Kurzem.«

Nina trat näher. An einer Wand flackerte kaum sichtbar ein Hologramm, es war eine verzerrte vertikale Linie, gebrochen, darum ein Kreis.

»Es ist das Zeichen von Solar«, flüsterte Jonas.

»Was?« Nina und Aaron fragten es beinahe gleichzeitig.

»Es muss aber nicht heißen, dass Solar selbst etwas damit zu tun hat.«

Er führte sie weiter in eines der leeren Gebäude. Im Innern kam es Nina vor, als stünde sie in einer Gruft. Am Ende des Flurs reagierte das automatische Türsystem widerwillig. Es war ein schwaches Zischen, ein kurzes Rattern, dann schloss sich das Portal hinter ihnen mit einem surrenden Geräusch.

»Kein Strom«, murmelte Jonas. »Nur Notversorgung. Irgendetwas hält dieses System am Leben.«

Der Eingangsbereich war riesig, ein ehemaliges Atrium mit Glasdach, das nun mit einem dunklen Schmutzfilm überzogen war. Überall lagen zerfallene Terminals, umgestürzte Stühle, alte Sicherheitsscanner. Doch der Boden war gesäubert. Keine Staubschicht war zu sehen, keine natürlichen Spuren der Zeit.

»Jemand lebt hier«, sagte Memory. »Oder etwas.«

Nina spürte es, noch bevor sie es sah: ein leichtes Summen hing in der Luft, kaum mehr als ein Vibrieren auf der Haut. Wie ein dünner Vorhang, der sich im sanften Luftzug bewegt.

Sie betraten einen Korridor und folgten dem Signal, das Jonas' Gerät aufspürte. Die Wände waren gesprenkelt mit schwachen digitalen Artefakten, winzigen Lichtpunkten, verzerrten Schatten, es folgte eine Schrift, die wie blind auf den Putz geschrieben war.

Schließlich betraten sie einen Raum.

Sie standen in einer Art Kontrollzentrum. Es wirkte alt, aber nicht tot. Große Pulte mit eingelassenen Touchflächen standen herum, längst deaktiviert, doch in der Mitte leuchtete ein einzelnes, aktives Terminal. Davor stand ein Stuhl, neben diesem eine Konsole, an deren Seiten kleine Lichter blinkten.

Nina trat näher. Ihr Puls beschleunigte sich rasant.

»Berühr das nicht«, sagte Jonas scharf.

Doch das Terminal flackerte auch ohne Kontakt.

»Geh zurück!«, zischte Jonas. »Es ist ein Bewegungssensor.«

Offenbar war es zu spät, denn auf dem Bildschirm erschien ein Fragment, das sich zu einem Wort aufbaute. Nina erschrak furchtbar. Es nützte nichts, noch weiter zurückzuweichen, denn ein zweites Wort folgte. Dann ein drittes. Worte, die nicht vollständig waren. Es summte leicht, die Wörter bewegten sich wie ein Strom, der sich selbst zusammensetzte.

ZELLKERN ERKANNT.

»Was?«, flüsterte Aaron. »Was soll das heißen?«

»Bleibt zurück!«, flüsterte nun auch Memory, während Jonas seinen Blick auf seine Sensoren richtete.

Nina konnte ihre Augen nicht von den Wörtern nehmen, die sich neu zusammensetzten. Sie veränderten sich, passten sich unaufhaltsam an.

NINA. FRAKTION: UNBEKANNT. STATUS: WACH.

Dann, nach einer kurzen Pause:

DU BIST SCHLÜSSEL UND VERSCHLUSS.

»Das System spricht zu ihr«, sagte Memory offensichtlich verblüfft. »Oder jemand, der das System übernommen hat.«

Jonas hob die Hand. »Wir brechen jetzt ab, das ist nicht sicher. Los, zurück in den Tunnel!«

»Warte«, sagte Nina. Sie wunderte sich selbst darüber, was sie nun tat. Ihre Stimme war fest und sie trat direkt vor das Terminal. »Wer bist du?«

»Was machst du da?«, fragte Aaron entsetzt. »Bist du wahnsinnig? Was, wenn es Cox ist?«

Nina zuckte zusammen. Wenn es Cox wäre, wusste er, dass sie hier waren. Dann war es ohnehin zu spät. »Kann es denn Cox sein?«, fragte sie Memory und Jonas.

Jonas schüttelte den Kopf. »Laut meinem Sensor auf keinen Fall. Ich weiß nicht, was hier vorgeht. Scheiße, Nina, sprich nicht mit dem Programm oder was das auch immer ist!«

Da flackerten die Wörter wieder und ein Symbol erschien. Es war der gebrochene Kreis. Langsam wuchs ein Satz, der sich langsam aufbaute.

ICH BIN, WAS BLEIBT, WENN SIE GEHEN. ICH BIN FEHLER. ICH BIN ZU VIEL UND ZU WENIG. ICH BIN SOLAR.

Jonas fluchte leise. »Vielleicht ist das ein KI-Echo, ein abgespaltener Code. Das hier kann alles sein.«

Doch Nina starrte weiter auf den Bildschirm. Ihre Augen spiegelten das Licht wider, das flackernd aufleuchtete.

DU TRÄGST DEN REST.

»Welchen Rest?«, flüsterte sie.

DEN SCHLÜSSEL DER STRUKTUR. DEN KERN, DEN SIE NICHT FINDEN DURFTEN. DU BIST EINE ANTWORT.

Da trat Aaron näher. »Was bist du und was willst du von Nina?«

»Aaron!«, rief Jonas noch aufgeregter als zuvor.

Das Terminal vibrierte leicht. Eine neue Nachricht erschien, diesmal kürzer.

ÜBERTRAGUNG BEGINNT.

Ein lautes Sirren ertönte. Das Licht flackerte, die Luft wurde elektrisch. Aus dem Terminal schoss ein Datenstrom, visuell sichtbar, wie pulsierende Stränge aus

Licht. Sie wirbelten um Nina, verdichteten sich, glitten in das Interface auf ihrer Hand, in das datentechnische Implantat, das Jonas erst vor Kurzem geändert hatte.

»Nina!«, rief Aaron und zerrte sie zurück, doch die Stränge aus Licht rissen nicht ab. Auch Memory und Jonas riefen nun. Das Leuchten wurde greller, bevor es abrupt endete und sich plötzlich Dunkelheit ausbreitete.

Ein Alarmton zerriss die Stille. Rotes Licht blinkte in den Wänden auf, Türen fielen klappend ins Schloss.

»Verdammt!«, rief Jonas. »Das ist ein automatisches Verteidigungssystem! Vielleicht sind es längst vergessene Protokolle, jetzt reaktiviert durch die Datenübertragung. Oder aber es ist Absicht. Verflucht!«

»Wir sind entdeckt worden!«, rief Memory. »Irgendetwas hat uns auf dem Schirm!«

Jonas brüllte: »Verdammte Scheiße, Abbruch! Alle raus! Jetzt!«

Innerhalb von Sekunden summte etwas hinter den Wänden. Das Geräusch war tief und künstlich, wie das Brummen eines Raubtiers.

Es ging alles viel zu schnell.

Die erste Drohne durchbrach die Wand wie ein Speer aus Stahl. Metall splitterte, Putz bröckelte, das Summen verursachte tiefstes Grauen in Nina. Jonas reagierte zuerst. Er zog seine Waffe und schoss. Die Drohne taumelte, stürzte und fiel schließlich zu Boden.

»Zurück!«, rief er. »Einfach nur raus hier!«

Sie rannten. Durch die Gänge, die sich veränderten, als wollten sie sich gegen sie wenden. Türen, die sich verriegelten. Treppenhäuser, die plötzlich blockiert waren, Lichter, die flackerten, aber nicht zufällig, sondern rhythmisch. Wie ein Signal oder wie ein Puls.

»Es schließt uns ein!«, rief Memory. »Das ganze Gebäude ist eine Falle!«

Nina rannte mit ihnen, aber ihr Geist hing noch halb in der Begegnung fest. Der Kontakt oder das, was in sie hineingeflossen war, war irgendwie noch da. Sie fühlte es unter der Haut wie einen zweiten Herzschlag.

»Rechts!«, brüllte Jonas. »Schneller!«

Ein zweiter Schwarm Drohnen kam durch ein seitliches Belüftungssystem. Klein, wendig, wie Insekten, aber aus futuristischem Metall. Jonas schoss weiterhin um sich und die meisten Schüsse trafen ihr Ziel. Es waren Lichter wie Laser, Nina erinnerte es an Science-Fiction-Filme, die sie einst gesehen hatte.

Wieder eine Erinnerung.

Dann warf Jonas etwas, das wie eine Granate aussah. Es krachte ohrenbetäubend laut, Nina schrie auf, während die Drohnen taumelten. Zwar lediglich für einige Sekunden, aber es reichte.

Unter lautem Keuchen erreichten sie den Versorgungsschacht. Memory sprang zuerst, glitt in die Tiefe, dann Aaron. Jonas deckte den Rückzug, aber eine Explosion schleuderte ihn gegen die Wand. Blut spritzte. Sein Bein war getroffen, das Gelenk unnatürlich verdreht.

»Nein!«, brüllte Nina.

Sofort kam Aaron zurück und hob Jonas auf seine Arme. »Ich trag ihn. Nina, los!«

Sie sprangen.

Der Schacht war steil und voller brüchiger Stufen. Wieder schrie Nina, viel zu schnell fiel sie aber auf harten Boden. Ihr Rücken schmerzte, gleichzeitig tastete sie neben sich.

»Aaron!, brüllte sie.

»Ich bin hier.«

»Memory? Jonas?«

Sie hörte Jonas stöhnen, bevor ein Licht die Umgebung erhellte. Memory kletterte einige Stufen einer Metallleiter in die Höhe und schloss die massive Luke. Sofort erlosch das Geräusch der Drohnen, urplötzlich war alles um sie herum still.

»Mein Bein!«, fluchte Jonas mit deutlich schmerzverzerrter Stimme.

Nun fiel Memorys Licht auf Jonas‘ Bein. Ninas erster Eindruck wurde bestätigt: Das Bein war eindeutig gebrochen und bereits jetzt war Jonas kreidebleich im Gesicht.

»Scheiße!«, rief Memory. Aufgeregt leuchtete sie mit der Lampe um sich herum, und tatsächlich führte der Gang in eine Richtung weiter.

Aaron half zuerst Nina auf die Beine, dann beugte er sich zu Jonas. »Ich stütze dich!«

Dann gingen sie in den Gang.

Der Wirt

Kurze Zeit später saß Nina auf einer Metallkiste im Halbdunkel des Wartungsraums, der ihnen nun als letzter Rückzugsort diente. Die Luft war trocken, angereichert mit Metallstaub und abgestandenem Schweiß. Irgendwo surrte ein Ventilator. Es gab nur eine massive Türe, die als Ausweg dienen könnte, doch sie war verschlossen. Memory hatte lange Zeit versucht, sie mithilfe des Scanners zu öffnen, doch ohne Erfolg.

Jonas lag auf einer improvisierten Trage, sein Bein war mit einem Karbonkabel verschnürt, die Wunde nur notdürftig versorgt. Sein Gesicht war blass. Memory kniete neben ihm und kontrollierte den provisorischen Verband.

»Wenn wir hier drinbleiben, sind wir in vierzehn Stunden tot«, sagte sie leise. »Wasser ist knapp, die CO-Zwei-Filter sind halb erschöpft. Und das war vor dem Angriff.«

Aaron war am Kontrollfeld der Tür. Sein Blick sprang zwischen Symbolen und Zahlen herum, alles wirkte alt, fremd, teilweise fragmentiert.

»Die Luke ist für die Notabschottung gemacht«, zischte Jonas schmerzverzerrt. »Von innen kann man sie nicht mehr öffnen.«

»Und von außen?«, fragte Nina.

Memory lachte kurz. »Wenn sie reinwollen, kommen sie rein. Sie warten nur, bis wir weich gekocht sind. Wenn es nur die Drohnen bleiben, haben wir Glück.«

Jonas wendete sich nun Nina zu. »Nina, was hast du dort drin angestellt? Das Programm hat etwas in dir gemacht. Was? Fühlst du etwas?«

Nina wollte widersprechen, doch ihre Kehle war trocken. Sie hatte unglaublichen Durst, schlimmer aber war, dass es sich wirklich seltsam angefühlt hatte, als sie von diesem Programm ›angezapft‹ worden war.

»Nein, es ist alles normal. Wie geht es dir? Wohin können wir fliehen?«

»Mein Bein ist beschissen, das hast du doch gesehen. Was heißt, du bist Schlüssel und Verschluss?«

»Das weiß ich doch selbst nicht. Ihr seid doch die Experten, ich renne seit Tagen von einem Ort zum nächsten und weiß absolut nichts!« Deutlich spürte sie ihre Panik. Nun kam die Angst dazu, dass dieses Ding irgendetwas in ihr verändert hatte. »Ist meine Identität noch gelöscht?«

Memory trat zu ihr und hielt den Scanner an ihre Hand. »Ja, alles beim Alten. Zumindest ist nichts erkennbar, was aber nichts heißen muss.«

»Wie meinst du das? Kann der Scanner alles erfassen oder nicht?«

»Eigentlich schon. Ich weiß nicht, was das da oben war. Könnte wirklich von Solar gewesen sein, aber auch eine Falle. Ich glaube ja eher Letzteres.«

»Ich muss ständig an die Worte denken, ich sei Schlüssel und Verschluss.«

»Nicht nur du.«

Aaron sah sie schweigend an.

»Was ist?«, wollte sie wissen. Langsam verwandelte sich ihre Angst in Wut.

»Nichts, Nina. Vielleicht war es ein Fehler, es war schon wirklich etwas wirr. Ich habe ja keine Ahnung von dieser modernen Technik. Ich mache mir eher Gedanken über unsere Lage, nicht über das scheiß Programm.«

Zwar hörten sie durch die massive Luke die Drohnen nicht mehr, aber Memory sagte, jemand könnte die Luke von oben öffnen.

Sie hatte absolut keine Ahnung, was sie nun tun sollten. Und Jonas' Gesicht wurde von Minute zu Minute blasser.

Zeit wurde nicht mehr messbar. Vergingen nur Minuten? Oder Stunden? Schließlich brach Aaron als Erster das Schweigen. »Es muss doch einen Weg geben. Soll das ein Sackgassenraum sein? Ehrlich? Vielleicht gibt es noch einen anderen Ausgang. Einen technischen Wartungskanal. Einen Belüftungsschacht. Irgendwas.«

»Die Drohnen wären nicht draußen, wenn es Lücken gäbe«, sagte Memory. »Die wissen, dass wir hier sind. Und sie wissen, dass wir nichts haben außer etwas Zeit.«

Nina stand langsam auf. Ihre Beine zitterten leicht, aber nicht vor Schwäche. Es war irgendwie anders, wie ein Strom unter der Haut. Sie spürte einen Impuls, der sich bewegte, ohne dass sie ihn verstand.

Unter Hitzewellen, die durch ihren Körper schossen, ging sie zur Wand.

»Was tust du?«, fragte Aaron.

Sie legte die Hand auf ein Stück der Metallverkleidung, um sich abzustützen. Denn gleichzeitig wurde ihr schwummrig. Ging ihnen bereits jetzt die Luft aus?

Da flackerte ein Fragment auf, nur ein winziger Lichtblitz, aber deutlich sichtbar.

Für einen Wimpernschlag erschien ein Symbol.

Es war der gebrochene Kreis.

»Hier ist etwas«, flüsterte sie.

Jonas stöhnte. »Natürlich. Es hört dich, es versteckt sich in dir.«

»Was meinst du damit?«, fragte Aaron.

»Ich glaube, dass dieses Programm etwas in sie gepflanzt hat. Es war eindeutig. Vielleicht wird sie oder werden wir analysiert.«

Nina trat zurück, denn die Wand war wieder dunkel. Symbol und Licht waren verschwunden, sie erkannte nur ihr eigenes Spiegelbild in der matt glänzenden Oberfläche. Es war fremd, konturenweich, als hätte sich etwas darin verschoben.

Etwas war in ihr. Als sie Jonas' Bein sah, wusste sie plötzlich, welches Medikament helfen würde. Und als sie die Anzeigen an der Tür betrachtete, erkannte sie Muster, die sie nie gelernt hatte.

Was zum Teufel geschah hier?

Sie erinnerte sich an Informationen, die ihr niemand gegeben hatte.

Sie war nicht nur Nina. Nicht mehr.

Sie wusste noch mehr. Wenn sie hierblieben, würden sie sterben, wenn sie hinausgingen auch. Aber dazwischen, zwischen den Pulsen des Systems oder wem auch immer, lag eine Entscheidung, die nicht nur das Team betraf. Sondern alles.

»Du hast es gesehen, nicht wahr?«, fragte Jonas.

Nina nickte langsam. »Es war nur ein Moment, aber es war da. Ich weiß, dass dort etwas Großes ist. Es ist nicht sichtbar, nicht für euch.« Hilfe suchend sah sie sich um. »Da ist was in mir.«

Memory stand auf. Ihr Blick war scharf und misstrauisch. Die Waffe an ihrer Hüfte war nur eine kurze Bewegung von ihrer Hand entfernt. »Du weißt Dinge, die du nicht wissen kannst. Du fühlst Signale. Du siehst verschlüsselte Interfaces. Sag mir, warum wir dir noch trauen sollen.«

Da stellte sich Aaron zwischen die beiden. »Hör auf, Memory.«

»Nein!«, knurrte sie. »Das hier ist kein Spiel aus Daten oder alten Programmen. Wir haben Solar gesucht und

Nina hat etwas gefunden. Aber wir wissen nicht, ob sie infiltriert ist.«

Jonas hustete. Zu Ninas Entsetzen hatte er nun Blut auf seinen Lippen.

»Was ist, wenn sie unsere Koordinaten schon längst übertragen hat?«, keuchte er.

»Ich habe nichts getan!«, rief Nina. Aber selbst als sie das sagte, wusste sie, dass sie rein gar nichts wusste. Sie setzte sich, atmete tief durch und schloss die Augen. Und da war es.

Es war keine Stimme oder ein Klang, sondern ein Muster. Sie interpretierte es als fragmentierte Daten. Irgendwelche Assoziationen. Oder waren es Worte, die wie Blitzlichter wirkten? Strukturlogik, Zellkern, Trägersequenz, inverser Speicher – Wörter rasten durch ihr Gehirn, die ihr nichts sagten.

Ihr wurde heiß und kalt. *Zum Teufel, woher kenne ich diese Begriffe*?

Dann erschien ein Wort, das sie nicht kannte. Oder doch?

Esomenia.

Es zitterte durch ihre Gedanken wie eine Subfrequenz, unhörbar, aber real. Als hätte jemand ein Fenster geöffnet, tief in ihr drinnen.

Als sie die Augen öffnete, sahen alle fragend sie an.

»Ich glaube, ich verstehe es.«

Aaron kniete sich neben sie. »Was meinst du? Was ›es‹?«

»Was Solar mir gegeben hat. Es sind nicht nur Daten, es ist ein Code. Als hätte es sich selbst versteckt. In mir.«

Jonas verzog das Gesicht. »Oder in dich eingepflanzt. Als Wirt.«

Plötzlich trat Memory einen Schritt zurück und hielt eine Hand an der Waffe. »Ich werde nicht zulassen, dass wir hier sterben, weil du zum Trojaner geworden bist, Mädchen.«

Nun stand auch Nina auf. »Wenn ich eine Waffe wäre, würdet ihr nicht mehr diskutieren. Dann wärt ihr schon tot.«

Erschütternde Stille folgte, Nina wunderte sich selbst über ihre Worte.

In diesem Moment flackerten die Wandleuchten. Nicht regelmäßig, es war eher eine Art Morsepuls.

Memory trat näher an das Terminal. »Was ist das? Bist das du, Nina?«

»Nein, ich tue gar nichts.«

Ein Text erschien auf dem kleinen Display neben dem Türkontrollfeld. Zunächst waren es nur wenige Zeichen, dann eine Formel, schließlich ein Symbol.

Das Zeichen von Solar.

»Es reagiert auf dich«, flüsterte Memory. »Es will etwas. Oder es zeigt dir etwas.«

»Oder es ist jemand anderes!«, sagte Jonas zu Memory. »Halte sie in Schach. Lass sie nicht aus den Augen.«

Unbeeindruckt trat Nina zum Display. Ihre Hand schwebte über dem Sensor.

»Ich will hören, was es zu sagen hat.« Und nun legte sie die Hand auf das Paneel.

Es war, als würde ein Strom durch ihre Haut kriechen. Es war kein Schmerz, kein Schlag, sondern ein leiser Impuls, als hätte jemand eine Tür geöffnet, von der sie nicht wusste, dass sie existierte.

Der Bildschirm flackerte, das Licht wurde blasser, schließlich dunkler.

Da erschien ein einziger Satz.

DEIN WEG IST NICHT IHR AUSWEG.

»Was soll das heißen?«, flüsterte sie.

Doch ehe jemand antworten konnte, begann sich die Wand daneben zu verändern. Ein Segment, scheinbar massiv, zog sich zurück, nicht mit einem Geräusch, sondern wie eine optische Illusion, die verblasste. Dahinter eröffnete sich ein enger Schacht.

Memory hob sofort die Waffe. »Was zur Hölle ...«

»Das ist ein Serverkanal«, sagte Jonas. »Alt. Vor-Cox-Architektur. Es gibt kein Licht, keine aktiven Verbindungen.«

»Du könntest recht haben«, sagte Memory. Sie sah noch einige Zeit mit der Waffe im Anschlag in den Tunnel, holte dann ihren DP heraus und eine Karte erschien als Hologramm. Ihre Augen scannten die unendlich vielen Wege, Linien und Punkte. »Du hast recht. Er müsste unter das Hauptgitter führen, zu den ältesten Schichten der Stadt. Unglaublich.«

Aaron zögerte. »Vielleicht ist es eine Falle. Nina, du weißt nicht, was da in dir ist.«

»Es ist keine Falle«, antwortete Nina ruhig. »Ich sehe eine Karte. Es ist unglaublich. Nicht wirklich, aber ich weiß, wo dieser Gang hinführt.«

Jonas' Stimme war kaum mehr als ein Hauch. »Memory, vorsichtig. Wir wissen nicht, was Nina in sich hat. Es kann eine scheiß Falle sein.«

Sie nickte und hielt die Waffe wieder vor sich. Zwar nicht direkt auf Nina, aber in ihre Nähe, um schnell reagieren zu können. »Ja, vielleicht. Aber es ist unsere einzige Chance. Und du brauchst dringend Hilfe.«

»Wenn wir den Gang nehmen, haben wir keine Rückendeckung. Es gibt hier keine Verbindung mehr zur Anlage, keine Hilfe«, sagte Memory. »Es ist ein Wagnis.«

»Wenn wir hierbleiben, ist es kein Wagnis, sondern ein Grab«, erwiderte Aaron.

Jonas nickte schwach. »Okay. Geht. Lasst mich hier.«

»Hör auf mit dem Scheiß«, sagte Memory. »Du stirbst mit uns oder entkommst mit uns.«

Da traten Memory und Aaron auf ihn zu und hoben die provisorische Liege in die Höhe. Jonas zischte vor Schmerz.

»Ich kann auch tragen«, sagte Nina.

Zu ihrer Überraschung übergab Memory ihr die Waffe. »Ich bin stärker, und ich habe beschlossen, dir zu vertrauen. Wir können uns abwechseln.«

Nina nickte dankbar, nahm das Ding in die Hand, während Memory ihr die Handhabung der Waffe erklärte, und ging schließlich voraus. Der Schacht war eng, voller Kabel, manche tot, manche schwach pulsierend. Sie wirkten wie Adern, der gesamte Gang hingegen wie ein Relikt aus weit vergangener Zeit. Die Wände rochen nach Staub, altem Strom, abgestandenem Öl. Überall flackerten kurze Impulse.

Sie blieben stehen, weil Memory wieder auf die Karte sah. Doch sie verschwamm wie trübes Wasser. »Ich habe hier unten keinen Zugriff. Verdammte Scheiße!«

»Links in zehn Metern«, sagte Nina plötzlich.

Memory sah sie an. »Woher ...?«

»Ich weiß es einfach.«

Sie gingen weiter, kämpften sich durch Schächte, über Plattformen, durch verfallene Rechenkerne. Zu ihrer Erleichterung waren keine Drohnen zu hören, nichts deutete auf irgendetwas hin, das sie verfolgte.

Einmal rutschte Memory beinahe in einen Datenkanal, einen ungesicherten Schacht, der senkrecht durch mehrere Ebenen führte.

Schließlich tauschten Memory und Nina, und Nina trug eine Ende von Jonas‘ Trage.

»Halt durch, du alter Bastard«, murmelte Memory. »Mach mir jetzt ja nicht schlapp.«

Nina führte sie tiefer. Immer tiefer in den Gang, von dem sie selbst noch nicht wusste, wie lange ihr Weg dauern würde.

Doch schließlich erreichten sie das Ende des Kanals. Eine metallene Schleuse trennte sie von dem nächsten Wagnis. Vielleicht einem weiteren Tunnel, vielleicht einem Raum. Während Aaron sich dagegenstemmte, aktivierte Nina einen verborgenen Kontaktpunkt.

Es zischte, die Schleuse bewegte und öffnete sich.

Kaltes, blaues Licht füllte die Kammer dahinter. Sie wirkte wie ein technischer Knotenpunkt, der kuppelförmige Raum war riesig. Alte Maschinen standen herum, unzählige Kabelstränge hingen von der Decke, in der Mitte des Raumes stand ein Kontrollpult, das von holografischen Schatten umgeben war.

Als sich die Schleuse hinter ihnen wieder schloss, begann Nina zu frieren. Sie stellten die Trage ab, Nina löste sich und ging auf eines der Hologramme zu.

Denn sie sah sich selbst. Aber es war nicht sie, nur das Gesicht war ihres. Die Kleidung, die Haltung schienen ähnlich zu sein, allerdings waren die Augen leer, dunkel, ohne Leben. Es war, als stände eine tote Nina vor ihr, eine unmenschliche, eher eine, die wie ein Programm aussah.

Und es bewegte sich, bevor sie es tat.

»Was ist das?«, fragte Aaron, und seine Stimme klang zu hohl in diesem Raum aus Licht und Staub.

Nina stand wie versteinert da. Ihr Blick haftete auf dem Monitor, auf dem sie zu sehen war. Es war ihr Spiegelbild, und gleichzeitig auch nicht.

»Ich weiß es nicht. Ich habe Angst, Aaron.« Ohne hinzusehen, wusste sie, dass Memory wieder die Waffe auf sie richtete.

Was soll das alles?

Das Bild bewegte sich zuerst. Die Gestalt hob die Hand, bevor sie es tat, legte den Kopf schräg, bevor sie es tat.

»Es ist eine Projektion«, sagte Memory hinter ihr. »Oder eine Simulation. Vielleicht Teil dessen, was du da in dir hast.«

Nina schüttelte langsam den Kopf. »Nein. Das ist das, was aus mir werden könnte. Keine Ahnung, aber ich fühle es irgendwie.«

Der Bildschirm flackerte und das Bild zoomte heran. Plötzlich lächelte ihre Doppelgängerin sie an. Es war kein feindliches Lächeln, eher eines, das unendliche Weisheit beinhaltete.

Dann erschien eine neue Zeile auf dem zweiten Display.

DER SPIEGEL BEGINNT ZU LERNEN.

»Was soll das bedeuten?«, flüsterte Aaron.

»Ich glaube …« Nina trat näher an das Terminal. Dabei wurde ihr unendlich kalt. Warum fühlte und wusste sie plötzlich Dinge, die so unreal, aber so fest in ihr verankert waren? »Ich bin Teil des Systems geworden. Von irgendeinem beschissenen System, von dem ich keine Ahnung habe.« Wieder drehte sie sich Hilfe suchend zu Memory und Jonas um. Tränen liefen über ihre Wangen. »Was soll ich tun? Ich mag das aus mir heraushaben.«

Jonas, der an Memorys Seite halb aufrecht saß, keuchte. »Vielleicht war das der Plan. Ein beschissener, verfickter Plan. Slive hat dich konserviert, nicht weil du wichtig warst, sondern weil du gebraucht wurdest. Als Wirt. Als Transportbehälter.«

»Für Solar?«, fragte Aaron.

»Nein, für Cox, um uns zu finden. Ich glaube, das ist alles ein riesiger Haufen Scheiße. Wir sind am Arsch«, sagte Jonas. »Memory, erschieße sie. Bevor uns das Ministerium findet.«

»Nein!« Aarons Stimme zerriss die Stille. »Ja nicht! Sie ist unschuldig.«

Memory stand nur da, hilflos, offenbar unfähig, sich zu entscheiden.

Unterdessen spürte Nina ihr Herz rasen. Sie hatte absolut keine Ahnung, auf welcher Seite dieses Ding in ihr stand.

Plötzlich zerriss ein bekannter Ton die weitere Stille. Er war leise, aber eindeutig.

Nina gefror das Blut in den Adern. Die Drohnen hatten den Rückweg gefunden. Über irgendwelche Schächte, Löcher. Metall klirrte in der Ferne, das Summen wurde stärker.

»Sie kommen«, sagte Memory.

Da ging Aaron zum Pult und starrte Nina an. »Kannst du das System nutzen? Kannst du sie aufhalten? Vielleicht hilft es uns, was du nun in dir hast.«

Nina trat ans Interface. Ihre Hand schwebte über dem Sensor, obwohl sie keine Ahnung hatte, was sie tun sollte. Für einen Moment war alles still. Dann spürte sie einen Impuls. Der Raum flackerte, die Maschinen atmeten kurz auf, es wirkte wie ein verzögertes Erwachen.

Sie sprach, und gleichzeitig fragte sie sich, woher sie das alles wusste.

»Esomenia. Protokoll drei. Override Delta-Prim.«

Das System reagierte. Da ertönte eine Stimme. Zwar war es ihre eigene, aber sie wusste nicht, was gerade geschah.

»Zugriff akzeptiert. Zellkern-Autorisierung erkannt. Verteidigungsmodus aktiviert.«

Aus den Wänden fuhren Riegel, ihr unbekannte Apparate. Offenbar wurde das Zentrum nun zur Festung umgewandelt. Nina hoffte es zumindest.

Erste Drohnen stürzten durch den Schacht, wurden erfasst, zerschnitten, durch Magnetfelder zerstört.

Doch es waren zu viele.

»Wir müssen weg!«, rief Memory.

Ein letztes Mal blickte Nina auf den Monitor.

Ihr anderes Ich blickte zurück und sprach lautlos, ohne dass sich der Mund bewegte.

DU BIST ICH.

Dann verdunkelte sich das Bild.

Unter dem Angriff weiterer Drohnen flohen sie durch eine der seitlichen Notfallröhren, die sich kurz öffnete. Es schien ein Fluchtkorridor zu sein, der durch das System aktiviert worden war. Dahinter erkannte Nina Schwärze, Treppen, fahles Licht, während Memory und Aaron Jonas auf der Trage mit sich führten.

Hinter ihnen schloss sich die Türe und es wurde augenblicklich still.

Solar - oder vielleicht Cox - hatte ihnen einen Ausgang gezeigt. Vielleicht.

Nina wusste nicht, was sie erwartete, aber sie rechnete in jedem Moment damit, von Memory angeschossen zu werden.

Es war nicht dunkel in diesem Gang, denn Memorys Handschuh spendete abermals genügend Licht. Jonas wurde abgelegt, und während Memory sich umsah, trat Aaron auf Nina zu.

»Bist du noch du?«

Nina antwortete nicht sofort. Sie hatte furchtbare Angst. Was war das in ihr und was wollte es? Warum hatte sie eine Doppelgängerin? »Ich weiß es nicht. Aber ich weiß, dass da etwas in mir ist.«

Getrennt

Der Gang endete an einem Aufzug. Memory zögerte zunächst, doch schließlich entschied sie sich, diesen mit dem Scanner zu aktivieren. Niemand wusste, was sie erwartete, Jonas benötigte allerdings dringend medizinische Hilfe. Immer öfter dämmerte er weg, manchmal verlor er sogar Speichel, und besonders Memory sorgte sich sehr um ihn.

Während sie mit dem Aufzug in die Höhe fuhren, versuchte Nina, sich selbst zu spüren. Es war unmöglich, denn sie fühlte sich völlig zerschlagen. Es fehlte ihr an allem: Schlaf, Richtung, Sicherheit. Selbst hier musste sie sich anlehnen, ihr Blick haftete auf Jonas, dem der Schock und die Schmerzen deutlich ins Gesicht geschrieben standen.

Sie schienen endlos lange in die Höhe zu fahren. Schließlich aber stoppte der Aufzug und noch bevor die Tür aufging, richtete Memory die Waffe nach vorn. Vor ihnen lag ein Raum, dessen Lichter blinkten. Er war leer, Metalltische standen an den Seiten, es roch nach abgestandener Luft.

Nach den ersten Schritten in den Raum öffnete Memory die Hologrammkarte.

»Wir sind in der Unterstadt«, murmelte sie. »Ich checke, wo die nächste Unterkunft ist.«

»Was für eine Unterkunft?«, fragte Aaron.

»Jemand vom Pfeil, der uns aufnehmen kann. In der Unterstadt gibt es einige.«

»Was ist die Unterstadt?«

»Ein Bezirk Alessias, der etwas am Rand liegt. Nicht das Zentrum der Privilegierten, eher ein Armenbezirk wie außerhalb der Kuppel. Super geeignet, um unterzutauchen.«

Nina ahnte, dass sie nirgendwo untertauchen konnte, sie wusste ja nicht einmal, was da in ihr drin war.

Aaron ließ Jonas vorsichtig gegen die Mauer sinken. Er lag schwer atmend da, sein Kopf lehnte an der kalten Wand. Memory kniete sich neben ihn, prüfte den Verband, sagte aber nichts.

Nina trat ein paar Schritte vom Rest der Gruppe weg. Ihre Gedanken waren ein flackerndes Mosaik aus Bildern, Stimmen und Datenfragmenten, die in der Ferne ihrer Wahrnehmung tanzten wie Splitter von etwas, das sie in keiner Weise verstand. Sie hatte sich verändert. Nicht sichtbar, aber tief in ihr. Und die anderen spürten es auch. Es war also nicht nur die Angst vor dem, was in ihr war, sondern vor allem die vor der Reaktion der anderen. Besonders vor Aarons.

Da drehte sich Jonas zu ihr. »Du kannst nicht mit.«

Nina hatte es geahnt. Der Blick des alten Widerstandskämpfers war brüchig geworden. Es war keine Feindschaft darin, nur Überzeugung. Sie konnte sogar erkennen, dass es ihm leidtat.

»Du weißt, dass wir das nicht zulassen können. Wir wissen nicht, was in dir steckt und was es mit dir macht. Oder was es auslöst.«

Memory stand auf. »Ich stimme ihm zu. Vielleicht bist du eine Botin, vielleicht aber auch das völlige Gegenteil. Aber was du jetzt bist, das darf nicht unkontrolliert in unser System zurückkehren. Wir müssen jeden Einzelnen schützen.«

Da trat Aaron einen Schritt nach vorn. »Ihr verurteilt sie, ohne zu wissen, was sie ist!«

»Nein«, sagte Memory. »Wir verurteilen, *weil* wir nicht wissen, was sie ist.«

Ein Moment der Stille folgte. Nur das tiefe, entfernte Stöhnen von Jonas begleitete sie.

»Und was schlagt ihr vor?«, fragte Nina leise.

Jonas sah sie an. »Dass du hierbleibst oder aber fortgehst. Keinesfalls aber zurück zur Anlage oder zu irgendeinem Mitglied unserer Gruppe. Nicht in unser Netz.«

Memory nickte langsam. »Bis wir wissen, was du bist, oder bis du es weißt.«

»Dann geht«, antwortete Aaron. »Wir schaffen es allein.«

Memory legte ihm eine Hand auf die Schulter. »Du könntest mit uns kommen. Du hast keine Implantate, keine Verbindung zu dem, was sie trägt.«

»Aber ich habe mich entschieden«, sagte Aaron.

Nina wusste nicht, was sie sagen sollte. Unsicher ging sie zu ihm. »Es betrifft wirklich nicht dich. Gehe mit den anderen, ich finde schon etwas.«

»So ein Unsinn, ich lasse dich nicht allein. Ich vertraue dir. Das Ding hat uns auch jetzt nicht in eine Falle geführt.« Er drehte sich zu Memory um. »Du kennst dich hier aus. Wo können wir hin?«

»Ich gebe dir die Koordinaten einer ehemaligen Unterkunft. Sie steht leer und nichts weist auf die hin, die vorher dort gelebt haben. Es ist eine kleine Wohnung. Den Sicherheitscode musst du dir merken, notiere ihn nirgends.«

Aaron nickte. »Können wir Jonas nicht zuvor noch irgendwo hinbringen? Er braucht dringend Hilfe.«

»Ich mache das allein«, sagte Memory. »Wir werden euch kontaktieren, aber ich muss mich zuerst um Jonas kümmern. Wartet in der Wohnung und unternehmt nichts Unüberlegtes.« Sie wendete sich Nina zu. »Ich hoffe, es ist gut und nicht Cox. Vielleicht ist es ja wirklich eine Botschaft von Solar. Aber solange es nicht sicher ist, lasse ich dich zu niemandem.«

»Ich weiß. Es tut mir so leid.«

»Mir tut es leid. Ich möchte wirklich daran glauben, dass wir etwas von Solar gefunden haben.«

Sie umarmten sich zum Abschied. Jonas gab Aaron einen Datenträger mit Kommunikationscodes, für den Fall, dass etwas schiefging, Memory hingegen teilte ihm den Sicherheitscode für die Tür mit. Dabei warf sie Nina einen letzten Blick zu. Nina spürte, dass es Memory leidtat, diese Entscheidung aber alternativlos war.

Sie warteten, bis Memory und Jonas, der eine Metallstrebe als Krücke benutzte, den Raum verlassen hatten, bis sie selbst schließlich aufbrachen. Durch mehrere Räume und eine Eingangshalle erreichten sie schließlich das Freie.

Es war Nacht. Obwohl sie sich innerhalb der Kuppel befanden, atmete Nina tief durch. Die frische Luft tat so gut, als befände sie sich in einem Wald.

»Du weißt, wohin?«, fragte sie Aaron.

Er nickte nur.

»Danke.«

»Für was?«

»Dass du bei mir geblieben bist. Du hättest das nicht tun müssen.«

»Ich lasse dich doch nicht allein. Wir sollten das aber nicht hier und jetzt besprechen, ich fühle mich ungeschützt nicht sonderlich wohl.«

Sie nickte nur und folgte ihm. Selten fuhr ein Fahrzeug an ihnen vorbei, völlig lautlos, hin und wieder begegneten ihnen Menschen, die sie aber nicht beachteten. Hoch über ihnen blinkten ab und zu Lichter in den Platten der Kuppel, die wie Sternschnuppen aussahen. Dabei fragte sich Nina, ob Cox überall in dieser Stadt Einsicht hatte, ob Kameras in der Kuppel jeden einzelnen Schritt eines jeden Bewohners aufnahmen.

Es dauerte, bis sie sich den hohen Gebäuden näherten. Viele von ihnen reichten bis unter das Kuppeldach und erreichten somit eine Höhe von etwa zweihundertfünfzig Metern. Aaron tippte einen Code an die Haupteingangstüre, die sich daraufhin öffnete, den nächsten in einem der zahlreichen Aufzüge.

»Siebenundfünfzigster Stock«, murmelte Nina. »Wenn wir fliehen müssen, haben wir einen langen Weg.«

»Ich vertraue Memory, wenn sie sagt, es sei dort sicher.«

Nachdem sie einen langen Korridor durchquert hatten, tippte Aaron einen weiteren Code an der Wohnungstüre, die sich ebenfalls öffnete.

Im Innern ging automatisch das Licht an. Es roch etwas muffig, es gab drei Räume, einer davon das Bad, das Nina zunächst besuchte.

»Ich habe die Fenster verdichtet«, hörte sie Aaron durch die Türe sagen. »Ich habe immer das Gefühl, beobachtet zu werden.«

»Frag mich mal. Ich habe schließlich dieses ›Etwas‹ in mir.«

Die anschließende Dusche genoss sie wie nichts anderes in den vergangenen Tagen. Während das warme Wasser an ihr hinablief, schloss sie die Augen und versuchte, sich irgendwie zu erden. Sie hatte jegliches Gefühl verloren, vor allem für die Zeit. Es hätte auch Tag sein können, alles war wie zufällig, sie fühlte sich, als schwämme sie im offenen Ozean.

Sie wusste gar nichts.

Als sie das Bad verließ, ging Aaron hinein.

Jetzt erst sah sie sich um. Es gab eine Couch sowie einen alten DP, der aber nicht funktionierte. Im zweiten Raum standen zwei Betten, ein Tisch, und als sie aus dem Fenster sah, blickte sie auf ihr eigenes Spiegelbild. Dahinter waren die geschlossenen Platten aus Kunststoff, die jedes Einsehen unmöglich machten.

Ihr Blick blieb an ihrem Gesicht hängen. Wer war sie eigentlich? Sie erinnerte sich an den Tag, nachdem sie aus dem Kryonikschlaf aufgewacht war. Es war ein völlig unbekanntes Gesicht gewesen, ohne jegliche Verbindung und Erinnerung. Nun kannte sie es seit einigen Tagen. Tage, die ausschließlich mit Angst, Flucht und Unwissenheit gefüllt gewesen waren. Jetzt kam etwas Neues hinzu: Was steckte in ihr? War es Cox? Solar? Und es gesellte sich eine Art Aussichtslosigkeit dazu, die ihr manchmal die Luft zum Atmen nahm. Mit jeder Stunde wurde die Anzahl der Probleme größer, sie verstand immer weniger anstatt mehr.

Als Aaron zurückkehrte, fiel ihr auf, wie lange sie sich in ihrem Spiegelbild verloren hatte.

Sie setzten sich auf die Couch. Es war das erste Mal seit langer Zeit, dass sie einfach nur dasaß. Nicht floh, nicht rannte, keine Drohnen hinter ihr her waren.

Da legte Aaron eine Hand auf ihre. »Du bist nicht allein. Ich bleibe bei dir, egal was geschieht. Selbst wenn es Cox ist, der in dir steckt, glaube ich nicht, dass ich sein erstes Ziel bin.«

»Aber du bist auch aus dem Forschungsgelände geflohen.«

»Und wenn schon. Weißt du, in den Wochen nach dem Erwachen dachte ich, ich hätte eine normale Zukunft. In Alessia, in etwa vergleichbar mit der Zeit, in der ich früher lebte. Aber das hier ist alles ein einziger Albtraum.«

»Dank mir. Seit mich Melanie warnte, sind wir nur auf der Flucht.«

»Dafür kannst dich du nichts. Sie hätten uns umgebracht, Nina.«

»Ich weiß.«

»Ich glaube aber daran, dass wir es schaffen. Dass wir im Endeffekt irgendwo landen, wo wir unbehelligt leben können.«

Sie glaubte es nur für einen Moment. »Es wird alles schwerer, von Tag zu Tag. Und ich bin so unendlich müde.«

»Ich weiß.« Er zog sie an sich und sie lehnte ihren Kopf an seine Schulter. Immer wieder waren da Lichtblitze hinter ihren Lidern, Datenbilder, Formeln, Fragmente aus einem Bewusstsein, das nicht nur ihr eigenes war. Sie hasste es, sie hatte keine Ahnung, ob oder was dieses Etwas ihr sagen wollte.

Aber in seinem Arm fühlte sie sich geborgen, es gab da eine Art Stille. Eine menschliche, die sie so sehr vermisst hatte.

»Ich fühl mich gar nicht mehr wie ein Mensch«, flüsterte sie.

Er sah sie an. Im spärlichen Licht war sein Gesicht kaum mehr als eine Silhouette. »Du bist noch du, Nina. Vielleicht mehr du als je zuvor.«

»Oder weniger.«

Sie drehte sich leicht zu ihm. Ihre Nasen berührten sich, es tat ihr so unglaublich gut, Aaron zu spüren. Erst jetzt bemerkte sie, dass sie unendlichen Hunger nach Nähe hatte, nach dem Berührtwerden, nach einer Art Innigkeit, die nur Menschen einander geben konnten. Sie spürte, wie sehr sie an diesem einen Menschen festhielt, ohne es vorher bemerkt zu haben. Wie sehr sie gebraucht werden wollte, aber nicht als Waffe, nicht als Speicher. Als sie selbst.

»Was, wenn ich das nicht kontrollieren kann? Was, wenn ich dich verletze?«

Aaron legte seine Stirn an ihre. »Dann sagst du mir, wann ich gehen soll. Und ich gehe. Aber bis dahin bleibe ich.«

Er kam mit seinem Gesicht näher, sodass sie ihn riechen konnte. Und schließlich küsste er sie. Sie genoss es trotz ihrer Müdigkeit unendlich, die Sehnsucht nach dieser Nähe war so viel größer als der Hunger oder ihre

Angst, es war ein Suchen nach etwas Echtem, Greifbarem. Für einen Herzschlag lang war sie nur Nina, nur Frau. Obwohl sie sich selbst nicht kannte. Sie erkannte, dass dieses Gefühl vielleicht das erste echte war, eines, das keinen doppelten Boden hatte und nicht missverständlich war. Sie brauchte unbedingt Nähe, und in diesem Moment brauchte sie Aaron.

Die Küsse wurden fordernder, und es wunderte sie, dass sie erregt wurde. Inmitten schlimmster Verwirrungen und Ängste wollte sie unbedingt dieses Gefühl bewahren. Aarons Hände glitten unter ihr Oberteil, berührten ihre Brüste, ihre Achseln, ihren Bauch. Zunächst wollte sie ihn zurückschieben, doch es war so schön, dass sie es zuließ. Auch als er ihre Kleidung auszog und sie schließlich nackt vor ihm lag. Sie sprachen nicht miteinander, sahen sich nur an, spürten und fühlten sich. Sie begann auch ihn überall zu küssen, atmete seinen Geruch ein, spürte seine Hände an ihren Schenkeln, an ihren Brüsten, auf ihrem Rücken. Und als er in ihr war, wollte sie sich nur noch dieser Welle hingeben, die sie weg aus dieser Welt trug, hin an einen Ort, den sie wenigstens ansatzweise kannte oder der ihr Freude schenkte und keine Ängste.

Später lag sie mit ihrem Kopf auf seiner Brust und schämte sich seltsamerweise etwas. Dennoch war sie froh um diese kurze Zeit der Intimität, für nichts wollte sie sie eintauschen. Und da fiel ihr auf, dass die Momente mit Aaron die angenehmsten gewesen waren, die schönen. Nur die Momente mit ihm, nicht die anderen.

»Du bist wunderschön«, flüsterte er.

»Ich war überrascht, als ich mich nach dem Aufwachen zum ersten Mal sah.«

»Keine Erinnerung an dein Ich zuvor?«

»Nein, aber an andere Dinge. An eine Wohnung, an die Körper meiner Familie, an Dinge wie Straßenzüge, eine Geburtstagstorte. Aber nicht, wie ich ausgesehen habe. Es ist seltsam. Ich dachte, es käme nach einigen Tagen zurück.«

»Nina, vielleicht liegt es auch daran, dass dein Gehirn gar keine Zeit hat, sich zu erinnern. Wir sind seit Tagen auf der Flucht.«

»Vielleicht. Aaron, ich bin so müde. Manchmal frage ich mich, ob ...«

»Ob du hättest wiedererweckt werden wollen?«

»Ja. Ich weiß, es ist ein geschenktes Leben, aber momentan ist es auch keines. Ich habe immer nur Angst.«

Er nickte und streichelte ihren Rücken. Sie genoss es sehr und wünschte sich, diese Nacht würde nie zu Ende gehen.

»Kannst du dir erklären, was Solar oder was auch immer mit den Worten meinte?«, fragte er.

»Nein, Aaron. Ich weiß doch gar nichts. Wir wissen ja nicht einmal, ob es von Solar ist. Was, wenn Cox überall seine Hände im Spiel hat?«

»Falls Cox denn Hände hat.«

Sie musste lachen, und ihr fiel auf, dass sie es seit Tagen nicht getan hatte. »Du weißt, was ich meine.«

»Okay, nehmen wir an, es ist Cox und somit eine Art Falle. Dann wüsste er, wo wir sind. Jetzt. Welchen Zweck hat es?«

»Womöglich möchte er den Aufenthaltsort des Pfeils wissen. Und da wir uns nun getrennt haben, kann er sein Ziel nicht verfolgen. Vielleicht wartet er, dass wir wieder zur Gruppe zurückstoßen. Zu Hermes.«

»Vielleicht sollten wir bis dahin keine Namen nennen.«

Sie nickte. Und gerade als sie die Augen schließen wollte, spürte sie Hitze durch ihren Körper jagen. Ein unmissverständliches Gefühl sagte ihr, dass ›es‹ sich regte.

Sie selbst wollte schlafen, das System offenbar nicht.

Als sie sich voneinander lösten, wurde es stärker. Es war kein Schmerz, eher ein inneres Aufbegehren, eine Art deutliche Unruhe. Ihr Blick verlor den Fokus, ihre Sinne liefen heiß, als ob ein Fieber ihren Körper ergriff. Der Raum schien zu flackern, und sie wusste, dass es nicht wirklich passierte.

»Nina?«, fragte Aaron.

Sie atmete schwer. »Etwas kommt durch. Ich weiß nicht, wie und warum, aber ich sehe Strukturen. Wie ein Netz aus Licht. Es spricht. Aber … nicht in Worten, sondern in Mustern.«

»Wie? Was sagt es?«

»Es sucht. Es spürt, dass ich zu weit vom Zentrum entfernt bin. Es will zurück. Aber nicht dorthin, wo wir waren. Tiefer.« Sie stand auf und ging im Kreis herum.

»Was tust du, Nina?«

Sie schwieg einen Moment. »Ich will wissen, ob ich ein Mensch bin, der ein Fragment trägt. Oder ein Fragment, das denkt, es sei ein Mensch.«

Sie ging zu dem Tisch, der unweit des Fensters stand. Irgendetwas lockte sie dorthin. Die Platte war ungewöhnlich dick, und so suchte sie an allen Seiten nach etwas Auffälligem. Schließlich fand sie eine Art Schalter, den sie drücke. Lautlos hob sich die Platte und gab einen DP frei. Monotones Blinken eines Lichtes zeigte ihr, dass es aktiv war.

»Verdammt, woher wusstest du das?«, fragte Aaron.

»›Es‹ wusste es.«

Der DP schien älter, korrodiert, aber funktional.

»Willst du es benutzen?«

»Ja. Auch wenn du recht hast und es Cox ist, der in mir ist, möchte ich endlich Antworten.«

Nina aktivierte den DP, wartete etwas, bis das Startologramm klar zu sehen war, und tippte Befehle ein. Ihre Finger bewegten sich dabei von allein. Codes, an die sie sich nicht erinnerte, Protokolle, die sie nicht verstand. Aber tippte.

Plötzlich erschien eine Zeile.

ESOMENIA -AUSLÖSER AKTIV. ZUGANG ERKANNT. WARTEN AUF ANTWORT.

Aaron trat neben sie.

»Verdammt, Nina. Was hast du getan?«

»Ich weiß es nicht. Ich glaube, ich habe jemanden gerufen. Irgendetwas.«

Auf dem Bildschirm erschienen neue Zeichen. Es war keine Sprache, die Nina als solche erkannte, es waren eher Codes. Sie bewegten sich in Spiralen, dann in Fragmenten, wie eine denkende Struktur ohne Stimme.

»Ich glaube, das ist nicht Solar«, flüsterte Nina.

Aaron beobachtete die Zeichen. »Woher weißt du das?«

»Ich weiß es nicht, Aaron. Für mich ist es kalt. Solar will gefunden werden, aber das hier bewertet nur.«

Plötzlich stoppte die Bewegung. Alles Licht fiel aus, das Hologrammbild verschwand für einige Augenblicke. Und gerade, als Nina dachte, es hätte sich abgeschaltet, erschien eine letzte Zeile.

DU BIST ERKANNT. TRANSFER BEGINNT.

»Abbrechen!«, rief Aaron. »Verdammte Scheiße, Nina!«

Sofort riss Nina die Hand vom DP. Die Konsole schaltete sich ab oder wurde abgeschaltet.

Stille umfing sie.

Dann schaltete sich der DP wieder an und warf ein mattes Licht auf die gegenüberliegende Wand. Etwas bewegte sich darin.

Es war eine Gestalt.

Langsam wurde es deutlicher, es schien zu gehen, Schritt für Schritt. Mehr als eine Silhouette war aber nie zu sehen, auch kein Gesicht.

Schließlich blieb es stehen. Als hätte es keine Eile, als wüsste es, wo sie sind.

»Das ist nicht von Cox«, sagte Nina. Ihre Stimme war hohl. »Cox scannt, Cox verfolgt. Aber das da, das ist etwas anderes. Frage mich bitte nicht, warum ich das glaube.«

Aaron trat näher an das Lichtbild heran. »Was ist es dann?«

Nina sah ihn an. »Ich glaube, es gehört zu mir.«

Da veränderte sich die Gestalt, verschwamm, zerteilte sich in Hunderte verschiedenster Fragmente. Und bald erkannte Nina, dass es ein Wort bildete. Es wurde immer schärfer, deutlicher, bis schließlich nur noch dieses Wort verblieb.

ESOMENIA.

»Schon wieder dieses Wort«, brummte Aaron. »Ich dachte, es geht um Solar?«

»Ich glaube, es ist ein Ort.«

»Sagt dir das deine Intuition?«

»Ja. Das in mir scheint es mir mitzuteilen.«

Da veränderte sich die Struktur des Wortes wieder, zerriss und verwandelte sich wieder in die Silhouette von zuvor.

Schließlich begann die Gestalt zu gehen. Immer weiter auf sie zu, gleichzeitig veränderte sich die Größe nicht. Es ging und ging, ohne aufzuhören.

»Aaron«, sagte Nina leise. »Er kommt direkt auf uns zu.«

»Ich weiß.«

»Es möchte uns etwas mitteilen.«

»Warum schreibt es nicht einfach, so wie zuvor?«

»Ich glaube, es wartet auf mich.«

Es war still, fast unnatürlich. Nina hörte absolut nichts, selbst das Gehen der Gestalt wurde durch kein Geräusch begleitet. Doch nun geschah etwas, was Nina nicht erwartet hatte. Die Gestalt wurde menschlicher, ein Gesicht reifte heran, bis es schließlich stehen blieb und sie ansah.

Es war ein Mann. Er war groß, sein Gesicht war glatt, fast zu glatt, wie von einer schlechten KI generiert und in Fleisch gegossen. Die Haut war leicht transparent, darunter pulsierte etwas, das kein Blut war. Die Augen waren graugrün, fast farblos, aber nicht leer. Sondern erschreckend fokussiert.

»Wer bist du?«, fragte sie endlich.

Die Gestalt antwortete nicht.

Doch dann regte sich etwas in ihr. Etwas glitt in sie hinein, lautlos, bildhaft, oder das, was vorher in ihr gewesen war, regte sich. Sie konnte es nicht unterscheiden. Bildhafte Fragmente erschienen, verschwammen, bildeten sich neu. Schließlich erkannte sie einen Park, Nebelfetzen im Hintergrund, schwarze Bäume hinter einem Wasser, vielleicht einem See oder Teich. Und da war eine Frau in einem blauen Kleid.

Nina erkannte dieses Bild. Es war der Park, den sie virtuell durch Cox' erste Gedankenreise betreten hatte, und derselbe Park, den sie danach wirklich besucht hatte. Auch die Frau war stets dieselbe. Sie hatte sogar mit ihr gesprochen. Doch sie hatte sie nicht gekannt.

Was sollte das also?

Aber sie verstand, dass diese Begegnung nicht zufällig gewesen war.

»Esomenia«, sagte sie leise.

Der Mann reagierte. Es war ein leichtes Nicken, kaum zu erkennen, aber Nina fiel es dennoch auf.

Da trat Aaron näher. »Was sagt er dir?«

Der Mann reagierte nun nicht mehr, bewegte sich auch nicht. Langsam hob er einen Arm, nicht bedrohlich, es war eher wie ein Wink in eine Richtung.

»Er will, dass wir dorthin gehen«, sagte Nina.

»Wohin?«

»In den Park. In den innersten Sektor, wo wir eigentlich nicht mehr hingehen wollten.«

»In welchen Park?«

»Wo ich die Frau angesprochen habe.«

»Das ist mitten im Zentrum.«

Der Träger senkte den Arm, wandte sich um und verschwand.

Was blieb, war das matte Licht der Projektion. Nina wartete noch einige Zeit, doch nichts geschah mehr.

Schließlich wendete sie sich Aaron zu. »Ja, genau. Wir müssen in den Park.«

»Aber das ist Wahnsinn.«

»Warum? Wir sind bereits in Alessia, und offenbar hat uns das System nicht identifiziert.«

»Woher weißt du das mit dem Park?«

»Es war in mir, eine absolute Gewissheit.«

»Warum hat es sich nicht als Bild gezeigt?«

»Aaron, ich habe doch keine Ahnung.« Sie sah ihn an, dachte an den Sex zurück, an ihre Küsse, vor allem aber an diese Nähe, die sie dabei empfunden hatte. Obwohl es noch nicht lange zurücklag, wünschte sie es sich mehr als alles andere. »Bitte küss mich.«

Er zögerte zuerst, umfasste aber schließlich ihren Kopf und küsste sie.

Nina genoss es unendlich. Sie wollte nicht aufbrechen, sie wollte einfach nur hierbleiben in dieser Wohnung, die sicher zu sein schien. Die Zweisamkeit mit Aaron genießen, keine Angst mehr haben, keine Dinge mehr erfahren müssen, die sie zutiefst überforderten. Und sie wollte ›es‹ aus sich heraushaben, was auch immer es war.

Schließlich löste sich Aaron und sah sie an. »Was war das? Der Mann.«

»Ich glaube, es war ein Bote. Aber nicht für uns beide, sondern nur für mich. Aaron, warum ich? Ich weiß doch gar nichts. Ich bin weder irgendein Gefäß noch eine

Lösung. Ich werde wie ein Spielball hin und her geworfen.«

»Es muss sich aufklären. Vielleicht ist es ja so, dass du auserwählt bist, etwas zu finden. Oder es war Zufall.«

»Was meinst du mit ›Zufall‹?«

»Weil du es gewesen bist, die in dem Kontrollraum den Apparat berührt hat. Was, wenn es in jeden von uns eingedrungen wäre? In jeden, der in der Nähe des Projektors stand? Es warst aber du.«

»Aber es nannte meinen Namen.«

»Ja. Stimmt schon, aber vielleicht hat es dich einfach nur erkannt.«

Nina dachte nach. Vielleicht hatte Aaron recht und es war tatsächlich nur Zufall gewesen. Sie hasste es, erwählt worden zu sein. Sie war diejenige, die von allem am wenigsten Ahnung hatte, und sicherlich war sie diejenige, die sich am meisten ängstigte.

»Wir werden das nun allein tun müssen«, riss Aaron sie aus ihren Gedanken.

»Ja. Um den Pfeil zu schützen.«

Er nickte nur und zog sie an sich. »Lass uns einige Stunden schlafen, es ist noch immer Nacht. Wir sind hundemüde.«

Nina hatte nichts dagegen. Diese innere Unruhe war verschwunden, die Fragmente in ihr schienen sie in Ruhe zu lassen.

Als sie sich Minuten später eng an Aaron schmiegte, dachte sie an dieses ergreifende Gefühl der Nähe zurück, als sie miteinander geschlafen hatten. Sie wollte es nicht verlieren, doch noch während dieser Gedanken schief sie ein.

Es war hell, als sie erwachte. Offenbar hatte Aaron die Verriegelung der Fenster etwas geöffnet, denn Tageslicht drang in die kleine Wohnung. Obwohl sie offensichtlich viele Stunden geschlafen hatte, fühlte sich Nina wie gerädert. Allein die Erinnerungen an den Sex taten ihr gut, die Aussicht darauf, schon bald durch Alessia zu gehen, verursachte größten Widerstand in ihr.

Aaron saß am Tisch vor dem erloschenen DP und sah sie an.

»Ich will, dass du mir sagst, was du verstanden hast.«

Nina stutzte. Warum war Aaron plötzlich so verändert. »Der Mann? Er kam nicht, um zu kämpfen, er war nicht feindlich. Aber er wusste, wer ich bin.«

»Und was glaubst du, was du bist?«

»Aaron, was soll das? Ich weiß verdammt noch mal nicht, wer ich bin!«

»Sorry«, brummte er. »Wirklich. Ich habe sauschlecht geschlafen und ich würde wirklich gern wissen, was das in dir ist.«

»Glaube mir, ich will es noch mehr wissen.« Sie setzte sich auf und dachte nach. »Vielleicht bin ich wirklich so etwas wie ein Bote. Oder ein scheiß Schlüssel. Ich bereue es, als Erste diesen verfickten Apparat angefasst zu haben. Ich glaube, dieser Träger in mir, oder was auch immer er ist, hat eine Aufgabe. Und ich bin Teil davon.«

Aaron sagte nichts. Nur seine Augen blieben auf ihr. »Offenbar hat dieses System dich dazu erwählt, Solar zu finden.«

»Solar. Esomenia. Was auch immer, es tauchen immer mehr Namen auf, die mir nichts sagen. Aber er hat mir den Ort gezeigt, den Park. Dort, wo die alte Kuppel steht, mit Bäumen, die aussehen, als wären sie gemalt.«

»Warum hat Cox dir diesen Park gezeigt, als du die virtuelle Reise machtest?«

»Keine Ahnung.«

»Und genau das stört mich. Cox weiß irgendetwas.«

»Vermutlich. Aber es ist unser einziger Anhaltspunkt.«

Aaron atmete durch und schüttelte leicht den Kopf. »Du willst also da hin?«

»Ja. Wenn Solar oder Esomenia existiert, wenn es je existiert hat, dann werden wir den nächsten Anhaltspunkt nur dort finden. Und dieser Hologramm-Mann wusste das. Er wollte, dass ich es sehe.«

»Wie hast du ihn verstanden? Oder hat er dich gesteuert?«

Nina zögerte. »Nein, es war eher so, als hätte er etwas bestätigt, das in mir drin ist. Eine Art Gefühl.«

»Hm. Es muss also wirklich etwas in dich ›gepflanzt‹ worden sein, als wir an diesem Apparat waren.«

»Natürlich.« Sie stand auf und zog sich an. »Vertraust du mir noch?«

Da stand auch Aaron auf und küsste sie. Sofort spürte sie wieder dieses ergreifende Gefühl der Nähe, des Geborgenseins in ihr.

»Natürlich, entschuldige meine Fragen. Ich weiß, dass du von uns allen am verwirrtesten bist.«

»Und ich weiß, dass ich momentan nicht die Vertrauenswürdigste bin. Nicht einmal ich weiß, zu was das in mir imstande ist.«

»Dann lass uns gehen.«

Nina sah ihn lange an. »Danke.«

»Für was?«

»Dass du bei mir bleibst. Dass du mir nach wie vor vertraust. Es ist eine scheiß Situation.«

»Nina, ich bleibe immer bei dir. Ich fühle mich doch genauso fremd in dieser Welt wie du. Und ich begleite dich auch nicht nur wegen Solar oder Esomenia.«

»Warum dann?«

»Weil du immer noch du bist, bis ich das Gegenteil sehe.«

Sie küsste ihn wieder und es fühlte sich abermals sehr warm an.

Kurze Zeit später verließen sie das Gebäude. Plötzlich hörte sie ihren Namen. Zunächst dachte sie, die Stimme in ihr würde sie rufen, doch sie kam eindeutig von außerhalb. Eine Person lehnte an der Mauer eines Gebäudes, das Gesicht war dem Boden zugewandt.

Es war Memory.

Verblüfft blieb sie stehen, aber Aaron ging auf Memory zu.

»Erregt kein Aufsehen!«, sagte sie nur. »Jonas ist an einem sicheren Ort und wird behandelt.«

»Das freut mich.« Nina war sehr froh, Memory wiederzusehen.

»Ich kann euch doch nicht alleinlassen.« Memorys Blick wurde drängend, so als würde sie versuchen, in Ninas Inneres zu gelangen.

»Hat es sich gemeldet?«

Nina sah um sich, doch niemand schien von ihnen Notiz zu nehmen. Drei Frauen gingen an ihnen vorüber, dennoch führte Memory sie in Richtung eines der Hauseingänge, wo niemand mehr war.

Dort erzählte Nina Memory von dem Erlebnis der vergangenen Nacht, von dem Mann, von ihrem neuen Ziel, den Park und somit diese geheimnisvolle Frau aufzusuchen, die offenbar nicht zufällig in Cox' Programm gelandet war, als sie sich noch auf dem Forschungsgelände von Slive befunden hatte.

»Okay«, erwiderte Memory nur. »Dann los.«

»Du begleitest uns? Und du hast keine weiteren Fragen?«

»Natürlich gehe ich mit euch. Und doch, ich habe eine Menge Fragen, weiß aber auch, dass du mir keine Antworten geben kannst.«

Trotz Memorys Anwesenheit fühlte sich Nina unruhig, beobachtet, als wären Hunderte Kameras auf sie gerichtet. Doch schien nichts auffällig zu sein. Menschen gingen an ihnen vorüber oder ihnen entgegen, ab und zu fuhr ein Wagen an ihnen vorbei, die Sonne blitzte hoch über ihnen in den unzähligen wabenartigen Platten der gigantischen Kuppel.

Dabei kamen sie dem Park immer näher, und je mehr Zeit verging, in der sie durch Alessia liefen, desto unruhiger wurde Nina.

Schließlich erreichten sie ohne Zwischenfälle den Park. Er lag wie ein vergessenes Gedächtnis inmitten der riesigen Stadt. Schon am Rande des Geländes erkannte Nina das Areal wieder, die großen Bäume, den Teich mit den Seerosen darin, die Bänke, die Wege. Einige Menschen gingen spazieren, es wirkte alles überraschend friedlich. Müsste man Alessia anhand eines Prospekts möglichst publikumswirksam bewerben, würde sich dieser Park mit Sicherheit sehr gut eignen.

Etwa in der Mitte des Parks blieb Nina schließlich stehen. »Hier war es«, sagte sie leise.

Aaron trat neben sie. »Sicher?«

»Etwa hier haben wir sie doch getroffen. Du erinnerst dich?«

Er nickte und sah sich wachsam um. Doch auch Nina konnte die Frau nicht ausmachen. Was, wenn sie nur zu einer bestimmten Uhrzeit in den Park ging? Und das auch nicht täglich?

Sie marschierten weiter, den geschwungenen Pfad entlang. Der Wind blies leicht an Ninas Haut und schien dabei einige Erinnerungen hervorzurufen. Sie sah sich auf einem Feld, mit Wind in ihrem Haar, ein Hund begleitete sie. Waren es Bilder aus ihrem Leben?

Plötzlich sah sie sie. Die Frau aus dem Programm, die gleiche Frau, die sie Tage zuvor tatsächlich hier angetroffen hatte.

Sie trat hinter einem halb umgekippten Informationspylon hervor, als hätte sie sie erwartet.

»Sie ist es«, flüsterte sie Aaron und Memory zu.

»Warte einen Augenblick.« Memory sah sich längere Zeit um, nestelte an ihrem Scanner herum und nickte schließlich Nina zu. »Die Luft ist rein.«

Da ging Nina auf die Frau zu. »Wir kennen uns«, sagte sie ruhig.

Die Frau sah sie an, blieb freundlich, schüttelte aber den Kopf. »Nein. Ich glaube nicht.«

»Ich habe Sie hier vor einigen Tagen angesprochen. Sie sind nicht zufällig hier.«

Ein leichtes Lächeln umspielte den Mund der Frau. »Ich bin oft hier. Es ist einer der letzten Orte, an denen die Stadt sich nicht verändert.«

Ninas Herz schlug schneller. Nicht aus Furcht, es war eher wie ein inneres Vibrieren, ein leiser Impuls, der durch ihre Nerven glitt. »Ich weiß, dass Sie wissen, wer ich bin. Oder was ich bin.«

»Ich weiß nicht, wovon Sie sprechen, mein Kind.«

»Ich bin auch nicht zufällig hier.«

»Das ist niemand. Der Park ist eine der letzten Ruheoasen. So muss es vor Hunderten von Jahren wirklich ausgesehen haben.«

Mühsam überlegte Nina. Als sie zu Aaron sah, fiel ihr ein, dass sie einige der mysteriösen Worte oder auch die Losung nennen könnte. Sie hatte schließlich nichts anderes in der Hand.

»Solar.«

»Wie meinen Sie?«

»Ganz oben zu sein bedeutet nicht, alles zu sehen.«

»Ich verstehe Sie nicht, Fräulein.«

»Esomenia.«

Die Wirkung erfolgte augenblicklich. Sofort änderte sich die Mimik der Frau. Ihr Blick wurde fokussierter, die Lippen pressten sich kurz aufeinander.

»Du trägst es noch«, sagte sie.

»Was?«

»Das, was nicht mehr zu retten war. Was nun beginnt, sich zu erinnern.«

Nina verstand kein Wort. Da griff die Frau in ihre Manteltasche und zog einen kleinen Datenträger hervor. Es war ein transluzenter Chip mit einem einzigen eingebrannten Zeichen.

Einem Kreis mit einer vertikalen Linie durch die Mitte.

Voller Aufregung hielt Nina den Atem an.

»Diese Adresse wurde gelöscht«, erklärte die Frau mit leiser Stimme. »Aus dem Netz, aus allen Karten. Wenn ihr sie betretet, gibt es kein Signal. Nichts. Keine Rückmeldung, kein Eingreifen mehr. Das muss euch bewusst sein.«

»Welche Adresse?«

Wortlos hielt die Frau Nina den Chip entgegen. Schließlich nahm sie ihn und starrte ihn an.

»Was ist das?«, fragte Aaron, der nun näher trat.

Die Frau blickte ihn an. Und diesmal war etwas wie Traurigkeit in ihrem Blick. »Nicht was, sondern wer. Und diese Person weiß, dass ihr kommt. Cox weiß es auch.«

Nina wollte noch etwas sagen, doch die Frau wandte sich bereits ab.

Als sie zwischen zwei Bäumen verschwand, war sie einfach nicht mehr da.

Memory sah auf den Chip in Ninas Hand. »Er hat keine Kennung, keine Route.«

Nina hörte allerdings kaum zu, denn sie suchte mit ihren Blicken noch immer die Frau. Sie hatte so viele Fragen und keine einzige war ihr beantwortet worden.

Was sollte das alles?

Währenddessen hatte Memory den Chip an ihren Scanner angeschlossen. Viel zu schnell für Ninas Augen tippte sie hektisch auf Symbolen herum. »Nicht unterstützter Speicherstandard«, murmelte sie. »Das Ding ist alt. Oder absichtlich so gebaut, dass kein System es mehr erkennt. Ich kann es absolut nicht aktivieren. Ich war noch gar nicht auf der Welt, da waren diese Dinger schon out.«

Nina sah ihr zu. Sie war ruhig, beinahe zu ruhig. Ihr Blick war auf den Rand des Chips gerichtet, wo das eingelaserte Symbol wie ein stilles Siegel wirkte.

»Dann brauchen wir ein Gerät, das es lesen kann«, sagte Memory.

»Oder du brauchst gar keins.«

Fragend sah Aaron Nina an.

»Was, wenn er für mich gedacht ist?«, fuhr Nina fort.

»Aber du hast keinen DP oder Scanner«, erwiderte Memory.

Nina wusste nicht, warum sie diesen eigenartigen Gedanken hatte. Fragend wog sie den Chip in der Hand, umgriff ihn schließlich und legte einen Finger auf das eingelaserte Zeichen.

Plötzlich spürte sie einen Impuls. Der Chip reagierte. Ein Bild flackerte auf, projizierte eine Karte auf Ninas Hand, wie eine Kartenskizze aus einem längst vergessenen System. Es gab keine Beschriftungen und keine Maßstäbe.

Nur Linien und einen einzelnen Punkt, der auf ein tief unterhalb der bestehenden Versorgungsstruktur von Alessia befindliches Areal zu deuten schien.

»Das ist weit unter jeder bekannten Schicht«, flüsterte Memory erstaunt und nahm die Karte in ihren DP auf.

»Das ist unter den Tunneln, unter deren Fundamenten. Das ist kein bekannter Ort.«

Das Bild blieb noch einige Sekunden bestehen, dann riss es ab und das kleine Licht auf dem Chip erlosch.

»Scheiße«, murmelte Memory.

Aaron sah sie fragend an. »Was ist?«

»So tief waren wir noch nie unten. Ich wusste gar nicht, dass es noch etwas unter den Tunneln gibt.«

»Und jetzt?«, wollte Nina wissen.

»Der Weg dorthin ist skizziert. Mein DP hat alle Koordinaten und Zeichnungen aufgenommen. Wir wissen jetzt, wie wir gehen müssen.«

»Und wo ist der Eingang?

Memory sah auf den Teich und von dort zu der Statue der Frau, die aus Stein gemeißelt und mit Moos bewachsen am Uferrand etwa vier Schritte hoch aus dem Boden ragte. Es war diejenige, die Memory bei ihrem ersten Besuch als die perfekte Bürgerin Alessias vorgestellt hatte. »Dort. Unter Wasser.«

»Wie?«, fragte Aaron. »Wir sollen tauchen?«

Memory zuckte mit den Schultern. »Offenbar. Ich habe kein Ahnung, aber die Karte zeigt an, dass dort unten der Eingang ist.«

Nina konnte es nicht glauben. »Warum war das alles hier bereits Bestandteil in Cox' Trainingsprogramm? Was, wenn das wirklich eine Falle ist?«

»Warum sollte uns Cox einen Weg vorgeben?«, wandte Aaron ein. »Ja, ich stelle mir die gleiche Frage, doch es ergibt für mich keinen Sinn. Nehmen wir mal an, es ist Cox. Warum schickt er uns von A nach B?«

Nina schüttelte nur mit dem Kopf. »Er sagte, die Begegnung sei ein Zufallsprodukt gewesen. Aber das kann ich nicht glauben, es wäre schon ein großer Zufall.«

Memory stutzte. »Darauf werden wir keine Antwort erhalten. Es gibt einen Weg, und nur wir können entscheiden, ob wir ihn gehen wollen.«

Inständig versuchte Nina, in sich zu gehen, zu spüren, ob sie das Programm in sich irgendwie fühlen konnte. Doch da war nichts, es schien tot zu sein oder verhielt sich außerordentlich ruhig.

»Wir haben nur diese eine Chance«, sagte sie schließlich.

»Nein.« Aaron ergriff ihre Hand. »Es gibt immer zwei Wege. Wir können einfach auch nur gehen. Alles ablegen und versuchen, bei ›Pfeil‹ unterzukommen.«

»Für wie lange?«, fragte Nina lauter, als sie vorgehabt hatte. »Cox sucht mich überall, vielleicht sogar uns. Es bliebe immer eine verdammte Flucht.«

»Also?«, fragte Memory.

»Wir gehen. Ich glaube nicht, dass Cox in mir ist, auch wenn das alles nicht erklärbar ist.«

»Dann ist es beschlossen.« Memory legte Nina eine Hand auf die Schulter. »Wir warten bis zum Einbruch der Nacht, den gehen wir.«

»Tauchen?«, fragte Aaron.

»Uns wird nichts anderes übrig bleiben.«

Den Tag verbrachten sie in der kleinen Wohnung, in der sie sogar noch etwas schliefen. Memory hatte einige Lebensmittelbeutel sowie Wasser mitgebracht. Und als es schließlich dämmerte, brachen sie abermals zum Park auf. Er war nicht völlig verlassen, auch in der Dunkelheit hielten sich dort einige Bewohner auf, zumeist jüngere Menschen. Die Lichter der hohen Gebäude wirkten nun noch futuristischer auf Nina schien es, als wüchsen die Häuser unendlich in den Himmel.

Das Wasser des großen Teichs war ruhig, der künstlich erzeugte leichte Wind tat Nina gut.

»Sollen wir da jetzt rein?«, fragte Aaron.

»Ich denke, ja. Ich schaue zuerst nach.«

Bevor Nina antworten konnte, stieg Memory direkt an der Statue ins Wasser und tauchte unter. Einen Augenblick später erkannte Nina einen Lichtkegel unter Wasser, offenbar Memorys Orientierung. Ab und an stiegen Blasen auf. Immer wieder drehten sich Nina und Aaron um, ob sie jemand beobachtete oder in ihrer Nähe war, doch sie schienen Glück zu haben.

Schließlich tauchte Memory wieder auf.

»Es gibt einen Schacht und man kann eine Schleuse öffnen. Sie steht jetzt halb offen.«

Als die beiden Memory folgten, hielt sich Nina an der Oberfläche der Statue fest. Je tiefer sie ins Wasser glitt, desto kälter wurde es ihr, und als sie bis zum Hals im Teich stand, zitterte sie wie Espenlaub.

»Ich schalte jetzt das Licht an«, flüsterte Memory. »Jetzt rein!«

Nina hielt die Luft an und tauchte unter. Sie war überrascht, denn selbst im trüben Wasser war das Licht so hell, dass sie schon bald den Eingang am unteren Sockel der Statue fand. Aaron war dicht neben ihr. Memory drückte eine runde Schleusentür zur Seite, durch die sie schwammen, der Gang führte etwas in die Höhe, und gerade als sie dachte, sie hätte keine Luft mehr, erreichte ihr Kopf das Niveau über dem Wasser.

Licht erhellte einen Schacht direkt vor ihnen. Sie mussten sich im Innern der Statue befinden.

»Es geht etwas geradeaus«, sagte Memory. Ihre Stimme hörte sich tönern an, echoartig wurde sie durch den Gang geworfen.

»Alles okay?«, fragte Aaron sie.

Nina nickte. Sie war so froh, ihn bei sich zu haben. Trotz ihrer Lage dachte sie an die intimen Stunden mit ihm und ertappte sich dabei, sich dorthin zurückzuwünschen.

Der Gang wurde nach etwa zehn Schritten breiter und führte schließlich mithilfe einer Metallleiter in die Tiefe. Nacheinander stiegen sie abwärts, bis sie in einen Raum gelangten. Im Licht des Lampe war er schließlich größer, als Nina erwartet hatte. Es roch muffig, nach abgestandenem Wasser, nach Altem. Am Ende des Raums fanden sie einen Zugang zu einem alten Wartungstrakt, der teilweise gesperrt war, aber nicht überwacht wurde. Memorys Scanner zeigte keine Informationen. Die Verbindung zum Netz war hier bereits ausgefallen.

Sie fluchte leise. »Kein Wegpunkt, keine Sicherheitsabschätzung. Keine Rückmeldung von den oberen Schichten.«

Nina nickte. »Dann sind wir genau richtig. Du hast doch die Karte auf dem Scanner gespeichert?«

»Natürlich.«

Es ging wieder in einen Gang, den sie etwa fünfzig Schritte weit durchquerten. Und an dessen Ende fanden sie schließlich einen Aufzugschacht vor. Die Tür war verrostet, aber das Schließsystem reagierte noch auf mechanische Entriegelung. Es gab kein elektrisches Interface, sondern Zahnräder, Hebel, es war eine alte Technik aus grauester Vorzeit.

Sie stiegen in die Kabine.

Auch hier gab es kein Bedienfeld, nur einen einzigen Hebel, den man nach oben oder unten legen konnte. Darauf war eine Kennzeichnung eingeritzt, die für die drei keinen Sinn ergab: U-X.

Der Hebel knirschte, als Memory ihn nach unten legte. Ein Zucken ging durch die Kabine, dann setzte sie sich langsam und ruckelnd in Bewegung.

Nina blickte nach unten. Es gab einige Löcher im Boden, und sie versuchte zu raten, wie alt dieser Aufzug war. Durch die Löcher sah sie nur Schwärze und Tiefe.

In regelmäßigen Abständen knirschte es, unentwegt ruckelte der Aufzug aber. Nina verlor das Gefühl für Zeit, es schien ewig abwärts zu gehen. Sie setzte sich sogar für einige Minuten, während das Wasser aus ihrer Kleidung tropfte. Also entschieden sie der Kälte wegen, sich komplett auszuziehen. Dabei hatte Nina das Gefühl, sie würde noch stärker frieren als zuvor.

Nach unendlicher Zeit kam der mechanische Aufzug schließlich zum Stehen. Quietschend öffneten sie die Metalltüre, stiegen aus und fanden sich im Licht von Memorys Lampe in einem dunklen Raum wieder. Grob behauene Wände zeigten ihnen, dass sie den Bereich der Neuzeit überwunden hatten.

»Das muss aus der Zeit stammen, als Alessia aus dem Boden gestampft wurde. Also mehr als einhundert Jahre zurück.«

Die drei bewegten sich vorsichtig durch den Dämmergang. Die Luft war trocken, aber voller Mikrofasern. Immer wieder entdeckten sie abgelöste Isolierungen, Schmutzpartikel, alten Betonstaub. Jeder Schritt hallte dumpf wider.

Sie schwiegen fast die ganze Zeit.

Memory prüfte regelmäßig den Scanner, doch sie hatten längst keinen Netzempfang mehr. Und genau das machte sie nervös. »Ich habe das noch nie erlebt. Also gehen wir nun nur nach der Karte des Chips.«

Nina wies auf eine verrostete Serviceklappe am Ende des Gangs. »Hier. Zugang Elf-Gamma. Es ist der einzige Weg, der weiterführt.«

Memory sah auf der Karte nach. »Ja, da müssen wir rein. Führt in größere Gänge.«

Der Schacht war enger als gedacht. Sie mussten kriechen, sich durch Engstellen winden, bis sie schließlich durch eine abgerissene Wartungstür in einen Raum kamen, der nach Memorys Prüfung offenbar einst als Kontrollstation für die Luftfeuchtigkeitsregulierung diente.

Jetzt war er leer, und tatsächlich waren Scheiben auf einer Seite des Raums angebracht, durch die man hindurchschauen konnte. Gerade, als sich Nina aufrichtete, zuckte sie zusammen. Irgendetwas in ihr vibrierte, so als würde sich eine Art Alarm in ihr melden.

Aaron trat an eine der Scheiben und sah hindurch. »Es sieht aus wie eine andere Welt.«

Nun sahen auch Nina und Memory hindurch. Sie blickten in eine riesige Halle, in der riesige Metallboxen herumstanden, Tische, Schutthaufen. Es wirkte wie eine riesige, längst verlassene Baustelle.

Plötzlich huschte irgendetwas durch die Halle, wie ein Schatten.

»Da war etwas.«

»Was?«, fragte Aaron.

»Eine Bewegung, zwischen den Containern da draußen.«

Sie spähten in die Dunkelheit, doch sie erkannten nichts. Vielleicht hatte sie sich geirrt und es war nur ein Schatten von Memorys Lichtstrahl gewesen. Gewaltige Schatten fraßen alles, was hinter deren Schein verschwamm. Die Decke war gewölbt und stützte sich auf massive Träger aus dunklem Stahl. An den Wänden verliefen stillgelegte Leitungskanäle, dick wie menschliche Körper, von Staub bedeckt, von der Zeit verschluckt. Sogar Nina erkannte, dass dieser Raum seit vielen Jahrzehnten nicht mehr genutzt worden war.

»Das ist kein Wartungsbereich mehr«, murmelte Memory. Sie ging langsam, prüfend, den Blick nach oben gerichtet. »Das ist Fundamentarchitektur. Mit Sicherheit aus der Gründungszeit.«

»Wie alt?«, fragte Aaron.

»Einhundert Jahre, vielleicht mehr. Das hier war Teil der ersten Kernanlagen, noch bevor Alessia offiziell existierte. Wahnsinn, ich dachte immer, dass ich so etwas niemals sehen würde. Hier gibt's kein Signal, eine gesteuerte Störung hält alles ab. Ohne den Chip der Frau hätten wir das nie gefunden.«

Nina sagte nichts. Sie fühlte die Halle mehr, als dass sie sie sah. Irgendetwas in ihr summte, tief in ihr, kaum greifbar. Deshalb fragte sie sich, ob sie es sich manchmal auch nur einbildete. Es gab Augenblicke, in denen sie es kaum aushielt, nicht zu wissen, was das Fremde in ihr war.

Sie wandte sich Memory zu. »Was meinst du mit gesteuerter Störung? Es werden bewusst Signale abgehalten?«

»Ja, ich habe keinen Zugriff auf die Anlage. Null.«

»Und was bedeutet das?«, wollte Aaron wissen.

»Dass jemand will oder wollte, dass dies hier geheim bleibt.«

Von dem Raum aus, in dem sie sich befanden, gab es keinen Zugang zu der Halle. Sie sahen Stahlplatten, versiegelte Schächte, aber keine Tür. Keine Hinweise.

»Hier gibt es nichts«, sagte Aaron. »Nicht mal ein Luftaustauschsystem.«

Nachdem sie auch nach längerem Suchen nichts fanden, zerbrachen sie eines der Fenster und kletterten an Rohren entlang hinab in den Hangar. Obwohl Memorys Licht wenigstens einhundert Meter weit strahlte, konnten sie keine Wände erkennen, kein Ende.

»Wir gehen nach links, bis wir auf eine Abgrenzung stoßen«, schlug Memory vor.

Sie folgten ihr, vorbei an Bergen voller Schutt, Metall, Steinen, dazwischen stießen sie auf alte Maschinen, die völlig verrostet waren, auf riesige Träger. Es dauerte lange, bis sie schließlich eine Wand erreichten. An dieser gingen sie entlang. Zunächst fiel es ihnen nicht auf, dass sie weder Türen oder Durchgänge vorfanden, spätestens an der ersten Ecke der Halle blieben sie aber erst mal stehen.

»Es muss ein gewaltiger Umschlagsraum gewesen sein«, riet Aaron. »Zumindest in eine Richtung geht schon mal kein Weg ab.«

Nina schüttelte den Kopf. »Es muss etwas geben. Wir haben noch so viel vor uns. Ist die Störung überall gleich stark?«, fragte sie Memory.

»Ja, es ist alles dicht. Mein Scanner kommt nicht durch, keine Chance.«

Im sich bewegenden Licht des Strahlers sah Nina, wie Aaron ungläubig den Kopf schüttelte.

»Wer sollte aus welchem Grund wollen, dass das hier nicht gefunden wird?«

»Ich bin mir sicher, dass wir den Grund erfahren werden«, antwortete Memory.

Sie gingen weiter und hielten sich immer an der Wand. Es kam die zweite Ecke, die dritte, und als sie nach der vierten wieder an ihrem Ausgangspunkt ankamen, hatten sie keinen einzigen Durchgang entdeckt. Nicht den kleinsten. Aber auch nichts, was Ninas anfänglichen Verdacht erhärtete, sie hätte einen huschenden Schatten gesehen.

»Waren wir blind?«, fragte Memory eher metaphorisch. »Hier gibt es nichts. Nicht mal ein größeres Luftaustauschsystem. Das ist doch nicht möglich.«

»Vielleicht ist hier kein Tunnel oder Durchgang«, riet Aaron, »sondern ein Loch, eine Treppe nach oben oder unten, mehr im Raum, nicht an der Wand.«

»Okay. Dann los.«

Nina folgte zwar den beiden, aber etwas sagte ihr, dass sie nicht fündig werden würden. Systematisch gingen sie die riesige Halle ab, über Stunden hinweg, doch nichts führte aus diesem Raum heraus.

Allerdings auch nicht hinein.

Nina dachte nach. Das alles schien keinen Sinn zu ergeben. Gedankenverloren nahm sie den Chip der Frau aus dem Park wieder an sich. Er war aktiv, ohne Licht, in ihrer Hand fühlte er sich warm an, fast schon lebendig.

»Vielleicht war der Zweck nicht architektonisch«, sagte sie leise. »Sondern verborgen.« Da fiel ihr der Name ein.

»Esomenia.« Ihre Stimme hallte lauter, als sie es vorgehabt hatte.

Dann geschah es.

Ohne Vorwarnung wurde es hell. Nicht grell, sondern punktgenau, fast wie das Licht eines Lasers. Der Projektor in Memorys Datenpad aktivierte sich, vielleicht aus der weiteren Berührung heraus.

»Was zum Teufel ...!«, rief Memory überrascht.

Ein Hologramm schoss in die Luft. Es war bläulich, flackernd, allerdings klar lesbar: ZK-04/19-0287361.

Es war eine sechzehnstellige Zeichenkombination. Zu Ninas Enttäuschung folgte kein Kontext, keine Veränderung, kein weiterer Hinweis. Nur diese Zeichen, die nun in der Luft wie eingefroren wirkten.

»Was ist das?«, fragte Aaron.

Memory fluchte. »Keine Ahnung. Nina hat es aktiviert. Ich dachte, das Ding ist offline.«

Nina starrte die Zeichen an. In ihrem Kopf klickte es, ihr wurde heiß und kalt gleichzeitig. Etwas in ihr erkannte den Rhythmus, die Tiefe dieser Folge. Wie eine Erinnerung ohne Bild.

»Das ist eine Koordinate«, sagte sie schließlich.

»Wovon?«, fragte Memory.

»Der Chip. Vergleicht ihn mit dem Plan.«

Memory zog ihren DP hervor, schloss den Chip an und projizierte eine rudimentäre Karte der Anlage die Luft. Es hatte sich nichts geändert. Der riesige Plan erschien plastisch vor ihnen, Memory drehte und wendete ihn, sie konnte allerdings nur erahnen, wo sie sich befanden. Dann gab sie den Code ein. Der Plan änderte sich, als verfiele er in einen Suchmodus. Ein Teil wurde herangezoomt, wurde größer, bis sie die riesige Halle darauf entdeckten. Und direkt um sie herum Dutzende Zeichen. Es waren Koordinaten.

»Da!«, rief Memory schließlich. »ZK-04/19-0287361.« Sie wies auf ein kleines, unscheinbares Feld an einer der Wände.

»Das ist hier«, murmelte Aaron. »Ein Planquadrat. Aber es gibt doch keinen Zugang, keine Verbindung irgendwohin.«

»Das werden wir sehen.« Memory leuchtete Richtung Norden. »Vielleicht haben wir was übersehen.«

Wieder gingen sie los, diesmal mit einem Ziel. Unbeirrt führte Memory sie an die Stelle, an der die Koordinate sein musste.

Dort klopfte Memory gegen die Wand. »Hierhinter. Genau da.«

Nina sah sich um, doch nirgends war auch nur ansatzweise eine Art Durchgang zu erkennen. Ein Gitter, etwas, wo sich ein Tunnel dahinter verbergen konnte. Es gab nur Mauer und daneben gähnende Dunkelheit.

Da trat Nina näher an die Wand. Sie war glatt, alt, fast glänzend. Aber als sie die Hand darauflegte, spürte sie wieder diesen Impuls wie zuvor, wie einen Rückstoß aus ihrem Innersten.

»Es ist hier«, sagte sie. »Es ist versteckt. Wir müssen da durch.«

Aaron sah sie verblüfft an. »Das wäre fast schon lächerlich einfach.«

»Ja«, sagte Memory. »Warum sollte jemand zur Gründungszeit Alessias so etwas geplant haben?«

»Vielleicht wurde es später versteckt und die Wand manipuliert«, riet Aaron. Er sah um sich, ging einige Schritte weg und kam mit einem Metallrohr zurück. »Testen wir es.« Schließlich schlug er mit der Rückseite des Rohrs gegen die Wand. Ein hohles Echo ertönte, viel lauter als Nina es befürchtet hatte. Dann noch einmal. Etwas vibrierte unter der Oberfläche.

»Da ist was. Hört ihr den komischen Hall dahinter?«

»Vielleicht ein Raum«, ergänzte Memory.

Da schlug Aaron weiter. Im Schein des Lichts bröckelte Putz auf den Boden, größere Brocken, die Schläge setzten sich als monotones Echo nicht nur in der Halle fest, sondern auch in Nina. Zu ihrer Erleichterung gab es keinen Alarm, keinen automatischen Widerstand.

Nach einigen Minuten brach ein Stück Mauer durch und das Rohr verschwand tief in der Wand. Es gab keinen Widerstand mehr. Ein trockener Luftstoß legte sich auf ihre Gesichter, abgestanden, aber nicht faulig.

Als hätte Aaron dadurch noch mehr Kraft gewonnen, schlug er schneller weiter. Er trat gegen das größer werdende Loch und riss daran, bis es schließlich groß genug war, um hindurchzuschlüpfen.

Sie betraten einen kleinen Raum. Wände aus dunklem Gestein waren leer, auch von hier führte nichts hinaus. In der Mitte stand allerdings ein einzelnes Gerät. Ein Datenterminal, alt, aber nicht zerstört. Der Bildschirm war blind. Kein Licht schimmerte, es gab keinerlei Reaktion.

»Ein uraltes DP-System erster Baureihe«, murmelte Memory. »Sicherlich etwa hundert Jahre alt. Integrierte Biometrie. Wenn wir Pech haben, ist es dauerhaft blockiert. Und wenn wir Glück haben, ist es genau für diesen Zweck so alt.«

»Wie meinst du das?«, fragte Nina.

»Die alten Dinger fallen nicht mehr ins System, sondern ›fliegen‹ quasi unter dem Radar. Cox kann sie nicht orten.«

Da trat Nina näher. Weder zögerte sie noch hatte sie Angst. Irgendein Impuls sagte ihr, dass dies ihr Moment war.

Mit angehaltenem Atem legte sie die Fingerspitzen auf das alte Interface.

Ein leises Surren ertönte, ein Lämpchen leuchtete auf.

Augenblicklich hatte Nina schweißnasse Hände.

Das Licht wurde heller, etwas schien sich zu projizieren. Eine Zeile erschien, nicht größer als ein halber Schritt.

»Authentifizierung erkannt. Biometrischer Zugriff gewährt.«

Da wechselte das Bild, die Buchstaben verschwammen und setzten sich neu zusammen.

Ein Name erschien.

CODAX ESOMENIA IST SOLAR.

Niemand sprach.

Nina starrte auf die Buchstaben, als versuchte sie, etwas zu erkennen, was nicht zu erkennen war.

»Wir haben den Namen …«, flüsterte Memory.

»Wer ist das?«, fragte Aaron.

Memory öffnete ihren DP, gab den Namen ein, und der DP ratterte in atemberaubender Geschwindigkeit unendlich viele Wörter durch.

»Natürlich, das habe ich mir gedacht«, sagte Memory kaum enttäuscht. »Hätte mich gewundert, wenn er offiziell wäre. Aber ich selbst habe den Namen auch noch nie gehört. Es gibt keinen Eintrag im Archiv, weder aktuell noch zurückliegend, keine Verbindung zu Slive, keine bekannte Cox-Struktur. Aber wir wissen jetzt, wer Solar ist.«

»Oder war«, vervollständigte Aaron. »Was, wenn diese Person längst tot ist?«

»Aber sie gehört zu dem, was ich in mir habe«, sagte Nina. »Ich weiß es einfach. Und es ist entscheidend, was Solar hinterlassen hat, nicht, ob er oder sie noch lebt. Es geht doch um das entwickelte Programm, oder nicht?«

»Ja, einzig und allein um das«, bestätigte Memory.

Da erschien eine weitere Zeile. Zunächst wieder verschwommen, schließlich wurde sie schärfer, als setzte sie sich aus Wasser zusammen, das einer Wellenbewegung unterliegt.

AsRAtheU0711tTLeon76!69

Memory nahm die Kombination mittels ihres Scanners auf und nach einigen Sekunden verblasste die Zeile wieder.

Schließlich schaltete sich der Apparat ab.

»Nein!«, rief Nina und rüttelte daran, doch das Licht erlosch und sie schien einen toten DP in der Hand zu halten.

»Er hatte nur diesen einen Zweck«, erklärte Memory. »Lass es, er ist aus.«

»Was ist das für eine Zeichenkombination oder für ein Name?«, fragte Aaron.

Memory schüttelte den Kopf. »Sicherlich keine Koordinate. Ich denke eher, es ist eine Art Code oder Passwort.« Sie tippte die Kombination in ihren DP, doch er spuckte nichts aus. Nicht einmal eine gewisse Richtung. Gar nichts. Schließlich hielt sie auch den Scanner vor das Bild, doch auch dieser reagierte nicht.

»Wenn es ein wichtiges Passwort wäre, ist die Kombination nicht sonderlich schwer«, sagte Aaron.

»Wenn du nur eine Chance hast, es einzusetzen, und nach falscher Eingabe der Mechanismus zumacht, reicht er absolut aus.«

Aaron wendete seinen Blick Nina zu. »Was meinst du?«

»Ich weiß es nicht. Ich habe mir etwas Genaueres erhofft.«

»Was sagt dir dieses Passwort oder was auch immer?«

»Nichts. Warum sollte es mir etwas sagen?«

»Vielleicht hilft dir das Ding in dir, was immer es auch ist.«

»Ich weiß ja nach wie vor nicht, ob es nicht doch Cox ist.«

»Laut Memory hat er hier keinen Zugriff.« Er griff nach ihrer Hand und drückte die sanft. »Entschuldige, ich wollte dich nicht drängen. Aber es scheint, als wärst du die Einzige, die dem Ganzen auf den Grund gehen kann. Du hast gefühlt, dieses Wort sagen zu müssen, und dann ging der DP an. Du weißt seitdem Dinge schon im Voraus.«

»Aber nicht bewusst, Aaron. Es meldet sich. Und momentan ist es wie verschwunden.«

»Sieh dir die Kombi noch mal an«, forderte nun Memory und projizierte das mutmaßliche Passwort wieder die Luft.

Nina sah es sich an, doch in ihr regte sich nichts. Gar nichts.

»Selbst wenn wir wüssten, dass es ein Passwort ist. Wofür ist es?«, sagte sie schließlich. »Für welchen Apparat und wo befindet sich der?« Sie schloss die Augen und überlegte. »Kann man etwas in den Chip eingeben, den wir von der Frau im Park bekommen haben?«

»Nein. Er reagiert nur, aber es gibt keinen Kontrollmechanismus.«

»Und wenn ihr den Chip es sehen lasst?«

Memory probierte es aus. Sie hielt den Chip in allen möglichen Positionen vor und neben die projizierte Zeichenkombination, nichts geschah jedoch.

»Es ist kein DP oder Scanner, sondern nur ein Chip«, wiederholte Memory. »Das ist Unsinn.«

Aaron raufte sich die Haare. »Okay. Wie haben nun also vielleicht ein Passwort, zumindest sieht es so aus. Aber keinerlei Hinweis, wofür oder wo es benötigt wird. Keinen Ort, gar nichts.«

Da wendete sich Memory Nina zu. »Bitte sieh dir das noch mal an. Genau. Lies es durch, vielleicht regt sich irgendetwas.«

Nina schüttelte den Kopf, versuchte es aber. Ihr selbst sagte dieser Buchstaben-/Zahlensalat gar nichts, allerdings bestätigte sich auch nicht die Hoffnung, dass ›Es‹ in ihr würde sich rühren. Es blieb still, weder ein bestimmtes Gefühl ergriff sie noch ein Impuls oder eine Idee. Nichts.

Plötzlich hörte sie ein entferntes Grummeln, dann brach etwas zusammen. Nina erschrak furchtbar.

Auch Aaron und Memory sahen sich entsetzt an.

Wieder hallte ein Geräusch durch die Halle. Es war ein hohes, schneidendes Sirren.

Memory riss den Kopf hoch. »Drohnen!«

»Verdammt!«, rief Aaron. »Ich dachte, hier sei ein riesiges Störfeld? Wie haben sie uns gefunden?«

»Sie wissen, wo wir sind«, sagte Nina. »Schon die ganze Zeit. Sie haben gewartet.« Wenn sich nun etwas in Nina festsetze, dann die Gewissheit, dass sie die ganze Zeit über nur ein Spielball gewesen war. Steckte Cox dahinter? Gab es eine weitere Gruppe, von der sie nichts wusste?

Eine Explosion riss sie aus ihren Gedanken.

Die Halle wurde von Licht zerrissen, Laserstrahlen durchschnitten die Umgebung und spiegelten sich an den Wänden. Schatten von sich bewegenden Rotoren wurden größer.

»Deckung!«, schrie Aaron.

In ihrem Entsetzen sah Nina die Schatten von Personen, die hastig umherschwankten.

»Verdammt!«, rief Memory. »Sie sind überall.«

Schnelle, koordinierte Rufe waren zu hören, es knarzte.

Nina spürte Kälte in sich aufsteigen. Irgendjemand hatte auf sie gewartet.

Und jetzt kamen sie. Die Halle war mit einem Mal ein Inferno aus Bewegung, Licht und Lärm.

Drohnen rasten durch die oberen Sektoren wie mechanische Geier. Ihre Suchstrahlen tasteten die Wände ab, fächerten über die Böden. Drei von ihnen stürzten herab wie aus dem Nichts, lautlos bis zum letzten Moment, und eröffneten das Feuer.

Aaron riss Nina zu Boden. Ein Energiestoß schlug dort ein, wo sie eben noch gestanden hatten. Die Wand wurde zerfetzt, Beton splitterte, Rauch verhüllte die Luft.

»Zurück in den kleinen Raum!«, brüllte Memory. »Keine freie Fläche!«

Sie rannten. Nina stolperte fast über ein herausgerissenes Kabel, fing sich mit der Schulter an der Wand ab, fühlte, wie sich das System in ihr anspannte. Sie spürte jede Drohne, bevor sie sie hörte.

Memory warf eine Störgranate. Der Impuls flutete die direkte Umgebung für einige Sekunden mit elektromagnetischem Rauschen. Zwei Drohnen taumelten, fielen, schlugen zischend auf.

»Weiter!«, schrie sie. »Schnell in den Raum.«

Doch da stellten sich Männer in ihren Weg. Sie trugen schwarzgraue Anzüge, Helme mit internen Interfaces, in den Händen hielten sie Waffen.

Sie bewegten sich wie ein Programm.

Memory feuerte, jemand sackte zusammen, aber andere reagierten blitzschnell und gingen in Deckung.

Einer der Männer warf eine Rauchladung. Der Nebel schlug in Sekunden durch, dick, schwer und chemisch. Nina musste husten, würgte, rannte aber weiter, dabei spürte sie, wie Aaron ihre Hand hielt und mit sich riss. Die Halle wurde grau, Stimmen hörten sich verzerrt an. Drohnen schwirrten über und neben ihnen, doch seltsamerweise schossen sie nicht. Sie verfolgten sie nur.

»Wir müssen hier raus!«, rief Memory.

»Es gibt keinen Ausgang!«, schrie Aaron zurück.

»Dann schafft einen!«

Sie rannten und rannten, bis sie die Rohre erreichten und daran emporkletterten. Als sie den Raum erreichten, den sie nach dem Tunnel zuerst betreten hatten, atmeten sie durch. Nina war völlig fertig und dachte, keinen Schritt mehr gehen zu können. Doch die Drohnen waren schneller. Binnen Sekunden befanden sich Dutzende in dem kleinen Raum und verschlossen durch ihre Anwesenheit den Tunneleingang.

Spätestens jetzt waren sie gefangen.

»Los, wir rennen durch sie hindurch!«, rief Aaron und rannte Richtung Tunneleingang. Schüsse zerfetzten das Surren der Drohnen, etwas schlug direkt vor Aaron in den Boden ein.

Nina schrie und Aaron blieb stehen. Offenbar wollten die Drohnen sie nicht töten, sondern nur festsetzen.

Unter hastigem Atem kam Aaron zu ihnen zurück.

»Mach das ja nie wieder!«, herrschte Nina ihn an. Sie war unendlich froh, dass er nicht erschossen worden war.

Memory, die eine weitere Granate aus dem Rucksack gezogen hatte, senkte ihre Hand und steckte sie schließlich wieder zurück. Es hatte keinen Sinn, sie waren umzingelt.

Da hörte Nina auch schon das Kratzen an den Metallrohren. Die Männer kamen zu ihnen.

Als die ersten zu ihnen durch die zerstörten Fenster stiegen, schloss Nina die Augen.

Nun würden sie sie foltern oder umbringen.

Die Männer sagten zunächst nichts, sondern stellten sich nur um die drei herum auf, um ein weiteres Fliehen zu verhindern. Nina hatte die Anwesenheit der Drohnen genügt und fragte sich in diesem Moment, warum sie nicht einfach erschossen wurden. Vermutlich war aber das, was sie in ihr zu wissen glaubten, zu wertvoll.

»Gibt es noch weitere Abtrünnige?«, fragte einer der Männer mit tiefer Stimme. Sie alle trugen Masken und dunkle Anzüge, die den ganzen Körper bedeckten.

Abtrünnige. Nina war einfach nur in diese verschissene Welt hineingeworfen worden.

»Nein«, antwortete Memory. »Wir arbeiten autonom.«

Ninas Herz schlug wild. Das Summen der Drohnen setzte sich tief in ihr fest und sie fürchtete diese ohrenbetäubenden Schüsse in jedem einzelnen Moment.

Der Mann, der mit ihnen gesprochen hatte, empfing einige Rückmeldungen, die die Sicherung der großen Halle betrafen. Und als er davon ausging, dass sich tatsächlich niemand außer den dreien an diesem Ort aufhielt, flogen die Drohnen in den Gang, aus dem Nina, Aaron und Memory vor Stunden gekommen waren.

Wenigstens musste sie nicht mehr dieses Summen ertragen.

Elf bewaffnete Personen verblieben, mit Waffen im Anschlag, drei standen vor dem Durchgang.

Nun zog der mutmaßliche Anführer den Vollhelm von seinem Kopf. Er war jünger, als Nina vermutet hatte, sein Gesicht glänzte von Schweiß. »Ihr bleibt sitzen. Keinesfalls aufstehen!« Langsam zog er eine Art Miniscanner aus seiner Tasche und hielt diesen abwechselnd an die Hände der drei. Rotes Licht war zu sehen, ein Ton ertönte bei jeder Berührung, den Nina eher als ablehnend interpretierte.

»Aha, alle drei gesäubert. Da haben wir wohl jemanden vom Pfeil gefunden.«

Memory sagte nichts, und so entschied sich Nina, ebenfalls nichts zu erwidern. Sie würde nur Memory sprechen lassen. Ihr war klar, dass ihre Gefährtin eher in den Tod ging, als den Aufenthaltsort ihrer Gruppe zu verraten.

Doch war sie auch selbst bereit dazu? Sie war weder Mitglied des Pfeils noch wusste sie wirklich, wer für wen arbeitete. Doch selbst wenn sie wollte, könnte sie unmöglich etwas verraten, weil sie schlicht und einfach niemals in Hermes' Gewölbe zurückfinden würde. Alles unterhalb und auch außerhalb Alessias war ein einziges verdammtes Labyrinth.

Sie warteten noch, vermutlich darauf, dass die anderen die Halle durchsucht hatten. All die Zeit über hoffte Nina darauf, dass das Ding in ihr sich vielleicht meldete, dass es ihr eine Möglichkeit offenbarte, zu fliehen. Doch wie sollte das aussehen? Dafür schien es nun eindeutig zu spät zu sein.

Als weitere Stimmen über den DP des Anführers zu hören waren, nickte er den dreien schließlich zu.

»Los, gehen wir. Alle nacheinander aufstehen, zuerst du!« Dabei sah er Aaron an.

Aaron wurden die Arme mit einem Clip hinter dem Rücken zusammengebunden, ebenso Memory und Nina. Dabei sah Nina Aaron mit einem zerstörenden Gefühl in ihrem Bauch an.

»Es wird alles gut«, flüsterte er ihr zu, doch sie konnte das nicht mehr glauben.

»Ruhe, kein Wort mehr!«, herrschte sie der Mann an. Zwei andere unterstrichen diese Aussage, indem sie ihre Waffen kurz in die Höhe reckten.

Schließlich folgten sie den Männer in den Gang. Als sie jedoch zur Treppe kamen, die zur Statue in die Höhe führte, stand an der Seite eine Türe offen. Sie war eindeutig auf ihrem Hinweg verborgen gewesen, und sie fragte sich, warum der Plan auf dem Chip der Frau diese nicht angezeigt hatte. Und warum die Männer wussten, dass sie, Aaron und Memory ausgerechnet jetzt hier waren. Arbeitete die Frau aus dem Park doch für Cox? Auch dies ergab wenig Sinn. Nina wusste nicht mehr, wem zu trauen war, wer Interesse an ihnen hatte und ob es nicht noch andere Mächte gab, die sie zu finden versuchten.

Nach der Tür ging es durch einen schmalen Gang, der in einem größeren Raum endete. In diesem stiegen sie in mehrere Fahrzeuge, die denen ähnelten, mit denen sie in Hermes' Gewölbe gefahren waren. Sie wurden jedoch getrennt und jeder von ihnen saß mit vier bewaffneten Männern auf einem der Wagen.

Es dauerte etwa eine halbe Stunde, bis die Wagen hielten. Nina fand sich in an einem Ort wieder, der dem von Slive glich. Überall blinkten Lichter, hochmoderne Türen verschlossen Räume, es gab bewaffnetes Sicherheitspersonal. Die Männer führten sie in einen großen Raum, in dem DPs Pläne und Tunnelstrukturen in die Luft projizierten, eine Frau saß an einem der Tische, deren weißes Gewand Nina am ehesten an eine Ärztin erinnerte.

Wieder eine Erinnerung, die einsam und kontextlos in ihren Gedanken auftauchte.

»Setzen!«, herrschte sie der junge Mann an. Er sowie drei andere Männer blieben in dem Raum, dessen Tür nun geschlossen wurde.

Da griff Aaron nach ihrer Hand und lächelte sie an. Sie sah ihm an, wie sehr er unter dieser Situation litt.

Schließlich wendete er sich dem Anführer zu. »Sie kann nichts dafür, ich habe sie gezwungen, mit mir nach einem Ausweg zu suchen.«

Nina hielt die Luft an. Nein, er durfte sich nicht opfern. Was hatte er nur vor?

»Lass es!«, unterband der Mann ihr Vorhaben, Aaron zu widersprechen. »Ihr zwei seid aus Slive geflohen, und diese Dame hier ist ein waschechtes Pfeil-Mitglied.«

Nina zitterte nun am ganzen Körper. Sie würden sie entweder zu Slive zurückbringen und dort umbringen oder dies gleich hier tun.

»Macht sie los!«, befahl nun der Mann einem anderen. Dieser löste den Clip von ihren Händen, und als Nina diese endlich wieder bewegen konnte, fühlten sie sich taub und kalt an.

Da schob Memory sich etwas in den Mund. Noch bevor einer der Männer reagieren konnte, schluckte sie es und sah Nina an.

»Was machst du?«, rief Nina entgeistert. Binnen Augenblicken wusste sie, was Memory vorhatte.

»Es tut mir leid«, flüsterte diese. Sie wirkte stark, entschlossen, ihre Lippen bebten. »Ich habe immer damit gerechnet, und jetzt ist es so weit!«

Der Anführer schrie, winkte einen der anderen Männer zu sich, der Memory auf den Rücken legte und ihr einen Finger in ihren Mund schob. Doch sie biss so fest zu, dass sie kurz danach die Fingerkuppe ausspuckte.

Der Mann brüllte und schlug ihr gegen den Kopf.

Alles in Nina rebellierte, ihr Atem überschlug sich fast.

Memory lächelte. »Für den Pfeil! Ihr bekommt sie nicht.«

Voller Wut über das Versagen des Mannes schoss der Anführer diesem in den Kopf und versuchte hektisch, Memory etwas in den Mund zu träufeln. Es war ein weißes Pulver, und Nina ahnte, dass es sie zum Erbrechen zwingen sollte.

Doch Memory verdrehte bereits die Augen, etwas Gelbes lief aus ihrem Mund, sie ächzte, verkrampfte sich und nur Augenblicke später kippte ihr Kopf zur Seite.

Sie war tot.

»Verdammt!«, schrie der Anführer, während Nina die Luft anhielt.

»Memory!«, rief sie völlig außer sich. »Memory!«

Memorys Augen blieben aufgerissen, aber ohne jegliche Bewegung, ohne Emotion.

»Was ist mit ihr?«

»Verdammt!«, schrie der Mann wieder. Die Leiche des anderen lag neben Memory, Blut rann auf den Boden, während die anderen drei Wachposten sich nicht rührten.

Nina wendete ihren Blick nicht von der toten Memory ab. Sie war noch so jung, sie hatte ihr Leben für die Anonymität des ›Pfeils‹ gegeben. Nina konnte nicht fassen, dass sie tot war. Memory war außer Aaron der einzige Mensch gewesen, dem sie vertraut hatte.

Der Anführer richtete sich wieder auf, raufte die Haare und setzte sich. Offenbar benötigte er einige Augenblicke, um sich zu sammeln.

Nina hingegen spürte, wie eine eiskalte Hand ihr Herz umschloss. Aarons Miene zeigte ihr, dass auch er mit den Tränen kämpfte.

Da stand der Mann auf, setzte sich neben die Frau, die alles wortlos mitangesehen hatte, und schaltete auf dem Hologramm-Display des DPs herum. Eine Karte erschien, die Nina als das Tunnelsystem identifizierte, ähnlich der aus dem Chip der Frau aus dem Park.

»Wo ist die Unterkunft des Pfeils?«, fragte der Mann.

Voller Angst blickte Nina zu Aaron, der offenbar versuchte, sie mit seinen Blicken zu beruhigen.

»Das wissen wir nicht«, antwortete Aaron. »Es ging nie um eine Unterkunft des Pfeils, sondern um einen Code.«

»Um welchen Code?«

»Das wissen wir nicht. Wir wissen nicht einmal, zu was der gehören soll.«

»Aber ihr wart beim Pfeil.«

»Nein, niemals.«

»Und wie seid ihr dann auf dieses Mitglied des Pfeils getroffen?«

»Sie traf uns auf einer Straße mitten in Alessia«, log Aaron. »Sie wollte wohl Kontakt mit uns aufnehmen.«

»Um diesen Code zu finden?«

»Ja.«

»Und hat sie euch erklärt, zu was der Code nütze ist?«

»Nein.«

Der Mann raufte sich wieder die Haare und stand auf. »Ihr habt also einem Pfeilmitglied geholfen, ohne zu wissen, um was es eigentlich geht?«

»Na ja, wir sind geflüchtet und haben uns einfach nur Hilfe erhofft. Wir wollen überleben.«

»Bringen Sie uns gleich um oder werden wir an Slive übergeben?«, fragte Nina. Trotz ihrer Angst dachte sie an Memory.

»Keines von beiden«, antwortete plötzlich die Frau. »Wir wollen Antworten. Und ich weiß, dass wir sie bekommen werden.«

In Nina wurde es noch kälter.

»Lasst sie in Ruhe!«, forderte Aaron wieder. »Sie weiß überhaupt nichts, so wie ich.«

Die Frau tippte und im Hologramm erschien der Code, den Nina in der Halle erhalten hatten: *AsRAtheU0711tTLeon76!69*

Die Nummer pochte direkt vor Ninas Augen, als wäre es ein Herzschlag.

»Was bedeutet das?«, peitschte die Stimme der Frau durch den Raum.

Instinktiv sah Nina zu den drei Männern, die den Eingang bewachten und dabei die Waffen vor sich hielten. Wo zum Teufel waren sie überhaupt?

»Keine Ahnung«, antwortete Aaron.

»Und du?« Die Frau sah Nina nun scharf an.

»Ich auch nicht. Das kann alles Mögliche bedeuten.«

»Aber ihr wisst, wofür dieser Code gedacht ist?«

»Nein, ich habe keine Ahnung.«

»Sieh ihn dir an!«

Nina wusste nicht, zu was das gut sein sollte, gehorchte aber. Die Frau schien davon überzeugt zu sein, dass Nina den Code entziffern konnte oder zumindest wusste, was dieser bedeutete. »Das sagt mir rein gar nichts!« Ihr Blick fiel wieder auf Memory, denn zwei der Männer trugen nun den Leichnam aus dem Raum. Sie konnte noch immer nicht fassen, dass sie sich umgebracht hatte.

»Dann sieh ihn dir noch mal an. Und dann noch mal.«

»Es sagt mir nichts, ich brauche das nicht zu wiederholen. Ich weiß auch nicht, wo er eingesetzt werden muss.«

Die Frau nickte mit zusammengepressten Lippen erst Nina und dann dem Anführer zu. Dieser zog seine Waffe und hielt sie Nina an den Kopf.

»Lies ihn dir noch mal durch!«

»Lasst sie in Ruhe!«, schrie Aaron. »Sie weiß nichts! Nehmt die scheiß Waffe runter!«

»Halts Maul!« Der Mann sah Aaron nicht einmal an, sondern setzte seinen Blick fest in Ninas Gesicht.

Nina rann der Schweiß über die Stirn. Unter aufkommender Panik starrte sie auf den Code. ›*AsRAtheU*‹ sagte ihr genauso wenig wie ›*Leon*‹, und die Zahlen konnte sie auch nicht zuordnen. Sie könnte ja nicht einmal antworten, wenn sie nach ihrem eigenen Geburtsdatum gefragt würde. Oder nach ihren Eltern.

»Was weißt du über das Programm, das den Code verarbeitet?«, fragte die Frau und riss sie aus wirren Gedanken.

»Gar nichts. Welches Programm? Und wo soll es sein?«

Nun stand die Frau auf, hielt den DP in ihrer Hand und stellte sich neben den Mann, der noch immer die Waffe auf Nina richtete. Plötzlich verschwand der Code und die Frau aus dem Park erschien. Sie sprach gerade mit einem Mann, den Nina nicht kannte.

»Wer ist diese Frau?«

»Ich habe sie zum ersten Mal in Cox' Programm gesehen, danach aber wirklich getroffen. Ich kenne sie nicht.«

»Warum hast du dann mit ihr gesprochen?«

»Weil sie uns weiterhelfen konnte.«

»Mit was?«

»Den richtigen Weg zu finden. Den unter der Statue.«

»Und der Mann?«

»Nie gesehen.«

»Schau ihn dir näher an.«

Nina tat auch diesmal, was die Frau verlangte. Sie hatte den Mann tatsächlich noch nie gesehen, auch nicht in Hermes' Gewölbe. Es war nicht einmal jemand, den sie als Mitglied des Pfeils nun beschützen müsste.

»Warum habe ich die Frau in Cox' Programm gesehen und danach in Wirklichkeit? Ich gehe davon aus, dass ihr mehr wisst als ich«, fragte sie schließlich. Allein die Tatsache, dass sie nach wie vor mit einer Waffe bedroht wurde, ließ ihren Ton nicht unfreundlich werden.

»Weil du sie kennst.«

»Nein, ich habe sie in diesem Programm zum ersten Mal gesehen.«

»Wer ist der Mann?«

»Sein Gesicht sehe ich jetzt zum ersten Mal.«

Die Frau und der Anführer sahen sich an, schließlich nickte sie dem Mann zu und setzte sich wieder.

Der Arm des Mannes schwenkte von Nina zu Aaron. Ein gedämpfter Schuss ertönte, Aaron schrie und hielt sich das Bein. Augenblicklich rann Blut durch seine Finger.

»Nein!«, brüllte Nina. »Hört auf!«

»Dann sage uns, wer die beiden sind!« Die Stimme der Frau peitschte lauter durch den Raum als der Schuss.

Nina robbte zu Aaron und sah auf das Blut, das von seiner Hose aufgenommen wurde. Er stöhnte und lehnte seinen Kopf gegen die Wand.

»Hört auf!«, flehte sie, diesmal aber leiser. »Ich weiß es doch nicht.«

Die Frau stand nun wieder auf. »Du gibst dir einfach keine Mühe.«

»Ich kenne die beiden nicht. Woher denn auch? Ich bin doch gerade erst seit einigen Tagen Slive entkommen.« Sie sah Aaron ins Gesicht. »Drück bitte auf die Wunde.«

»Nina, es ist alles okay. Bitte tu, was sie sagen. Sie dürfen nicht auch noch auf dich schießen.«

»Aaron, du weißt, dass es keinen Sinn hat. Das alles sagt mir rein gar nichts.«

Der Blutfleck wurde größer, Aaron stöhnte nun lauter.

Da kam der Mann näher und hielt Aaron die Waffe direkt an den Kopf.

»Nina, ich möchte nun Antworten. Ich zähle bis fünf, dann verteilt sich Aarons Gehirn auf der Wand.«

»Nein! Bitte nicht!« Nina schrie, Tränen schossen aus ihren Augen, ihr ganzer Körper zitterte. »Nicht! Ich weiß es nicht!«

»Eins!«

»Ich kenne die beiden nicht. Ich weiß nicht, wer sie sind oder für wen sie arbeiten!«

»Konzentriere dich. Zwei!«

»Mir sagt das alles nichts!«

»Drei!«

»Hört auf, hört bitte auf!« Ninas Stimme überschlug sich, ihr Hals verengte sich, ihr gesamter Körper schüttelte sich unter heftigem Zucken.

»Vier!«

»Bitte hört auf. Lasst ihn, ich bitte euch!«

Der Mann sah sie einige Augenblicke an. »Du weißt gar nichts?«

»Nein!«

»Gut. Fünf!« Sein Finger bewegte sich, spielte mit dem Abzug, den er nun drückte. Wieder ertönte der leicht gepresste Ton. Ninas Herz überschlug sich schier, sie schrie, erwartete nun einen Einschlag in Aarons Gesicht, dass Blut spritzen würde, doch nichts dergleichen geschah.

Hatte er gar nicht abgedrückt?

Da sah Aaron zuerst sie an, dann die Frau. Langsam bewegte er sich von der Wand weg, stand auf und wischte seine Finger an der Hose ab.

»Aaron.« Sie verstand zunächst nicht, warum er einfach so stehen konnte.

Da griff er langsam an die Hand des Mannes, nahm dessen Waffe an sich und spielte mit dieser.

»Scheiße«, murmelte er. »Dabei waren wir so knapp dran. Aber immerhin haben wir den Code.«

Nina gefror das Blut in den Adern.

Nina dachte, sie würde träumen. Was sagte Aaron da? Was zum Teufel ...?

Aaron begann leicht zu lächeln und beugte sich näher zu Nina. »Wenn wir jedes Mal ein Schrittchen weiterkommen, dauert es nicht mehr lange. Schade, Nina, ich dachte wirklich, dass wir dieses Mal alles auflösen würden. Dann halt noch einmal. Und notfalls ein weiteres Mal.«

Ninas Herz überschlug sich. Ihr wurde augenblicklich übel, ihre Brust verkrampfte sich, es war, als risse ihr jemand die Eingeweide heraus.

Obwohl Nina etwas Wasser bekommen hatte und sie seit geraumer Zeit am Tisch saß, dachte sie, sie würde sich in einem Albtraum befinden. Sie war die gesamte Zeit über nur vorgeführt worden.

»Warum, Aaron?«, fragte sie endlich. Am liebsten hätte sie ihm ins Gesicht gespuckt.

Aaron stand neben der Frau, deren Namen sie nach wie vor nicht kannte, während die anderen Männer den Eingang von draußen sicherten.

»Weil es notwendig ist. Weil wir seit Wochen versuchen, in dein verdammtes Gehirn vorzudringen. Aber die Blockade ist wirklich gut gemacht. Stammte die Sicherung von mir, wäre ich stolz auf meine Arbeit.«

»Welche Blockade? Wovon redest du? Warum gehörst du zu denen?«

»Die Blockade, die dein eigenes Wissen schützt. Kein Programm, kein menschliches Erleben, keine Begegnungen und nicht einmal die Angst um dein eigenes Leben oder um mich konnte sie lösen.«

»Was denn, zum Teufel? Und war es auch nötig, dass wir gefickt haben?«

»Natürlich, deine Beziehung zu mir musste doch so eng wie möglich werden. Ich habe es aber genossen, du hast einen wirklich tollen Körper.«

»Du Wichser!« Nina war nun alles egal. Sie würden ohnehin mit ihr machen, was sie wollten, und sie war sich nicht einmal sicher, ob sie überhaupt noch irgendwelche Antworten haben wollte. Momentan wollte sie sterben.

Schließlich fragte sie aber doch. »Was meinst du mit ›eigenes Wissen‹?«

»Sollen wir es ihr diesmal auch sagen?«, fragte die Frau.

»Warum nicht, sie weiß es beim nächsten Mal ohnehin nicht mehr.«

»Was meint ihr mit ›beim nächsten Mal‹?«

»Na ja, wir tun das so lange, bis wir endlich in deinem Gehirn sind. Bis wir alle Informationen haben. Alle.«

»Welche Informationen?«

Aaron ging einige Schritte im Kreis, kam dann aber etwas auf sie zu. Nina hoffte, er käme noch näher, dann könnte sie ihm in sein verlogenes Gesicht spucken.

»Nina, du bist Solar. Du hast das Programm geschrieben.«

Sie hörte augenblicklich zu atmen auf. Was sagte Aaron da? »Ich? Aber … ihr habt mich doch aus dem Kryonikschlaf geweckt.«

»Ja, haben wir auch. Aber nicht nach 165 Jahren Schlaf, sondern nach nur dreißig. Du hast dich selbst umgebracht, weil wir dich aufgefunden hatten. Aber dank Slive konnten wir dich zurückholen.«

Nina konnte es nicht fassen. Sie hatte gar nicht in der Zeit gelebt, die sie ihr vorgegaukelt hatten? »Dreißig Jahre?«

»Genau, Nina, oder besser gesagt, Solar. Und Esomenia ist vermutlich der Ort, an dem du dein Geheimnis versteckt hast. Ich will das scheiß Programm, und wir werden es bekommen. Du hast es irgendwo versteckt.« Er kam nun so nahe, dass er direkt vor ihr stand. Nun pochte er mit seinem Finger gegen ihre Stirn. »Und irgendwo da drin, ganz tief verborgen, weißt du, wo genau.«

»Ich weiß gar nichts!«

»Ja, weil die Blockade extrem gut gemacht ist. Es war eine Heldentat eines sehr gewieften Forschers, übrigens auch ein Mitglied des Pfeils. Leider ist er tot und wir konnten ihn nicht zurückholen. Es hat sich zu Mus zerquetschen lassen, da war nicht mehr viel zu machen.« Er ging wieder einige Schritte weg.

»Du bist ein dummer Wichser!«

»Ach, Nina, eigentlich müsstest du mir leidtun, aber ich sehe das nur rein geschäftlich. Und ficken kann ich dich auch noch dabei. Werde ich beim nächsten Mal übrigens wieder.«

Nina versuchte, sich ihre Wut und Enttäuschung nicht ansehen zu lassen. Bekäme sie ihn aber irgendwann in die Finger, würde sie ihn umbringen.

»Warum beim nächsten Mal? Wieder die Schiene mit der Geschichte von vor 165 Jahren und dem Erwachen nach dem Kryonikschlaf?«

»Vielleicht, womöglich aber auch nicht. Wir probieren gerade alles durch. Was aber bleibt: Wir setzen dein Gehirn jedes Mal auf null. Das ist eine neurobiologische Entscheidung.«

Ninas Gedanken rasten. Egal was sie sich nun fast schon zwanghaft einzuprägen versuchte, war wohl umsonst, denn sie würden ihr Gehirn ohnehin wieder löschen. Wie einen Datenträger.

Sie wollte sagen, dass er der Einzige gewesen war, dem sie wirklich vertraut hatte. Doch sie tat es nicht. Lieber wäre ihr, sie könnte ihm seine Nase brechen.

»Wenigstens ärgert es dich, dass sich Memory umgebracht hat«, zischte sie. »Du hast bestimmt darauf gehofft, dass sie euch den Weg zum Pfeil zeigt.« Vielleicht war es das Einzige, was ihr Genugtuung gab.

»Ach Nina, Memory ist doch gar nicht tot. Memory heißt in Wirklichkeit Anne und arbeitet für uns. Es sollte dich nur schockieren, wir müssen doch schließlich jede Emotion nutzen, die es uns vielleicht ermöglicht, an deine Erinnerungen zu gelangen.«

»Du verdammtes Arschloch!« Hastig stand sie auf, beugte sich nach vorn und spuckte Aaron an. Immerhin traf sie seinen Hals, den er sofort mithilfe seines Ärmels abwischte.

»Enden wir jetzt auf diesem Niveau?«, fragte er nur.

»Du bist das Allerletzte! Du bist kein Mensch. Wie viel haben sie dir dafür geboten?«

»Ich arbeite schon immer für das Ministerium.«

»Ich hoffe, du verreckst elendig!«

Aaron drehte sich zu der Frau, die all die Zeit über nur zugehört hatte. »Ich denke, das Gespräch ist zu Ende.« Schließlich wendete er sich wieder Nina zu: »Ich hätte dir das alles nicht sagen müssen, aber tatsächlich habe ich in all der Zeit wirklich eine gewisse Beziehung zu dir aufgebaut.«

»Und wie lange ist ›nach all der Zeit‹? Wie oft habt ihr mich schon wiedererweckt?«

»Das Gespräch ist beendet, Nina.«

»Wenigstens das noch.«

»Okay. Zuerst haben wir es mit der Brechstange probiert, aber das war erfolglos. Seit den ›Wiederbelebungen‹, die nun gar keine mehr sind, sondern nur das Erwachen nach dem Gehirn-Reset, haben wir deutlich mehr Gewinn. Nun sogar den Code. Wir nähern uns an.«

Nina schüttelte den Kopf. Sie hasste Aaron, gleichzeitig war sie enttäuscht über sich selbst, weil sie ihm so sehr vertraut hatte. Zudem war der Sex mit ihm wirklich schön gewesen. Dachte sie aber nun daran, würde sie sich am liebsten in sein Gesicht erbrechen.

»Und was war in Hermes' Unterkunft? Warum habt ihr mich stundenlang durch die Gewölbe hetzen lassen? Ich habe dort Hunderte Menschen gesehen.«

»Nein, hast du nicht. Zumindest nicht wirklich. Es war ein Hologramm, und die Fahrt dorthin sollte nur deinem Gehirn auf die Sprünge helfen. Warum, meinst du, hast du dort nie mit anderen Menschen gesprochen als mit Hermes, Jonas und Memory?«

»Also Jonas und Hermes waren auch nur Fake?«

»Mitarbeiter des Ministerium, ja.«

»Melanie? Tanja?«

»Arbeiten für uns.«

»Und die Frau aus dem Park?«

»Die ist wirklich ein Mitglied des Pfeils. Sie musste diese Rolle spielen, wir haben ihre Familie und erpressen sie. Wir wollten sehen, ob du dich an sie erinnerst. Übrigens bist du in Alessia vier Mal Mitgliedern des Pfeils über den Weg gelaufen, hast sie aber leider nicht erkannt. Ja, ich weiß, das war eine ziemlich aufwendige Sache. Aber wie gesagt, Geld spielt keine Rolle.«

Nun nickte die Frau den Männern zu, woraufhin zwei von ihnen Ninas Hände mit einem Clip fixierten und sie aus dem Raum brachten.

Ninas Wut war so groß, dass sie kaum atmen konnte. »Was, wenn ich mir doch irgendetwas von dem merken kann?«, fragte sie in provokantem Ton?

»Keine Chance, Nina. Aber ich verstehe, dass du sauer bist.« Aaron wendete sich wieder der Frau zu, als wäre Nina nur noch eine lästige Bittstellerin.

Als die Männer sie durch das Gebäude führten, wurde Nina kalt. Was taten sie ihr nun an? Vermutlich brachten sie sie zurück ins Labor zu Slive. Inständig suchte sie nach einem Ausweg, einer Möglichkeit zu fliehen, doch nicht nur ihre Hände waren gefesselt, sondern die drei waren bewaffnet und hielten ihre Waffen teilweise im Anschlag.

Mit einem Aufzug fuhren sie hinauf. Minuten vergingen, keiner sprach mit ihr, und als sich die Tür öffnete, erkannte sie, dass sie sich in Alessia befanden. Die Männer setzten sie in einen großen Wagen und schlossen die Tür. Da es keine Fenster gab, sah Nina nicht mehr hinaus. Sie spürte nur, wie sie losfuhren.

Müde, unendlich wütend und voller Angst schloss sie schließlich die Augen.

Ihre Gedanken begannen zu rasen. Sie war Solar. Sie hatte das Programm geschrieben. Sie hatte bis vor dreißig Jahren gelebt. Offenbar waren die Erinnerungen an die Welt vor mehr als 160 Jahren eine Täuschung, waren ihr eingepflanzt worden. Sie konnte sich an absolut nichts erinnern. Wenn sie aber in der Lage war, ein solches Programm zu schreiben, das Cox als große Gefahr sah, musste sie unglaubliche Fähigkeiten besitzen.

Also sollte sie sie nützen. Sie erinnerte sich daran, dass es mindestens einige Stunden dauerte, zu Slive zurückzufahren. Stunden, in denen ihr etwas einfallen musste, damit sie sich nach dem nächsten Erwachen an etwas erinnerte. Doch wenn sie ihr Gehirn auf null setzten, war dies ein aussichtloses Unterfangen. Also musste sie etwas anderes finden, etwas Materielles, etwas, das von allen unentdeckt blieb. Doch wie sollte sie sich selbst an dieses Etwas erinnern, wenn sie danach davon nichts wusste?

Der Wagen bewegte sich lautlos. Ihr Gehirn ratterte, sie wollte keinesfalls immer wieder und wieder dieser Prozedur unterworfen werden. Vor allem aber spürte sie den Ehrgeiz, ihr Geheimnis nicht dem Ministerium auszuhändigen. Sie war Solar und hatte sicherlich einen ausgereiften Plan gehabt. Sie hätte gern mehr über sich erfahren, etwas aus der Zeit, in der sie gelebt hatte, von ihren Freunden, ihrer Familie. Und warum sie entdeckt worden war.

Ihr Blick fiel auf ein Stückchen Metallspan, das auf dem Boden lag. Zunächst fiel ihr nicht ein, inwiefern ihr dies weiterhelfen konnte. Etwas später sah sie auf die zwei Kunststoffplättchen an den Seiten ihrer Schuhe. Ihre Gedanken rasten, sie malte sich unterschiedlichste Szenarien aus, ihre Idee zu realisieren.

Egal, welchen Plan sie verwirklichen würde, es gab keine Gewissheit, dass sie in einem weiteren ›Leben‹ darauf aufmerksam werden würde.

Doch sie hatte nicht viele Möglichkeiten, und diese eine bot genau eine Chance mehr als gar nichts zu tun.

Stunden später wurde sie in die Forschungsanlage geführt. Und als sie nach einer weiteren Fahrt mit dem Aufzug tief unterhalb des Gebäudes die Räumlichkeiten des Labors wiedererkannte, wurde ihr schlecht. Hier hatte alles begonnen, es war ein kurzes Leben gewesen. Ein Leben, das gerade mal etwa eine Woche gedauert hatte.

In einem Zimmer wurde ihr Wasser gereicht, das sie gierig trank. Und gerade als sie darüber nachdachte, ob ihr Plan funktionieren könnte, wurde ihr übel. Ihr Sichtfeld verengte sich, ihr Hals wurde trocken, Dunkelheit breitete sich aus.

Zuerst war nur Schmerz. Es war das einzige, das vorherrschende Gefühl, wie Feuer, das sich rasend schnell ausbreitete und alles verschlang. Nichts anderes war vorhanden. Es zuckte, brannte, pochte, dann verlor es sich in völliger Dunkelheit.

Wieder schmerzte alles. Es war, als schmorte der Körper, als strömten Angst und Hitze durch Arme, Beine, besonders aber durch den Oberkörper. Dann ertönte ein Schrei, beinahe erstickt, das Resultat unsäglicher Torturen. Wem gehörte diese Stimme? War es ihre eigene? Kurz darauf zuckten die Arme wie unter Strom, die Beine zitterten, wieder war es, als würde der gesamte Körper brennen. Schließlich drang Licht herein, das ebenfalls Schmerzen auslöste. Schemenhaft lösten sich Schatten von grellem Licht, erzeugten Tränen, die alles verschleierten, schließlich war wieder der Schrei zu hören. Es war der einer Frau, und ein weiteres Mal entstand der Verdacht, es könnte der eigene gewesen sein.

Was war passiert? Wo lag dieser Körper? Und vor allem: Wem gehörte er?

Schließlich verlor sich wieder alles im Nichts, in völliger Dunkelheit, fern jeglicher Schmerzen.

Als es wieder hell wurde, waren die Schmerzen noch zu spüren, aber erträglich. Jemand stand in der Nähe, bewegte sich, doch es gelang nicht, schärfer zu sehen. Wieder war eine Stimme zu hören, die stöhnte, die einige Worte zu sagen versuchte. Es war tatsächlich ihre eigene Stimme. Dabei hämmerte das Herz vor Aufregung.

»Ruhig!«, war jemand zu hören, vermutlich eine Frau. Und diesmal stammte die Stimme nicht aus ihrem eigenen Körper. »Du musst keine Angst haben. Die Schmerzen werden bald nicht mehr zu spüren sein.«

Eine Hand legte sich auf die ihre.

»Herzlich willkommen, Nina. Ich bin Melanie und ich werde mich gut um dich kümmern.«

Fortsetzung folgt.